# De betoverende antiekzaak

Manuela Inusa bij Boekerij:

*De theewinkel vol geluk*
*De chocolaterie van je dromen*
*De betoverende antiekzaak*

boekerij.nl

Manuela Inusa

# *De betoverende antiekzaak*

Vijf vriendinnen. Vijf winkeltjes.
Een zoektocht naar liefde en geluk.

ISBN 978-90-225-9426-1
ISBN 978-94-023-1893-7 (e-book)
NUR 302

Oorspronkelijke titel: *Der zauberhafte Trödelladen*
Vertaling: Marion Hardoar
Omslagontwerp: Johannes Wiebel | punchdesign, München
Omslagbeeld: © Shutterstock
Zetwerk: Mat-Zet bv, Huizen

Voor papa

# Proloog

Op een zonnige dag in mei wandelde een jonge vrouw door een klein straatje dat naar een legendarische persoon was genoemd die daar meer dan honderd jaar geleden een kruidenierswinkel had. Het was het meest romantische straatje van Oxford, misschien wel het mooiste van de wereld: Valerie Lane.

De jonge vrouw droeg een bruin mantelpakje uit de jaren vijftig en daarbij passende enkellaarsjes. Haar donkere haar was in een bob op kinlengte geknipt en met een verzilverde bloemenspeld naar achteren gestoken. Ze slenterde op haar gemak over de kinderkopjes, langs een theewinkel, een wolwinkel, een chocolaterie, een bloemenwinkel en een cadeauwinkel. Vier van deze winkels waren van goede vriendinnen, de bloemenwinkel was nog niet zo lang geleden weer geopend door een aantrekkelijke man. Hij was op dit vroege uur al zijn etalage voor het voorjaar aan het versieren met allerlei kleuren bloemen, vlinders en lieveheersbeestjes. Toen hij haar zag, zwaaide hij naar haar.

Ze zwaaide vrolijk terug en deed even haar ogen dicht, ademde de frisse ochtendlucht in en liet de atmosfeer op zich inwerken. Zoals zo vaak dacht ze terug aan haar zorgeloze jeugd waarin ze hier met haar moeder had gelopen. En haar gedachten maakten een nog grotere sprong terug in het verleden naar een tijd waarin gaslantaarns, die er nog steeds stonden maar nu niet meer werkten, de straten hadden verlicht en waarin er maar één winkel was geweest: de kruidenierswinkel van mevrouw Valerie, zoals ze werd genoemd. Samen met haar man Samuel had ze vele, vele jaren geleden geschiedenis geschreven.

Valerie Bonham had de armen in de stad niet alleen voorzien van alles wat ze zo hard nodig hadden, ze was er altijd voor iedereen en bood een luisterend oor, wijze woorden of een schouder om op te huilen. Daarna was er nooit meer iemand zoals zij geweest, niemand met een groter hart, maar de huidige winkeleigenaressen in Valerie Lane probeerden elke dag weer haar voorbeeld te volgen – ze wilden van de wereld of op zijn minst van de stad een betere plek maken.

De jonge vrouw liep naar haar antiekzaak die de meeste mensen een rommelwinkel noemden, wat ze helemaal niet leuk vond. Ze verkocht geen rommel, maar waardevolle antiquiteiten. In tegenstelling tot de andere winkels was de gevel donkergroen geverfd, zoals in de tijd van Valerie, en ze wilde die kleur absoluut behouden want ze hield van oude, antieke en duurzame dingen.

Ze opende de deur, glimlachte toen ze de geur van de historische voorwerpen rook en liep door de volgepakte ruimte naar achteren. Daar knielde ze, tilde een van de krakende houten vloerplanken op en pakte een van de acht boeken die ze daar een keer toevallig had ontdekt. Dit was haar lievelingsboek. Het vertelde een uitzonderlijk liefdesverhaal dat ze op deze mooie lentedag absoluut moest lezen, want ze had het gevoel dat de liefde eindelijk ook haar had gevonden.

# 1

Het was een regenachtige, onaangename zondag in Oxford. Ruby had zich verheugd op een ochtend op de vlooienmarkt, maar was al na een half uur weer vertrokken omdat de verkopers hun spullen hadden ingepakt en hun kraampjes hadden afgebroken.

Wat jammer, dacht Ruby. Ze had echt gehoopt op een paar koopjes, vooral omdat vlooienmarkten met dit weer niet erg goed bezocht werden. Maar behalve een radio voor haar vader, een paar boeken voor zichzelf en twee vazen voor haar winkel had ze niets op de kop getikt. Toch glimlachte ze toen ze de trap opliep naar haar woning die ze met haar vader deelde. Hij zou blij zijn met de knalgroene radio, dat wist ze zeker. Zijn oude had namelijk de geest gegeven en hij was heel onrustig omdat hij niet naar de sportuitslagen kon luisteren.

'Ruby, ben jij dat?' hoorde ze hem roepen toen ze de deur opendeed en naar binnen liep.

'Wie zou het anders moeten zijn?' riep ze terug in de richting van de woonkamer.

'Een inbreker misschien.'

‘Ach, pap, die heeft toch geen sleutel.’ Ze schudde geamuseerd haar hoofd en bevrijdde zich van haar natte jas en doorweekte veterlaarzen.

‘Die zou hij van je gestolen kunnen hebben.’

‘En hoe zou hij moeten weten waar ik woon?’

Haar vader verscheen grijnzend in de deuropening. ‘Nou, hij kon toch ook je tas met je ID-bewijs hebben gejat.’

Ruby glimlachte. ‘Ik laat me niet bestelen, papa, maak je geen zorgen.’ Ze veegde haar natte haar uit haar gezicht.

Toen ze die ochtend vroeg van huis was weggegaan, had haar vader nog liggen slapen. ‘Heb je wat moois gevonden?’ wilde hij nu weten.

Zijn grijze haar stond wild van zijn hoofd af, maar dat kwam niet per se doordat het pas half negen ’s ochtends was. Hij zag er vaak wat onverzorgd uit, hij hechtte niet veel waarde aan zijn uiterlijk, wat je aan de oranje joggingbroek en het blauw-wit gestreepte overhemd kon zien.

‘O ja. Kijk eens wat ik voor je heb meegenomen.’ Ruby stak haar hand in de katoenen tas en haalde de radio tevoorschijn. De regendruppels die erop zaten veegde ze weg met de mouw van haar blouse.

Haar vader trok het ding uit haar hand, bekeek het, hield het vlak bij zijn gezicht en glimlachte toen tevreden.

‘Doet hij het ook?’

Hij keek vragend op haar neer. Ruby was met haar een meter vijfenzeventig niet bepaald klein, maar haar vader was nog een flink stuk groter.

‘Ja, hij doet het. Er zitten batterijen in, je kunt hem meteen proberen.’ Ze liet hem zien waar de aan- en uitschakelaar zat.

Nadat hij hem had geprobeerd, erop had gedrukt, eraan had gedraaid en eindelijk zijn favoriete zender had gevonden, liep hij met de radio terug naar de woonkamer en ging in zijn stoel zitten waar niemand anders mocht zitten.

Ruby volgde hem. 'Hij bevalt je dus wel?' vroeg ze. Hij glimlachte alleen en knikte. 'Mooi zo. Dan maak ik ontbijt voordat ik naar de winkel ga. Waar heb je trek in?'

'Eieren.'

Dat wist ze wel, want het was eierenweek. Hugh Riley had de tic dat hij steeds een hele week hetzelfde wilde eten – 's ochtends, 's middags en 's avonds. Deze week waren het eieren, en hij was gelukkig wel zo flexibel dat Ruby zelf mocht bepalen hoe ze die klaarmaakte. Dat was niet altijd zo.

'En wat voor?' informeerde ze.

'Nou, kippeneieren. Tenzij je een struisvogelei voor me hebt.'

Ze moest lachen. 'Nee, pap, ik wil weten of je roerei, spiegelei of een hardgekookt ei wilt. Misschien een omelet?'

'Hm…'

O jee. Aan zijn gezicht kon ze zien dat ze te veel van hem vroeg. Ze had hem niet moeten laten kiezen, maar gewoon iets moeten maken.

Soms vroeg ze zich af of ze nooit zou leren dat haar vader niet meer dezelfde was sinds de dood van haar moeder drie jaar geleden. Dat ze nu anders met hem om moest gaan.

'Ik maak roerei voor ons, oké?'

Haar vader knikte en Ruby ging naar de keuken, maar niet voordat ze had gecontroleerd of de boeken van de vlooienmarkt in haar tas wel droog waren gebleven. Godzijdank waren ze droog, maar anders had ze ook wel raad geweten. Ze had wel een miljoen tips en trucs voor allerlei situaties in haar hoofd opgeslagen.

Ze wreef haar haren droog, bakte de eieren en keek intussen uit het raam. Wat een trieste regendag! Zouden de mensen hun huis wel uitgaan om helemaal naar het eind van Valerie Lane te gaan?

Twee uur later deed Ruby de deur van haar winkel open. Niet alle kleine winkels in de stad waren op zondag open, maar de eigenaressen van de winkels in Valerie Lane hadden jaren geleden besloten om zich aan te passen aan de grote winkels in Cornmarket Street waar hun straatje op uitkwam, om hun klanten de kans te geven om van elf tot vijf in alle rust hun inkopen te doen.

Ze pakte de twee vazen uit die ze van een oude vrouw op de vlooienmarkt had gekocht, en bestudeerde die dromerig. Een van de vazen was wit en met prachtige blauwe bloemetjes beschilderd, en bleek ouder dan Ruby aanvankelijk dacht. De stempel van de firma op de onderkant, die ze met een loep kon ontcijferen en classificeren, vertelde dat het stuk uit de jaren dertig of op zijn laatst uit de jaren veertig stamde omdat de firma die maar tot begin jaren veertig had geproduceerd. Ze vroeg zich af of de verkoopster dat wist. Vast niet, want anders had ze de vaas gegarandeerd niet voor de spotprijs van twaalf pond verkocht.

Ruby voelde zich meteen schuldig. Ja, zo was ze, soms

werd ze daar echt niet goed van. Tenslotte moest ze een zaak runnen om zichzelf en haar vader te onderhouden.

Hij had al jaren geen werk. Wie nam er ook zo'n rare aan? Althans, zo werd hij door mensen genoemd die niet wisten wat hij had meegemaakt.

Ze hoorde de winkelbel, draaide zich om en glimlachte. 'Goeiemorgen.'

Twee dames van rond de vijftig kwamen de winkel in en keken rond, ze liepen langs de tafels met oude lampen, spiegels, sieradendoosjes, vazen, porselein en muziekdoosjes. Ze bekeken de schilderijen die aan de muur hingen en voor de planken stonden. Ze bleven even voor een van de antieke stoelen staan en keken kritisch naar de grammofoon die daar al jaren stond. Maar ze kochten helaas niets en Ruby bracht de vazen naar achteren. Later zou ze die goed schoonmaken, oppoetsen en van een prijs voorzien die vast en zeker hoger dan twaalf pond zou zijn.

'Ruby? Waar ben je?' hoorde ze iemand roepen.

Ze had de winkelbel helemaal niet gehoord. Waar zat ze met haar gedachten?

Snel liep ze naar voren. 'Hallo, Laurie. Hoe is het?'

'Ach, ik mag niet klagen,' antwoordde de roodharige vrouw die een winkel twee deuren verder had. Bij Laurie's Tea Corner kon je heerlijke thee uit de hele wereld kopen. 'Hier, ik vond dat je dit absoluut moest proeven,' zei ze en ze gaf Ruby een beker.

'O, wat lief. Dank je wel.' Ze pakte de beker aan en moest die meteen weer neerzetten omdat de thee zo heet was. 'Wat is dat voor thee?'

'Citroengras en rode peper. Uit Guatemala.' Laurie vertelde en gebaarde zo enthousiast dat haar oranje rok meebewoog.

'Klinkt interessant. Die vind ik vast lekker. Zeg, is het bij jou ook zo rustig?' Normaal gesproken zat Lauries winkel altijd stampvol. 'Ik vraag het alleen omdat je midden op de ochtend langskomt.'

'Ik heb nu toch iemand die me helpt. Hannah, de kunstenares.'

'Ach ja, dat is waar ook. Wat fijn voor je.'

Ruby moest toegeven dat ze een beetje jaloers was op Laurie. Haar winkel moest wel echt goed lopen als ze zich een hulpkracht kon veroorloven. Keira van de chocolaterie ernaast had er ook een. Daar hoefde zij niet aan te denken. Nee, ze moest van 's ochtends tot 's avonds in de winkel staan en had bijna geen tijd voor iets anders. Niet dat er iets was waar ze haar tijd liever aan besteedde dan aan haar geliefde winkel. Ze had geen vaste vriend, dus was er behalve haar vader niemand voor wie ze thuis moest zijn, en haar hobby's kon ze ook in haar winkel uitoefenen. De oude klassiekers en biografieën die ze zo graag las en haar schetsblok nam ze gewoon mee.

'Kom je woensdag?' vroeg Laurie toen.

'Natuurlijk.'

Ze verheugde zich al dagen op de woensdagavond, waarop ze elkaar altijd in Laurie's Tea Corner troffen om te kletsen, thee te drinken en chocola te eten. Een traditie die mevrouw Valerie meer dan honderd jaar geleden had ingevoerd omdat ze vond dat er een toevluchtsoord moest zijn voor iedereen die een beetje zorg of gewoon iets warms te drinken nodig had.

'Susan kan niet. Ze heeft een afspraak.' Susan had de wolwinkel aan de andere kant van de straat.

'Jammer.'

'Ja.' Laurie keek haar peinzend aan. 'En hoe gaat het met jou, liefje? Je ziet er moe uit.'

De andere vrouwen noemden haar altijd 'liefje' of 'meisje' omdat ze de jongste was. Op haar vierentwintigste runde ze haar eigen winkel al bijna drie jaar. Ze had door onverwachte omstandigheden al vroeg moeten leren verantwoordelijkheid te dragen.

'Het gaat goed, dank je.' Niet iedereen hoefde te weten hoe slecht haar winkel ervoor stond. Laurie maakte zich altijd al zorgen genoeg. 'Ik was vanochtend op de vlooienmarkt en heb twee prachtige vazen gevonden. Wil je ze zien?'

'Natuurlijk. Laat zien.' Ruby ging ze halen en liet ze trots zien. 'Wow, die is wel wat voor mij. Hoe duur is die?' Laurie wees naar de vaas waarvan Ruby dacht dat hij heel waardevol was.

'Dat weet ik nog niet precies. Ik moet eerst nog wat onderzoek doen. Ik denk namelijk dat hij uit de jaren dertig stamt en veel waard is. Als ik geluk heb, kan ik hem voor vierhonderd pond te koop zetten.'

'O. Nou, dat is niet helemaal mijn prijsklasse.' Laurie grijnsde. 'Maar hij is wel mooi, heel mooi. Weet je, voor mij is het niet zo belangrijk hoe oud of hoe duur iets is. Het mag ook van de Primark zijn, als het maar mooi is.' Ze lachte.

Ruby zag dat natuurlijk een beetje anders, maar ze prentte het toch in haar geheugen. Ze zou naar dat soort dingen uitkijken. Soms kon je op de markt voor een spotprijs mooie spulletjes krijgen. En ze deed haar vriendinnen graag een plezier.

Laurie stond nog een hele tijd te praten, maar dat stoorde Ruby niet want ze had toch niets te doen. Af en toe kwam er iemand de winkel in om rond te kijken of naar een bepaald voorwerp te vragen, maar de zondagen verliepen meestal heel rustig en zo was het ook vandaag. Niet dat het op andere dagen veel beter was.

'Heb je het al gehoord? Tobin heeft een vriendin,' vertelde Laurie ineens opgewonden.

Sinds Tobin als enige man in hun midden in februari de lege winkel had betrokken, was hij gespreksonderwerp nummer één in Valerie Lane.

'Nee, dat wist ik nog niet.'

Waar hoorde Laurie dat toch allemaal? Ruby had het gevoel dat zij altijd als laatste iets hoorde, maar aan de andere kant stond ze ook niet de hele dag te kletsen met iedereen die ze tegenkwam, zoals Laurie die altijd aan het roddelen was. Zijzelf was eerder stilletjes. Zelfs tegen haar klanten zei ze eigenlijk niet erg veel. Als het over kinderen, honden, mode, beroemdheden of in het ergste geval relatieproblemen ging, was ze absoluut de verkeerde gesprekspartner. Maar als ze over iets historisch wilde praten, was ze van de partij.

'Ze is echt mooi, heel slank. Ze lijkt een beetje op Orchid.'

Orchid – de vijfde van hun groepje. Ze had de cadeauwinkel aan de overkant, recht tegenover Ruby's Antiques.

'Hou me op de hoogte.'

Ruby keek Laurie aan en hoopte dat ze nu eindelijk weg zou gaan. Ze wilde zich met haar nieuwe aanwinsten bezighouden, ze wilde erachter komen waar de vazen precies vandaan kwamen.

'Nou, ik ga weer terug,' zei Laurie alsof ze haar gedachten kon lezen. 'Ik heb je lang genoeg opgehouden.'

'Ach, het was leuk even met je te praten. En nogmaals bedankt voor de thee.'

Ze realiseerde zich dat ze de thee nog niet eens had geprobeerd. De beker stond onaangeraakt op de ladekast. Laurie had bijna een half uur staan praten, de thee was inmiddels vast koud.

Ruby nam een slok.

'En?' vroeg Laurie met stralende ogen.

'Superlekker,' zei ze en ze vertrok in gedachten haar gezicht.

Wie dronk er nou peper? De thee smaakte alsof je heet water met peper en een schijfje citroen dronk. Hij smaakte scherp. Ze moest toegeven dat Laurie vaak heerlijke theesoorten had – maar deze was dat niet.

Zodra Laurie weg was, gooide Ruby de thee in de gootsteen en ze nam een slok van het appelsap dat ze had meegenomen. Daarna ging ze op de kruk achter haar werktafel zitten, pakte haar laptop en begon te googelen.

# 2

Met een brede glimlach op haar gezicht sloot Ruby om vijf uur 's middags de winkeldeur af, en ging op weg naar huis. Haar gevoel had haar weer niet bedrogen. De ene vaas was weliswaar in het gunstigste geval uit de jaren zestig, maar de andere was heel zeker van begin jaren dertig. Hij was inderdaad van het kleine Schotse bedrijf Haighesty's, dat duur handgemaakt porselein had verkocht, en steeg alleen al daardoor in waarde. Bovendien was de vaas nog in perfecte staat – de kleur was niet vervaagd en hij had nergens een barst of een breuk. Ruby kon hem met een gerust geweten voor zeshonderd pond aanbieden. Natuurlijk was het een heel andere kwestie om er ook een klant voor te vinden.

Blij en stralend liep ze over de kinderkopjes naar de hoek van de straat, waar zoals zo vaak een man op de grond zat. Hij was dertig, veel te mager en zijn zwarte haar was een beetje te lang. Hij zat op een stuk karton en droeg een te dunne jas voor zo'n onaangename dag, maar hij had wel een dikke blauwe gebreide muts op die alleen van Susan kon komen. De man heette Gary en Ruby was de laatste maanden een beetje bevriend met hem geraakt.

Ze bleef staan en hij keek naar haar op met zijn treurige ogen. Eigenlijk zag hij er altijd treurig uit. Het liefst had ze hem gevraagd waar hij zo vreselijk verdrietig over was. Iemand als Laurie of Orchid had dat ook zeker gedaan, maar Ruby was niet zo. Ze was introvert en vond het moeilijk om met vreemden te praten. Zelfs mensen die ze kende wilde ze niet naar hun problemen vragen.

Ruby glimlachte dus alleen en vroeg: 'Hallo Gary. Hoe gaat het vandaag met je?'

'Goed, dank je.' Dat was zijn standaardantwoord, ook al geloofde ze niet dat het de waarheid was. Hoe kon ze dat ook? 'En met jou?'

'Fantastisch. Ik heb vandaag een waardevolle vaas op de vlooienmarkt op de kop getikt.'

'Wat leuk voor je.' Hij glimlachte verlegen terug.

Ruby voelde een druppeltje op haar neus. Het kon elk moment weer gaan regenen. Ze keek Gary aan en wist niet of ze hem weer moest aanbieden om in haar winkel te overnachten. Toen ontdekte ze een kartonnen beker van Laurie's Tea Corner naast hem.

'Heeft Laurie je ook die rare peperthee gegeven?'

Gary vertrok zijn gezicht. 'Wie doet er nou peper in zijn thee?' vroeg hij.

Ze moest lachen en het ijs was gebroken. Zo ging het meestal tussen hen. Ze hadden eerst even tijd nodig om te ontdooien.

De druppels begonnen nu steeds sneller te vallen en Ruby raapte al haar moed bijeen. 'Het ziet ernaar uit dat het zo echt hard gaat regenen. Wil je vannacht misschien in mijn winkel slapen?'

Achterin stond een bank die Gary al een paar keer had gebruikt, vooral in de koude wintermaanden.

Ruby had medelijden met Gary, maar er was nog iets anders. Tenslotte was haar winkel de oude ruimte van Valerie Bonham – en die zou dat hebben gewild. Ze zou erop gestaan hebben, waarschijnlijk.

'Ik wil je niet tot last zijn,' antwoordde Gary bescheiden als altijd, terwijl het inderdaad harder ging regenen.

Ruby stak haar paraplu op. 'De winkel staat de hele nacht leeg. Ik zou me veel beter voelen als je op mijn voorstel in zou gaan. Anders loop je vannacht nog een longontsteking op.'

Gary, die al helemaal nat was, stond op en streek door zijn haar. 'Oké.'

Ze bracht hem onder haar paraplu naar haar winkel en deed de deur open. 'Je weet wel waar alles staat. Achter in de kast staan nog een paar koekjes. Helaas heb ik niets te drinken, maar er is wel kraanwater.'

'Geen probleem. Dank je wel.'

Hij keek haar weer aan met zijn treurige ogen die haar een verhaal leken te willen vertellen. En wat was ze graag gebleven om ernaar te luisteren, zelfs al werd er helemaal geen woord gezegd. Maar ze had zelf genoeg verdriet achter de rug en er wachtten allerlei zorgen op haar. Daarom wenste ze Gary goedenacht en ging er door de stortregen vandoor.

'Pap, ik ben weer thuis!' riep Ruby. Ze bevrijdde zich net als die ochtend van haar natte kleren, liep naar de badkamer en pakte een handdoek die ze om haar haren wikkelde. De stomme paraplu had op de terugweg de geest gegeven. En hoewel ze de honderdvijftig meter van de bushalte naar huis had gerend, leek het wel of er een hele emmer water over haar was leeggegooid. Ze vond haar vader in zijn stoel waar hij met de radio bezig was. Ruby was echt blij dat hij er zo gelukkig mee was. Hij leek haar helemaal niet op te merken. 'Pap, ik ben er weer en ik maak zo wat te eten voor je,' probeerde ze weer en ze liep naar hem toe.

'Eieren?' vroeg hij zonder op te kijken.

'Natuurlijk. Wat anders?' Ze gaf hem een knipoog. 'Had je genoeg aan de hardgekookte eieren die ik voor je had klaargezet?' vroeg ze en ze wierp een blik op het diepe bord dat nu leeg op de eettafel stond. Haar vader hoorde haar weer niet. Gefascineerd luisterde hij naar de commentator op de radio. 'Ik ga nu de tafel dekken en dan moet je de radio even wegzetten, oké?'

'Mag hij niet tijdens het eten aanblijven?' vroeg hij en hij trok een pruilmondje.

'Oké, maar zoek dan wel een muziekzender, ik heb namelijk geen zin in sport.'

'Er wordt nu gevoetbald. Italië tegen Nederland.'

'Wie wint er?'

'Nou, waar houd ik meer van? Pasta of tulpen?'

Typisch haar vader. Daar was toch geen touw aan vast te knopen?

'Geen idee. Heb je wel eens tulpen gegeten?' vroeg ze en haar vader begon te lachen.

'Waar zijn mijn eieren?'

'Die komen eraan.'

Ruby kleedde zich snel om en hing haar natte spullen over het wasrek. De nieuwe boeken, eentje was zelfs een eerste druk, zette ze in een van haar geliefde boekenkasten.

In een spijkerbroek en een T-shirt met het opschrift I LOVE MR DARCY stond ze even later voor de keukendeur. Ze pakte de sleutel en draaide het slot open. Dat was een voorzorgsmaatregel die ze elke dag moest treffen omdat het al een paar keer fout was gegaan toen ze haar vader alleen in de keuken had gelaten. De buren hadden zelfs twee keer de brandweer moeten bellen.

Even later zaten ze samen aan de tafel in de woonkamer te eten, dit keer omelet, en luisterden naar een zender met gouwe ouwen.

'Hoe was je dag, papa?' vroeg Ruby, terwijl ze in haar eten zat te prikken.

Ze wist eigenlijk niet of ze uit solidariteit met haar vader meeat of omdat ze er genoeg van had om altijd twee dingen te moeten klaarmaken. Wat was ze blij dat het zondag was en dat hij de volgende dag iets anders te eten zou kiezen.

'Heel goed, heel goed. En de jouwe? Wat is dat rode in je ei?'

'Tomaten. In mijn omelet zit tomaat en feta.' Ze vroeg niet of hij dat ook had gewild, want ze kende het antwoord. Het zou een te grote verandering zijn geweest. Zelfs een sneetje toast dat ze bij haar omelet at, zou hij als een vijand op zijn bord hebben bekeken. 'Mijn dag was ook goed,' ging ze op zijn vraag in. Ze wist dat ze haar vader niets over de vazen hoefde te vertellen, het interesseerde hem absoluut niet. 'En, papa? Ben je wel even naar buiten geweest of heb je de hele dag met je radio op je stoel gezeten?'

'Als je niet wilt dat ik de hele dag met de radio op mijn stoel zit, dan moet je geen radio voor me kopen,' zei hij beledigd.

'Het geeft niet, papa. Maar je moet me beloven dat je morgen even naar buiten gaat, oké? Ga een stukje wandelen, je zou weer eens in het park kunnen gaan schaken of kom me in de winkel opzoeken.'

'Ik zie wel.' Hij nam nog een laatste hap van zijn omelet en keek tersluiks naar de radio.

'Beloof het me, pap.'

'Bah!' Hij draaide met zijn ogen. 'Nou goed dan, beloofd.'

'Mooi. En nu kun je weer naar je sportzender gaan luisteren. Ik ga in mijn kamer lezen.'

Haar vader stortte zich meteen op de radio en draaide aan de knop om de zender te veranderen. Toen hij die had gevonden, pakte hij het apparaat op en liep naar zijn stoel.

'Veel plezier nog, pap,' zei Ruby en ze gaf hem een kus.

Daarna bracht ze de vaat naar de keuken en waste af. Daarbij dwaalden haar gedachten steeds weer terug naar Gary. Wat zou ze graag meer over hem te weten komen. Ze hadden wel vaker met elkaar gepraat, maar alleen over koetjes en kalfjes. Ze wilde graag weten wat hem overkomen was waardoor hij op straat leefde, waarom hij het op zijn dertigste al opgegeven had. Als je hem daar op zijn straathoek zag zitten, leek hij wel een oude man. Eentje die het beste en het ergste al had meegemaakt.

Ruby liep naar haar kamer en ging met een boek op haar bed zitten, maar ze dommelde steeds weg tijdens het lezen. Laurie had het goed gezien, ze was moe de laatste tijd en ze wist niet eens waarom. Ze sliep genoeg, en lichamelijk eiste ze ook niet te veel van zichzelf. Misschien was het de situatie waar ze onbewust moe van werd – haar vader die wel een kind leek, voor wie ze moest zorgen, de winkel die niet echt goed meer liep... Hoewel er de laatste tijd, sinds haar vriendinnen een advertentie in een weekblad voor haar hadden geplaatst en ze zelfs een eigen website had, wel meer klanten kwamen, maar die kochten gewoon niet genoeg. Toen haar moeder de winkel runde, was dat anders geweest. Was dat omdat Meryl Riley een heel andere persoonlijkheid was geweest dan zij? Omdat ze een vrolijkheid uitstraalde die de mensen aantrok? Omdat de gesprekken die ze met haar klanten aanknoopte ervoor zorgden dat ze wat kochten?

Ze moest absoluut dapperder worden. Maar hoe kreeg ze dat voor elkaar? Ruby nam zich voor het in elk geval te proberen. De eerste stap zou ze zetten door Gary naar zijn verleden te vragen. Ooit, op een of andere manier.

Wat zou hij nu aan het doen zijn zo alleen in haar antiekzaak? Waar dacht hij over na?

Gary kwam uit Manchester, dat had hij haar verteld. Ook dat hij schrijver was en vroeger zelfs boeken had gepubliceerd. Dat hij al heel jong was begonnen met schrijven. Al op zijn achttiende had hij een schrijfwedstrijd gewonnen en zijn eerste boekcontract gekregen. Ze vroeg zich af of hij familie had, een vrouw, kinderen, ouders. Waarom moest hij op straat leven? Had hij dan niemand die hem onderdak kon geven? Die hem een warme plek bood? Ze zou hem die graag aanbieden, hier naast haar in haar bed.

O god, had ze dat echt gedacht?

Wat haalde ze zich nu in haar hoofd? Maar toen besefte ze dat ze helemaal niet uit was op het voor de hand liggende, maar dat ze gewoon graag iemand bij zich had in wiens armen ze kon kruipen en met wie ze kon praten. Soms voelde ze zich zo vreselijk eenzaam.

Ze legde het boek *De grote Gatsby* weg en pakte haar schetsblok en potlood, die altijd klaarlagen op haar nachtkastje. Het potlood bewoog als vanzelf in haar hand en gleed zacht als een veer over het papier, tekende de contouren, daarna de gedetailleerde lijnen. Zelfs met haar ogen dicht had Ruby dit gezicht kunnen schetsen, zo goed had ze het in haar geheugen gegrift. Al na tien minuten keek Gary haar aan, en ze glimlachte treurig terug. Daarna stond ze op om bij haar vader te gaan kijken. Die zat nog altijd in zijn stoel, maar hij had zijn ogen al dicht. Ze pakte de radio uit zijn hand en zette die uit, daarna dekte ze haar vader met een dikke deken toe en deed het licht uit.

Toen ze terugliep naar bed dwaalden haar gedachten naar de tijd waarin haar vader nog degene was die haar toedekte nadat hij haar een verhaaltje voor het slapen had voorgelezen en haar een kusje op haar voorhoofd had gegeven. Dat was al lang geleden. Haar vader was die man niet meer, al een hele tijd niet meer, en zij was dat kind niet meer.

# 3

Ruby werd wakker van een hard geluid. Kwam het uit de keuken? Ze sprong op en liep de gang op.

'Verdomme!' flapte ze eruit.

Hoe had ze kunnen vergeten de deur op slot te doen? Natuurlijk wist ze wel hoe dat kwam. Een zekere man had haar afgeleid van de taken die ze normaal gesproken routinematig uitvoerde. Haar hormoonhuishouding was waarschijnlijk op hol geslagen omdat ze al zo lang geen relatie meer had gehad. Ze kon zich niet eens herinneren hoelang geleden haar laatste date was. Haar laatste vaste vriend had ze destijds in Londen, toen ze de kunstopleiding deed, gehad. Maar ze hoefde ook niet aan een relatie te denken als je naar deze chaos keek. Wie wilde dat nou?

'Pap, wat ben je aan het doen?' schreeuwde ze.

'Ontbijt maken,' antwoordde hij trots, en hij draaide zich stralend naar haar om.

Ruby bekeek de keuken. Overal stonden blikken met bonen in tomatensaus – open blikken.

'Bonen...' zei ze ongelovig en ze vroeg zich meteen af waar hij al die blikken vandaan had.

'Ik hou van bonen. Jij niet dan?'

Deze week waren het dus bonen.

'Laat mij maar,' antwoordde ze niet al te vriendelijk en ze joeg haar vader weg van het fornuis. Hij had de allergrootste pan gepakt en hem tot de rand met bonen gevuld. De kookplaat had hij op de hoogste stand gezet, de tomatensaus borrelde en spetterde alle kanten op. Ze zette het fornuis uit en haalde de pan eraf. 'Kijk nou wat een rotzooi, pap. Wat heb je nu weer gedaan?'

Het plezier op zijn gezicht veranderde in teleurstelling. Zijn lippen begonnen te trillen.

'Het spijt me, Ruby.'

Ze haalde diep adem, toen dwong ze zichzelf te glimlachen. Hij kon er ook niets aan doen.

'Oké, dan moeten het maar bonen zijn,' zei ze met een zucht.

Haar vader knikte enthousiast en schepte twee soeplepels vol op zijn bord.

'Hallo, Susan!' riep Ruby naar de eigenaresse van de wolwinkel toen ze haar een uur later met haar hond Terry op zich af zag komen. Terry was haar trouwe cockerspaniël, het enige mannelijke wezen in Susans leven.

'Goedemorgen. Al zo vroeg hier?'

Ruby keek op haar horloge. Het was even na achten.

'Ja, ik wilde nog wat veranderen in de winkel voordat de eerste klanten komen.'

Dat was niet de echte reden. Ze wilde gewoon even alleen zijn, uit de bonenchaos. Bovendien hoopte ze Gary nog in de winkel aan te treffen voordat hij er weer vandoor ging.

Susan gooide glimlachend haar lange zwarte vlecht over haar schouder. 'Ik ben ook zo. Ik kan ook aan het veranderen blijven. We willen graag dat het er mooi uitziet voor onze klanten, nietwaar?' Ruby knikte, maar zei verder niets. Ze wilde niet al te lang opgehouden worden. 'Fijne dag. Zien we elkaar woensdag?'

'Ik dacht dat je niet kwam. Laurie zei iets over een afspraak...'

'Die heb ik naar donderdag verschoven. Het is maar een afspraak met mijn belastingadviseur.' Susan vertrok haar gezicht. 'Dan geef ik toch de voorkeur aan jullie gezelschap.' Ruby knikte weer glimlachend. 'Gaat het goed met je, kleintje?' vroeg Susan.

'Ja hoor, dank je.'

'Je ziet er zo ongelooflijk dun uit. Eet je wel genoeg?'

'Natuurlijk, Susan. Je hoeft je geen zorgen te maken.'

'Nou, dan zal ik je maar geloven.'

'Oké. Tot woensdag. Jij ook een fijne dag.'

Ze liep weer door.

'Ruby?' hoorde ze Susan roepen en ze draaide zich om. 'Hoe gaat het met je vader?'

Ze zuchtte weer, maar zo zacht dat Susan het niet kon horen. Voor haar vriendin zette ze weer een glimlach op en ze antwoordde: 'Fantastisch. Deze week zijn het bonen.'

In haar winkel deed ze de deur achter zich dicht en haalde opgelucht adem. Eindelijk rust. Van de gekste vader van de hele wereld. Van vriendinnen die ze eigenlijk heel graag mocht, maar die haar met hun bezorgdheid soms verstikten. Van de buitenwereld, die ooit zo veel mooie dingen voor haar in petto had. Het was uit elkaar gespat als een droom.

Teleurgesteld zag ze dat Gary al weg was. Ze had hem niet op zijn hoek gezien, maar hij kon niet ver weg zijn. Hij had geen sleutel en kon dus niet afsluiten, maar hij zou haar winkel nooit uit het oog verliezen, dat wist ze zeker.

Ze knielde en tilde de plank op, pakte de boeken die ze daar lang geleden had ontdekt toen haar moeder haar zoals zo vaak mee naar de winkel had genomen. Het waren de dagboeken van Valerie Bonham, haar meest waardevolle bezit. Nog veel waardevoller dan de nieuwe antieke vaas of de oude secretaire die naar men beweerde van Charles Dickens was geweest. Deze boeken hadden een ongelooflijke emotionele waarde voor haar. Niet alleen omdat mevrouw Valerie haar gedachten en gevoelens erin had opgeschreven, maar ook omdat ze Ruby aan een betere tijd herinnerden. Een tijd die helaas nooit meer terug zou komen.

Terwijl ze de eerste bladzijde opensloeg, hield Ruby uit respect haar adem in. Ze wist dat ze haar geheim op een gegeven moment moest opbiechten, want ze vond dat haar vriendinnen ook het recht hadden deze boeken te lezen. Ze moesten alles over Valerie lezen wat zijzelf al wist en wat ze op hun gezamenlijke woensdagavonden steeds terloops had verteld. Maar ze wilde haar geheim nog eventjes voor zichzelf houden.

Ruby maakte het zich gemakkelijk op de oude schommelstoel die ze vorig jaar samen met Laurie op een vlooienmarkt had gevonden en die ze nog altijd niet had verkocht. Ze bladerde voorzichtig door de fragiele bladzijden tot ze bij een speciale passage kwam die ze al ontelbare keren had gelezen.

*12 november 1889*

*Lief dagboek,*

*Vandaag heb ik iets bijzonders te vertellen. Ik kan bijna niet in woorden vatten wat ik voel en ik dank de Heer dat hij me met zo'n lieve echtgenoot heeft gezegend. Samuel is een engel. Deze fantastische man heeft me vandaag uit een ogenschijnlijk uitzichtloze situatie gered, en dat alleen met zijn wijsheid en met zijn grote hart.*

*Er kwam een vrouw in de winkel die kolen en brood nodig had, maar ze had niet genoeg geld bij zich en moest voor een van beide kiezen. Je kon de lastige situatie van haar gezicht aflezen: kon ze beter de kolen nemen zodat haar kinderen het warm hadden of moest ze voor het brood kiezen zodat ze geen honger hoefden te lijden?*

*Ik overwoog wat ik kon doen want de vrouw, die Bonnie heet, ken ik heel goed en ik weet dat ze nooit een aalmoes zou aannemen. Ik stond dus op het punt voor te stellen dat ze het kon laten opschrijven toen Samuel, die achter in de bakkerij alles had gehoord, de winkel in kwam en twee grote broden in de hoogte hield. 'Vrouw, die heb ik laten vallen,' zei hij. 'Ze zijn niet vies, maar we kunnen ze niet meer verkopen. Wat zal ik ermee doen?'*

*Mijn hart smolt toen ik Bonnies ogen groot van vreugde zag worden. Ik zei tegen Samuel dat ik er wel raad mee wist en gaf de broden aan Bonnie. Er liep een traan over haar gezicht toen ze me hartelijk bedankte. Toen ze wegging, naar huis naar haar kinderen die voor die dag gered waren, nam ik mijn Samuel in mijn armen en zei tegen hem dat hij een goed mens was en dat ik hem absoluut niet had verdiend. Hij lachte en antwoordde: 'En dat zeg jij, de vrouw met het grootste hart van Oxford? Ik dank de Heer elke dag dat ik bij jou mag zijn, en dat ik al die dingen van jou kan afkijken en zo een betere man kan worden.'*

*Dagen als deze maken het leven de moeite waard. Vooral dagen als deze.*

*Valerie*

Ruby pakte haar zakdoek en droogde haar tranen. Ze herinnerde zich dat ze deze dagboekaantekening een keer op een koude winterdag zo'n tien jaar geleden had gelezen. Ze was toen een tiener en was zichzelf aan het ontdekken. Ze was naar haar moeder gegaan en had haar toevertrouwd: 'Mam, ooit wil ik net zo worden als mevrouw Valerie.'

Haar moeder had haar aangekeken, haar over haar wangen gestreeld en liefdevol gezegd: 'Dat word je vast en zeker, daar ben ik van overtuigd.'

Ze werd door geklop op de deur uit haar dagdromen gehaald en legde snel het boek weg. Een oudere man stond buiten naar haar te zwaaien. Een blik op haar horloge vertelde haar dat het al acht minuten over negen was. Ze maakte de deur snel open.

'Goedemorgen. Sorry, ik had helemaal niet in de gaten dat het al zo laat was.'

'Geen probleem. Mag ik binnenkomen?'

'Maar natuurlijk.' Ze hield de deur wijd open en liet de man binnen.

Hij keek even rond en vroeg toen: 'Heeft u oude boeken? Eerste drukken?'

'Een paar. In de kast daarachter.'

Ze wees naar een donkere houten kast waarvan de twee bovenste planken vol met heel oude boeken stonden. Zeldzame boeken. Een paar stonden er al sinds ze een kind was en die moesten steeds weer afgestoft worden. Ze vond het jammer dat de waardevolle boeken in de zee van antiek volledig verloren gingen.

De ogen van de man werden groot en hij liep verwachtingsvol naar de boekenkast. Hij hield zijn hoofd scheef en leek elke boekenrug te willen ontcijferen.

Ruby wilde hem net een loep aanbieden toen hij riep: 'Ha! Sir Arthur Conan Doyle. *De hond van de Baskervilles*. Geweldig!' De man, die een krulsnor had en vast literatuurwetenschap doceerde aan een van de vele universiteiten in de stad, draaide zich naar haar om. 'Is dat een eerste druk? Mag ik het even inkijken?'

Ruby liep glimlachend naar hem toe. Het boek had ze onlangs op een antiekmarkt gekocht en ze had meteen geweten dat het een juweeltje was.

'Helaas is het geen eerste druk. Maar het is een heel oude editie uit 1936.'

Ze pakte het boek voorzichtig uit de kast en gaf het aan de

man. Hij bekeek het uitvoerig, sloeg de band open en bestudeerde het colofon.

'Hoeveel wilt u ervoor hebben?'

'Tachtig pond, ziet u?' Ze wees op het prijskaartje en hield haar adem in. Was dat te duur?

'Tachtig pond, hm...' zei de man en hij staarde niet meer zo heel enthousiast naar het kaartje dat ze in het boek had gelegd. Ze zou er nooit een prijssticker op hebben geplakt.

'Het is nog in goede staat,' probeerde Ruby zichzelf te rechtvaardigen. 'Het heeft geen kreukels en er is niet in geschreven.'

'Dat is zo. Hm...' zei hij weer. Ze wist heel goed dat hij haar onzeker wilde maken. Dat deden veel klanten, alsof ze op een vlooienmarkt waren en niet in een gevestigd bedrijf dat vaste prijzen hanteerde. 'Ik geef u vijftig pond. Meer kan ik niet betalen,' zei hij en hij keek haar recht aan.

'Het spijt me werkelijk, maar dat kan ik niet doen.'

Hij knikte begrijpend. 'Weet u, ik was van plan het voor mijn literatuurcursus te gebruiken. Ik behandel nu Doyle en Sherlock Holmes. Het zou een mooie kans zijn geweest... jammer dat we het niet eens konden worden.' Hij haalde zijn schouders op en maakte aanstalten de winkel te verlaten. 'Ik wens u een mooie dag.'

'Wacht even!' riep ze hem na toen hij de deurklink al vasthad. 'Misschien kunnen we het toch eens worden.' Vijftig pond was toch altijd nog beter dan niets. Het betekende dat ze alle bonen die haar vader die week wilde eten voor hem kon kopen. 'Wat dacht u van zestig?'

Glimlachend draaide de man zich om en knikte. Toen hij een paar minuten later de winkel verliet met het boek in een groene papieren zak met het opschrift RUBY'S ANTIQUES, ging ze weer op haar schommelstoel zitten. Haar moeder had dat vast beter gedaan. Maar zij was er niet meer en alles was op Ruby's schouders terechtgekomen. Toch had ze een piepklein succesje geboekt.

# 4

Toen Ruby twee dagen later Laurie's Tea Corner binnenliep, voelde ze zoals altijd de gezellige sfeer die de winkel uitstraalde.

'Ruby, wat fijn dat je er bent,' begroette Laurie haar en ze omhelsde haar hartelijk. 'Ga toch zitten. We wachten alleen nog op Orchid. Wil je een kopje rabarber-aardbeienthee? Past perfect bij de aardbeienkoekjes die Keira heeft meegenomen.'

Ruby knikte glimlachend. 'Heel graag.'

Ach, als ze die woensdagavonden, die compensatie voor haar monotone werkdagen, toch niet had.

'Komt eraan.'

Ruby ging zitten tussen Susan, die er weer als een grijs muisje uitzag in haar eenvoudige spijkerbroek en wijde donkergrijze trui, en Keira, die gelukkiger dan ooit leek. Dat lag waarschijnlijk helemaal aan haar nieuwe geliefde Thomas. Sinds ze een relatie met hem had, was ze helemaal opgebloeid.

'Hoe gaat het met jullie?' vroeg Ruby. 'Keira, je straalt helemaal.'

'Met mij gaat het geweldig, dank je. En dat ik straal, komt waarschijnlijk omdat ik eindelijk de man heb gevonden die me neemt zoals ik ben.'

Dat was niet altijd zo geweest. Keira's ex-vriend Jordan, met wie ze acht jaar een relatie had gehad, was tandarts en had altijd iets op haar en vooral op haar extra pondjes aan te merken gehad. Gelukkig was Thomas Finch anders. Keira had hem in haar chocolaterie leren kennen. Hij was een klant geweest met wie ze nadat het uit was met Jordan bevriend was geraakt. Ruby was er in elk geval van overtuigd dat Thomas de ogen van haar vriendin had geopend en dat ze door hem had ingezien wat er in de relatie met Jordan fout was gegaan.

'Wat fijn voor je.'

Ja, echt, Keira had Thomas verdiend. Ook al wilde Ruby zelf ook zo'n soort man aan haar zijde. Iemand die haar accepteerde zoals ze was, met haar verlegenheid en het blok aan haar been in de vorm van een zestigjarige man die van plan was deze week alleen bonen te eten. Wie wilde er nu een week lang bonen eten? En wie wilde überhaupt iets met een vrouw die een vader had die elk moment haar kamer kwam binnenvallen omdat hij bij haar woonde en het in z'n eentje absoluut niet redde?

'Ruby? Wil je suiker in je thee?'

'Wat? Ik... ja, graag.'

'Gaat alles goed? Waar zit je met je gedachten?' vroeg Laurie bezorgd.

'Ik weet waar ze is,' zei Susan meteen.

'O ja? Waar dan?'

'Bij Gaaary,' rekte Susan zijn naam plagerig uit.

'Hoe kom je daar nou bij?' zei Ruby verontwaardigd.

'Nou, jullie zijn de laatste tijd constant bij elkaar.'

'"Constant" is wel wat overdreven.' Ruby duwde met beide handen haar haar achter haar oren.

'Ik zag hem gisterenochtend ook weer je winkel uitkomen,' bracht Keira er nu tegen in.

'Het regende. Ik had hem aangeboden om op de bank in de winkel te slapen. Alsof jullie dat niet gedaan zouden hebben.'

Ze wist heel goed dat Laurie Gary op zijn minst één keer per dag thee bracht, dat Susan altijd iets voor hem breide, dat Orchid hem vaak douchegel uit haar winkel meegaf waarvan het etiket zogenaamd helemaal vanzelf was verdwenen, en dat Keira zelfs opzettelijk koekjes verbrokkelde om ze uit te delen als gebroken stukken die ze niet kon verkopen. Ze moest aan Samuel en zijn brood denken en ze nam zich weer vast voor dat ze de dagboeken mee zou nemen naar de woensdagavonden. Of in elk geval één.

'Ik heb geen bank in mijn winkel,' zei Susan nu. 'Maar goed dat jij er eentje hebt.'

'Precies.' Laurie knipoogde naar Ruby. 'Omdat je op een knusse bank ook nog wel wat anders kunt doen dan slapen.'

'Je ziet ze vliegen,' zei Ruby hoofdschuddend. 'Zit er iets in die thee, dat jullie allemaal zo raar doen? Want als dat zo is, zal ik er maar niet van drinken.'

'Een beetje raar doen zou vooral voor jou wel eens goed zijn,' vond Susan.

'Waarom zeg je dat nou?'

Keira nam het woord: 'Ik denk dat Susan bedoelt dat het zou helpen als je wat losser zou zijn bij Gary.'

'We kunnen het heel goed met elkaar vinden, dank je wel. We hoeven ons niet losjes te gedragen.'

'Ik spreek uit eigen ervaring,' zei Laurie en ze ging bij hen aan de ronde metalen tafel zitten. 'Als ik mezelf niet had overwonnen bij Barry, dan zouden we nog steeds om de hete brij draaien.'

Barry was Lauries theeleverancier en ze was zes volle maanden verliefd op hem geweest voordat ze driekwart jaar geleden eindelijk een afspraakje hadden gemaakt. Met hulp van Orchid.

Als je het over de duivel had... Orchid liep de Tea Corner binnen en zag er allesbehalve gelukkig uit.

'Grrrr...' zei ze.

'Wat is er met jou aan de hand?' vroeg Keira.

'Tandy.'

'Tandy?'

'Inderdaad. Tobins nieuwe vriendin.'

'O. En wat heeft ze dan gedaan?' wilde Susan weten en ze keek met gefronst voorhoofd rond.

'Alleen al dat ze bestaat is erg genoeg. En dan moet ze ook nog zo'n strakke zwarte jumpsuit aanhebben... Wie draagt dat nou? Catwoman waarschijnlijk!'

'Jeetje. Iemand is jaloers.' Keira lachte fijntjes.

'Ik jaloers?' Orchid, die haar lange blonde haar vandaag los droeg, wat er prachtig uitzag, sloeg haar armen over elkaar. 'Wat een onzin! Ik heb Patrick. Waarom zou ik dan in godsnaam jaloers zijn?'

'Dat vraag ik me ook af,' zei Keira.

'Dat is toch onzin!'

'Dat zei je al.'

'Ik zeg het met alle plezier nog een keer.'

'We hebben het begrepen,' zei Laurie. 'Thee?'

'Maakt niet uit.'

'Oké. Ik schenk gewoon thee voor je in en jij probeert te kalmeren, goed?' Laurie pakte de pot en schonk de felrode vloeistof in een kopje.

'Sorry. Ik was echt niet van plan in zo'n rothumeur te zijn, maar… grrr.'

'Ik moet zeggen dat ik een beetje verbaasd ben,' zei Ruby toen. 'Zo ken ik je helemaal niet.'

Orchid was anders het zonnetje in huis.

'Ha!'

Tja, vandaag dus niet.

Susan wisselde een veelzeggende blik met Keira. Maar niemand zei meer iets, en niemand noemde de bewuste bloemenhandelaar nog of zijn vriendin die kennelijk Orchids dag had vergald. Om wat voor reden dan ook.

'Nou, zijn er nog nieuwtjes?' vroeg Susan om van onderwerp te veranderen.

'Hebben jullie ook de uitnodiging van mevrouw Witherspoon gekregen?' Keira keek de anderen stralend aan.

'Jaaa! Ik ben helemaal door het dolle,' zei Laurie. 'Wisten jullie dat de lieverd Esther heet?'

'Welke uitnodiging?' vroeg Ruby. Ze had nog niets gekregen, maar had wel een vermoeden waar het om ging.

'Voor haar bruiloft. Die is op 24 juni. We gaan er toch allemaal heen?' Laurie keek rond.

'Absoluut!' antwoordde Susan.

‘Wie zou dat willen missen?’ vroeg Keira.

Zelfs de chagrijnige Orchid knikte enthousiast.

‘Ik kan niet wachten. Dat wordt zó zoet.’

Laurie legde haar handen op haar hart. Ze waren allemaal gaan houden van mevrouw Witherspoon, een trouwe klant van hen die vlakbij woonde. De oude dame, die al bijna negentig was, kwam vaak in Valerie Lane, bracht af en toe een woensdagavond met hen door en ze had een paar maanden geleden haar grote liefde Humphrey leren kennen. De twee hadden zonder omwegen besloten te trouwen voordat hun tijd zou komen. De vijf vriendinnen waren helemaal enthousiast over dit nieuwtje. Niet alleen omdat ze mevrouw Witherspoon haar late geluk van harte gunden, maar ook omdat ze vonden dat ze met Humphrey een lot uit de loterij had gevonden.

‘Ik vraag me af waarom ik geen uitnodiging heb gekregen...’ zei Ruby.

‘Het heeft vast niets te betekenen. Mevrouw Witherspoon heeft de uitnodigingen per post verstuurd omdat ze het zo druk heeft met de voorbereidingen voor de bruiloft... en je kent de post. De brief komt vast morgen.’

Ruby knikte. Dat hoopte ze ook, ze wilde er namelijk absoluut bij zijn. Wat Valerie voor hen allemaal in het groot was, was mevrouw Witherspoon in elk geval in het klein.

‘Wisten jullie dat Valerie en Samuel toen ze in 1881 trouwden, dat in stilte hebben gedaan? Ze stonden alleen voor het altaar en er was niet eens familie bij,’ vertelde Ruby.

‘Waarom?’ vroeg Susan.

‘Omdat Samuels familie eerst tegen Valerie was. Voordat ze haar wat beter leerden kennen. Maar Samuel liet zich niet tegenhouden en trouwde toch met haar.’ Ruby glimlachte tevreden.

‘Waarom was Samuels familie tegen Valerie?’ vroeg Orchid gechoqueerd. ‘Hoe kan iemand iets tegen mevrouw Valerie hebben gehad?’

‘Nou, haar vader was al jong overleden en haar moeder heeft haar en haar vijf zussen in haar eentje grootgebracht. Om hen te kunnen onderhouden deed ze de was voor de mensen in de buurt. Valerie kwam dus uit een heel arm gezin. Samuels vader daarentegen was rechter, evenals zijn grootvader. Ze wilden iets beters voor hem, namelijk dat hij ook jurist werd. Maar dat interesseerde hem niet. Hij was alleen in Valerie geïnteresseerd.’

‘Wat jij allemaal niet weet,’ zei Susan bewonderend.

Ruby glimlachte inwendig, maar ze vertelde zoals altijd niet waar ze haar informatie vandaan had.

Ze zaten allemaal een poosje aan Valerie en haar Samuel te denken.

‘En zijn er nog meer nieuwtjes?’ vroeg Susan daarna en ze wendde zich tot Laurie. ‘Hoe gaat het met je nieuwe hulpkracht?’

De kunstenares Hannah was sinds twee weken bij Laurie in dienst en werkte twee tot drie dagen in de week. Ze was, zoals Laurie al had verteld, eind veertig en had een voorliefde voor esoterie. Ruby had haar onlangs gezien. Ze droeg iets wat op een tulband leek over haar dreadlocks die er her en der uitstaken en er zelfs in verwerkt waren.

'Het gaat goed. Thee inschenken is ook niet zo moeilijk. Bovendien mag ik Hannah graag, ook al is ze een beetje gek.' Laurie lachte. 'En ik heb eindelijk iemand die voor me invalt als ik wat met Barry wil doen. Zoals dit weekend, dan is zijn broer jarig en hij geeft een tuinfeest. Ik hoop alleen dat zijn tuinfeestjes anders zijn dan die van mijn ouders.'

Laurie vertrok haar gezicht. Haar ouders waren schatrijk en op hun tuinfeesten serveerden ze in plaats van hamburgers verschrikkelijke dingen als slakken of leverpastei, die ze delicatessen noemden.

'Dat weet ik wel zeker. Of heeft Eric gezegd dat hij gek is op kwarteleieren?' Keira lachte.

'Zover ik weet niet.'

'Zie je wel. Bovendien hebben Barry en jij toch alleen maar oog voor elkaar. Jullie zouden alleen van lucht en liefde kunnen leven.'

'Ja, dat is waar.' Lauries hele gezicht straalde.

'Ah,' zei Susan, de romantica.

'Hebben jullie haar gezien?' vroeg Orchid aan de groep.

Ruby was even in de war en had geen idee over wie ze het had. Maar toen schoot het haar weer te binnen. Tandy.

'Als je het over Tobins vriendin hebt,' zei Laurie. 'Die heb ik gezien. Ze ziet er leuk uit.'

'Bah!'

'Dat zegt mijn vader ook altijd: bah!' zei Ruby.

'Hoe gaat het met je vader?' informeerde Keira.

'Heel goed, dank je.'

'Hallo? Kunnen we het alsjeblieft weer over *mijn* probleem hebben?' Orchid keek de anderen ongelovig aan.

'Welk probleem dan, liefje?' vroeg Susan. 'Dat je eindelijk zult moeten toegeven dat je Tobin leuker vindt dan je zou willen?'

Orchid sprong op van haar stoel, keek boos naar Susan, ging weer zitten en sloeg haar armen weer over elkaar. Ruby had nog nooit iemand zo vaak haar armen over elkaar zien slaan als Orchid de afgelopen drie maanden. Vanaf de week van Valentijnsdag, toen Tobin de oude locatie van Donna's Ice Cream Parlour had betrokken en er een bloemenwinkel van had gemaakt – de Valentijnsdag waarop Orchid met haar grote liefde Patrick een romantisch tripje naar Londen had gemaakt.

Ze staarde naar Orchid. Wanneer was dat gebeurd? Uit de manier waarop ze zich gedroeg zou je echt kunnen denken dat ze iets voor Tobin voelde. Ruby was ervan overtuigd geweest dat de eigenaar van de bloemenwinkel homoseksueel was, tot Laurie haar over Tandy vertelde. En gisteren had ze hem zelf arm in arm zien lopen met die blonde jonge vrouw. Maar zij had toch nooit iets in de gaten, ze leefde te veel in haar eigen wereld.

'Jullie doen allemaal erg vervelend tegen me. Ik denk dat ik maar ga,' besloot Orchid en ze stond weer op.

'Ga weer zitten!' zei Laurie bevelend. 'Drink je thee op.'

'Heb je PMS?' vroeg Keira. 'Dan slaan mijn hormonen ook altijd op hol.'

'Nee, dat heb ik niet. En mijn hormonen zijn niet op hol. Ik mag dat mens alleen niet, die *Tandy*.' Ze sprak de naam heel sarcastisch uit. 'Met haar modellenfiguur en haar blonde haren en haar...'

'Net als jij,' zei Susan grijnzend en Ruby moest grinniken.

Orchid stond op het punt weer te gaan schelden toen de winkelbel klonk. Barbara, die met haar dochter Agnes boven Laurie's Tea Corner woonde, kwam binnen met haar vriend Leopold Spacey, de beheerder van Valerie Lane.

'Goedenavond lieverds. Kunnen we nog thee krijgen?' Barbara droeg een heel mooie zwarte glitterjurk en had haar haar opgestoken.

Laurie stond op. 'Maar natuurlijk. Het is woensdagavond, dan is iedereen welkom. Ik heb lekkere rabarber-aardbeienthee als jullie willen.'

'Klinkt goed. Wat vind jij, Leo?'

Meneer Spacey was het eens met Barbara en pakte zijn beker aan. Ruby moest inwendig lachen. Voordat de beheerder, die altijd een hoed droeg, een relatie met Barbara kreeg, had ze hem altijd een serieuze excentriekeling gevonden. Maar nu kwam hij op haar over als een vrolijke, verliefde vent.

'Leo en ik gaan straks dansen,' verkondigde Barbara.

'Ik heb in geen eeuwen meer gedanst,' zei Keira. 'Ik moet Thomas eens vragen of hij daar ook zin in heeft.'

Ruby dacht terug aan haar jeugd. Haar ouders hadden thuis vaak samen gedanst. Dan lachte haar moeder uitgelaten en zag ze er onbezorgd uit. Ruby had er eeuwig naar kunnen kijken.

'Hoe loopt de bloemenwinkel? Heeft Tobin je al in vaste dienst genomen?' informeerde Susan bij Barbara. Ze was toen de bloemenwinkel in Valerie Lane werd geopend net haar baan in het warenhuis kwijtgeraakt en ze was als invalkracht bij Tobin begonnen.

Orchid liet een afkeurend gegrom horen. Binnenkort mocht Tobin überhaupt niet meer genoemd worden.

Barbara keek haar even aan, maar liet zich niet van haar stuk brengen.

'Ik vind het ongelooflijk leuk. Ik vraag me af waarom ik niet altijd al met bloemen heb gewerkt. Het is zo'n verrijking. En ja, ik werk er nu elke dag, van negen tot twee.'

'Dat is mooi,' vond Keira. 'En ik weet precies wat je bedoelt. Bloemen verkopen moet net zo voelen als chocola verkopen. Je weet dat de klant iemand anders een groot plezier zal doen.' Ze plukte aan haar roze blouse en glimlachte voor zich uit.

'Dat is precies wat ik bedoel.' Barbara nam een slok thee.

'En kun je het goed vinden met Tobin?' wilde Keira weten. 'Is hij een strenge baas?'

'Nee, helemaal niet. Ik kan me geen betere voorstellen. Hij is zo'n lieve jongeman. Zo eentje wil ik ook voor mijn Agnes. Die heeft nu iets met een punker. Maar ja, Tobin is helaas bezet.'

Orchid sprong weer op. 'Ik moet weg, er... liggen nog een paar catalogussen op me te wachten.' Ze stormde de winkel uit.

'Wat is er met haar aan de hand?' vroeg Barbara verbaasd.

Laurie schudde haar hoofd. 'Tandy.'

Toen de vriendinnen een uur later afscheid van elkaar namen, bleef Ruby nog een half uur om Laurie te helpen met opruimen.

'Dat is echt niet nodig, liefje,' zei Laurie.

'Ik doe het met alle plezier.'

'In dat geval, Dan dank je wel. Jammer dat mevrouw Witherspoon vanavond niet langskwam, toch?'

'Ja. Ze is vast met de voorbereidingen voor haar bruiloft bezig. O, Laurie. Gooi die thee niet weg.' Ruby wees naar het restje dat nog in de pot zat.

Laurie keek haar glimlachend aan. 'Ik doe het wel in een beker. Ik vind het echt heel lief dat je zo voor hem zorgt. Hij heeft een vriend nodig in deze vreemde stad.'

Ruby bloosde een beetje. 'Mevrouw Valerie had dat toch ook gedaan?'

'Ja, dat is zo.' Laurie knipoogde en Ruby vroeg zich af wat ze daar nou weer mee bedoelde. 'Vertel eens, Ruby, gaat alles wel goed? Je lijkt de laatste tijd zo... verdrietig.'

'Ach.' Ruby maakte een afwijzend gebaar. 'Er is niets.'

'Ik ben je vriendin en ik ben er altijd voor je, net als de anderen. Dat weet je toch?'

'Dat weet ik.' Ja, dat wist ze, maar ze wilde de anderen niet met haar zorgen lastigvallen.

Laurie legde een hand op haar schouder. 'Ruby, ik wil je niet pushen, maar als je iets op je hart hebt...'

Ruby zuchtte. 'Ach, het is alleen... jij, Keira en mevrouw Witherspoon... jullie zijn allemaal zo ongelooflijk gelukkig. En ik ben heel blij dat jullie je grote liefde hebben gevonden. Niemand verdient het meer dan jullie.' Van Orchid wist ze op dat moment niet zo zeker hoe het met de ware liefde zat. 'Maar... soms wil ik dat gewoon ook, begrijp je?'

'Natuurlijk begrijp ik dat. En je bent bang dat je de ware liefde door je vader niet zult vinden?'

O. Laurie leek haar beter te kennen dan ze had gedacht. Ze knikte nauwelijks merkbaar.

'Liefje, dat is onzin, echt waar. Als je de ware tegenkomt, dan zal hij je nemen zoals je bent. Met alles erop en eraan.'

'Ook een oude gekke dwaas die de hele week bonen wil eten? Of eieren of perziken uit blik?'

Laurie glimlachte treurig. 'Hij is niet gek en dat weet je.'

'Ja, dat weet ik wel. Maar het is niet normaal dat hij bij me woont en dat ik voor hem zorg, zoals anderen voor een kind of een hond zorgen.'

'Als je op een dag een man tegenkomt die echt een relatie met je wil, dan zal hij ook dat accepteren... Is er misschien al iemand?'

Ruby moest grijnzen en pakte de beker aan. Daar zou ze nu niet verder op ingaan. 'Nog een fijne avond, Laurie. En doe Barry de groeten van me.'

'Dat zal ik doen. En doe de groeten aan je vader.'

Ze knikte. Haar vader zou dat waarschijnlijk weinig interesseren. Hij was veel meer geïnteresseerd in zijn nieuwe radio. Ruby had hem sinds zondag geen enkele keer het huis uit gekregen. Nou, misschien maar goed ook, dan hoefde ze zich minder zorgen te maken.

Ze stak de straat over en liep naar Gary toe, die zoals meestal op de hoek voor Susan's Wool Paradise zat. Hij was gehuld in een dikke deken. Ruby vroeg zich even af waar hij zijn spullen overdag liet als hij hier niet zat.

'Hallo Gary.'

'Hé Ruby.' Hij keek op en Ruby vond weer dat Gary er eigenlijk helemaal niet uitzag als een typische dakloze. Hij was niet verwaarloosd of vies, integendeel, je zou hem bijna als verzorgd kunnen bestempelen. Zijn haren waren altijd gewassen, zijn kleren waren zo schoon als ze konden zijn als je de hele dag op straat zat, maar hij had een zuivere ziel.

'Ik heb thee voor je. Die is nog warm.'

'O, dank je.'

'En ik heb een paar koekjes voor je gepikt.' Grijnzend gaf ze die aan hem.

Hij grijnsde terug.

'Heb je zin om morgen bij me langs te komen? Ik wil je graag iets laten zien.'

'Natuurlijk, dat doe ik.'

Ze knikte tevreden. 'Welterusten.'

'Tot morgen.'

Ja. Tot morgen, jij ondoorgrondelijke man, dacht Ruby en haar hart klopte sneller.

# 5

*'Ooit zal deze winkel van jou zijn,' zei haar moeder.*

*Ruby stond op het punt de zilveren lepels te gaan poetsen. Ze hielp graag mee in de winkel en verheugde zich er al op dat ze ooit de eigenaresse zou zijn, hoewel ze pas zeven jaar oud was. Dan zou ze ook andere dingen te koop aanbieden dan dat muffe, stoffige antiek. Haar moeder had de dag ervoor een enorme doos met oud zilveren bestek meegenomen en haar verteld hoe waardevol en speciaal dat was. Nog meer lepels en vorken en messen die gepoetst moesten worden! En al die verschrikkelijke schilderijen. En al die stoelen waarop naar men beweerde ooit een beroemde schrijver had gezeten om zijn wereldberoemde roman te schrijven. Er stond zelfs een secretaire in de winkel, een klein oud bureau dat van niemand minder dan van Charles Dickens geweest moest zijn. Ruby wist niet veel over Dickens, behalve dat hij als gietijzeren figuur buiten op de bank voor de winkel zat. Maar één ding wist ze wel: het bureau dat haar moeder voor vijfentwintighonderd pond aanbood, zou ze nooit ofte nimmer kwijtraken.*

*Ruby kon niet enthousiast worden over de dingen die haar*

*moeder verkocht – behalve over de boeken. Ze had altijd van boeken gehouden en ze was altijd blij als haar moeder weer nieuwe opduikelde. Die las Ruby dan in de achterkamer, terwijl er voor in de winkel gepraat, gelachen, gehandeld en verkocht werd.*

*De jaren verstreken en de secretaire van Dickens stond nog altijd in de winkel. Ruby wilde geen lepels meer oppoetsen. Ze was zestien en sprak na school liever met haar vriendinnen af. Maar haar moeder had haar op zijn minst een paar uur per dag nodig. Haar oma kon vanwege haar gezondheid niet meer helpen en haar vader werkte zelf van 's ochtends vroeg tot 's avonds laat als huismeester.*

*'Ooit zal dit allemaal van jou zijn,' hoorde ze haar moeder voor de zoveelste keer zeggen.*

*Die dag raapte ze al haar moed bijeen. 'Mam? Het spijt me, maar ik... ik denk dat ik dat helemaal niet wil.'*

*Meryl keek haar dochter verbaasd aan. 'Niet? De winkel is een familiezaak. Wie moet die dan overnemen als jij het niet doet?' Broers en zussen had Ruby niet.*

*'Geen idee, mam.' Ze haalde diep adem voordat ze aan haar moeder opbiechtte: 'Ik wil graag in Londen gaan studeren. Me aan mijn kunst wijden.'*

*'Jouw kunst?'*

*'Ja. Ik teken graag, als je dat nog niet is opgevallen,' zei ze een beetje bot.*

*'Natuurlijk wel. Maar ik dacht dat het een hobby was.'*

*'Omdat je gewoon niet in me geïnteresseerd bent, omdat het bij jou altijd alleen om de ... winkel draait.'*

*Ze had 'stomme winkel' willen zeggen, maar kon dat nog net inslikken. Ruby was geen brutale tiener zoals zoveel van haar vriendinnen. Integendeel, ze was een stil, teruggetrokken, bescheiden meisje. Maar als het om haar toekomst en haar dromen ging, dan klopte haar hart sneller en nam er een soort woede bezit van haar.*

*Meryl zuchtte. 'Wat jammer dat je dat zo ziet, Ruby. Ik wist niet... dat je echt overweegt om hier weg te gaan. Naar Londen.'*

*Ze keek strak voor zich uit naar een oude spiegel die waarschijnlijk ook van een of ander beroemd persoon was geweest. De queen-mum of zo.*

*Ruby kreeg onmiddellijk een slecht geweten. 'Londen is toch niet het eind van de wereld, mam. Ik zal heel vaak bij jullie op bezoek komen.'*

*'Ja, je hebt gelijk. Maar ik heb me altijd voorgesteld dat jij en ik in deze winkel zouden staan om onze antieke spullen te verkopen. Dat we samen naar vlooienmarkten zouden gaan om zeldzame dingen te zoeken.'*

*'Maar dat doen we toch al.'*

*'Ja, ik weet het.' Meryl zuchtte weer.*

*'En dat zullen we de komende twee jaar ook nog doen tot ik naar Londen ga. Misschien zelfs daarna ook weer. Als ik terugkom.' Dat was ze eigenlijk niet van plan, maar ze wilde haar teleurgestelde moeder op een of andere manier geruststellen.*

*Het leek te werken. Meryl zag er meteen weer vrolijker uit. 'Dat zou echt mooi zijn.' Ze zette een paar stappen naar Ruby toe, pakte haar hand en drukte die. 'Je bent mijn waardevolste schat, Ruby. Ik hoop dat je dat weet.'*

Ruby werd badend in het zweet wakker. Ze had weer over haar moeder gedroomd. Gelukkig was het niet een van die dromen geweest waarin ze in een diepe afgrond viel en Ruby vertwijfeld probeerde haar hand te pakken om haar omhoog te trekken. Maar... haar moeder sloop al de hele dag haar gedachten binnen. Het werd gewoon te veel als ze dat ook nog 's nachts ging doen. Want Ruby had een vreselijk slecht geweten. Omdat ze de winkel niet draaiende kon houden. Omdat ze haar belofte niet waar kon maken. Omdat ze gewoon alles had opgegeven voor niets.

Nou ja, 'niets' was misschien wel wat overdreven uitgedrukt. Ze had in elk geval haar vader nog, haar lieve vriendinnen en de winkel die tenslotte van haar was. Althans, nog wel. Als de situatie de komende drie maanden niet verbeterde, had ze besloten of eigenlijk ingezien, dan zou ze die met een zwaar hart moeten sluiten.

Zuchtend stond ze op, ze nam een douche en kleedde zich aan. Ze maakte een portie bonen voor haar vader warm en zette een paar opengedraaide blikken op de huiskamertafel. Die zou hij later koud moeten eten. Dat hij nou net bonen moest uitzoeken!

'Pap? Ik moet weg. Wat vind je ervan als je vandaag eens in de winkel langskomt?'

'Het regent.'

'Nee, het regent niet. Het regent al dagen niet meer. Het is heel zonnig.' Daarom had ze ook een mooie zomerjurk aangetrokken. Een lichtgele, en als ze die droeg, voelde ze zich een beetje als een personage uit de *The Great Gatsby* of *Downton Abbey*. Ze hield erg van die periode, de jaren twintig en dertig van de twintigste eeuw, en ze had een verzameling passende outfits in de kast hangen. Ze droeg de mantelpakjes en jurken niet alleen bij bijzondere gelegenheden, maar ook in het dagelijks leven. Ze vond dat ze er met die kleding geloofwaardig uitzag bij haar werkzaamheden in de winkel. Ze trok een paar bijpassende bruine schoenen met lage hakken aan en keek nog een laatste keer om de hoek. 'Pap? Luister je eigenlijk nog wel naar me?' Hij gaf nog steeds geen antwoord. 'Als je vandaag weer geen frisse neus gaat halen, dan moet ik vanavond helaas je radio afpakken,' waarschuwde ze.

Dat maakte haar vader wakker. 'Nee! Je bent gemeen!'

'Ja, ik ben zó gemeen.' Ze gniffelde. 'En als je weggaat, vergeet je sleutel dan niet.'

'Je behandelt me als een kind, Ruby.'

'Zo gedraag je je ook,' zei ze, maar zo zacht dat hij het niet kon horen. 'Dag, pap! Tot straks!' riep ze nog naar hem en ze was het huis al uit voordat hij nog iets kon zeggen.

Ze pakte de bus, wandelde Cornmarket Street door, kocht in plaats van een zalmbagel en een verse jus in de koffiebar zoals ze vroeger deed, een voorverpakte 99-pence-sandwich en een pak sap in de supermarkt en sloeg Valerie Lane in.

Gary zat zoals verwacht op zijn hoek en keek glimlachend op toen hij haar zag. 'Goedemorgen Ruby.'

'Goedemorgen Gary. Ga je meteen mee of kom je straks langs?'

Hij leek even na te denken, raapte toen zijn spullen op en liep naast haar naar de antiekzaak.

‘Als je ook bij mooi weer in de winkel wilt slapen, hoef je dat alleen maar te zeggen, oké?’ bood ze voorzichtig aan. Ze had graag gevraagd waar hij anders sliep, maar ze wilde hem niet in verlegenheid brengen.

‘Is niet nodig, maar toch bedankt. Wat wil je me laten zien?’ veranderde hij snel van onderwerp.

‘Iets unieks.’ Ruby glimlachte geheimzinnig.

Ze betraden de winkel en ze gebaarde naar Gary dat hij moest gaan zitten. Hij zette zijn spullen neer en ging op een oude gerestaureerde houten stoel zitten terwijl Ruby de deur afsloot. Daarna liep ze naar de losse houten plank en tilde die op zoals ze zo vaak deed, maar nu met een extreem bonzend hart.

Zo meteen zou ze daadwerkelijk iemand over Valeries dagboeken vertellen, haar geheim delen, haar kennis openbaren…

*‘O jee,’ zei Ruby toen het vijfpence muntje uit haar hand gleed, op de grond viel en wegrolde. Hè bah! Haar moeder had haar het teruggeven van wisselgeld toevertrouwd, en dan gebeurde er zoiets!*

*Ruby stamelde een verontschuldiging, knielde, tastte op de grond en keek goed rond. Wat een pech! Het muntje was in een spleet tussen twee vloerplanken gerold. Maar wat raar, een van de planken lag iets hoger dan de andere, een klein stukje maar. Voorzichtig probeerde Ruby hem op te tillen en stond toen vol verbazing te kijken. Onder de plank zat een holle ruimte. Een soort geheim vak? Haar hart begon hard te bonzen.*

*Ze was een beetje teleurgesteld toen ze ontdekte dat er alleen maar boeken in zaten. Hoeveel ze ook van boeken hield, ze had toch liever een schat van goud gevonden. Ruby pakte het teruggevonden muntje op en deed de plank weer terug om haar vondst, al was die op het eerste gezicht niet zo spannend als verwacht, geheim te houden.*

*Een paar dagen later, toen ze op een zaterdagochtend voordat de winkel openging alleen was omdat haar moeder ontbijt aan het halen was, deed ze een nieuwe poging. En toen ze de stoffige boeken tevoorschijn haalde, zag ze ineens hoe waardevol de schat was die ze had ontdekt. Waardevoller dan al het goud op de wereld – tenminste voor haar.*

*Ruby kende het verhaal over Valerie, iedereen kende het, de vrouw was een legende, een heldin die altijd meer voor haar zou betekenen dan Supergirl of Wonder Woman. Dat de oude dagboeken nu voor haar lagen, ja, dat ze die zelfs haar bezit kon noemen, was gewoon niet te geloven.*

*Ze wist niet wat ze moest doen. Als ze het aan haar moeder vertelde, dan zou ze de boeken zeker voor een goede prijs verkopen of zelfs aan een museum willen schenken. Dat kon Ruby niet toestaan, niet voordat ze wist wat erin stond. Ze was elf, maar had al twee keer een leeswedstrijd op school gewonnen. Ze las sneller dan al haar vriendinnen, zelfs sneller dan haar moeder en haar vader.*

*Ze had dus niet veel tijd nodig om de dagboeken te lezen en ze las ze meteen nog maar een keer. En daarna nog een keer. Als ze alleen was, haalde ze de plank weg en pakte een van de acht kleine, in bruin leer gebonden boeken om erin te blade-*

*ren. Soms nam ze een van de boeken zelfs een nachtje mee naar huis. Ze werd er helemaal door gebiologeerd en de boeken lieten haar gewoon niet meer los. Ruby besloot haar moeder, of wie dan ook, nooit over de dagboeken te vertellen. Ze bleven in hun geheime plek.*

*Toen ze op haar achttiende naar Londen ging, vond ze het bijna net zo moeilijk de dagboeken achter te laten als haar vader en moeder. Deze boeken gaven haar het gevoel dat ze in het verleden was, dat ze als Valerie wilde zijn. Dat ze haar jeugd tussen al die antieke spullen had doorgebracht, had er vast ook aan bijgedragen, maar Valerie had toch een heel speciale plek in Ruby's hart, en die zou ze altijd houden. Vlak naast haar moeder.*

'Ruby?'

Ze keek op en schudde zich wakker. Ze had weer eens zitten dromen.

'Wilde je me niet iets laten zien?' Gary wees naar het boek dat ze in haar hand hield. Het was het oudste van de acht dagboeken, Valerie was in 1882 begonnen met schrijven.

'Sorry, ja. Ik wil je graag iets laten zien dat ik nog nooit aan iemand heb laten zien.'

Ze kon zelf niet verklaren waarom ze ineens de behoefte voelde om haar geheim te delen. Het moest aan Gary liggen en aan die speciale band die ze tussen hen meende te voelen.

'O. Dat moet je niet doen, als... als het jouw geheim is.'

'Maar ik wil het graag.' Ze liep naar Gary toe en gaf hem behoedzaam het boek.

Gary pakte het aan en sloeg het net zo voorzichtig open. 'Wat is dit?' vroeg hij. Maar toen hij de eerste zinnen las, werd dat al snel duidelijk en hij zette grote ogen op. 'Is dit van Valerie? Het dagboek van Valerie Bonham?'

Net als iedereen in de omgeving wist Gary natuurlijk wie Valerie was en hij kende de vele verhalen en legenden over haar. Nu zou hij de hele waarheid te weten komen.

Ruby knikte trots. 'Ja. En er zijn er nog meer. Ik heb de boeken als kind hier in de winkel gevonden. Ze hebben me mijn halve leven begeleid, raad en moed gegeven.'

'Wow! Die zijn vast heel waardevol. Ik bedoel niet in financiële zin.'

'Ja. Ze zijn voor mij het waardevolste op de hele wereld. Afgezien van mijn vader en mijn vriendinnen.'

'Dat kan ik me voorstellen. Het is echt ongelooflijk dat je die in je bezit hebt. Mag ik erin lezen?'

'Natuurlijk.'

Eerbiedig zat hij door het boek te bladeren. Als schrijver zag hij het vast ook nog in een heel ander licht. 'Bedankt, dat je je geheim met me deelt. Dat betekent echt veel voor me.'

'Graag gedaan.' Ze glimlachte naar hem en ze wist dat ze er goed aan had gedaan.

Net toen ze aan het bedenken was wat ze tegen Gary zou zeggen als hij zou vragen waarom ze uitgerekend vandaag die boeken liet zien, werd er op de deur geklopt.

Gary sloeg het boek meteen dicht en liet het achter zijn rug verdwijnen. Ruby liep naar de deur om open te doen en begroette een toeriste van middelbare leeftijd uit Bristol, zoals ze haar vertelde. Ruby vroeg of ze iets speciaals zocht, maar ze antwoordde dat ze graag in rommelwinkeltjes rondkeek. Ze hield van rommelwinkeltjes.

Maar ze kocht niets. Toen ze weg was, liet Ruby haar schouders zakken. 'Dat was weer typisch.'

'Wat dan?'

'Dat iemand mijn prachtige winkel een rommelwinkel noemt. Ik verkoop exquise, kostbare antiquiteiten en geen troep.' Soms maakte het haar echt boos. 'Oké, als ik eerlijk ben, verkoop ik de dure antiquiteiten niet eens. Ik bied ze aan. Maar niemand koopt ze.'

'Mag ik je iets vragen? Maar word alsjeblieft niet boos.'

'Natuurlijk niet, vraag maar.'

'Als je niets verkoopt en de mensen rommel willen, waarom verkoop je dat dan niet?'

'Omdat deze winkel altijd al een antiekzaak was. Nou ja, sinds mijn overgrootmoeder hem van Samuel heeft gekocht. Dat is meer dan honderd jaar geleden.'

'Wat was het toen voor winkel?'

'Toen hij van Valerie was? Een kruidenierswinkel. Ze verkocht van alles, van levensmiddelen tot kolen en wol. Destijds was het de enige winkel hier in de straat.'

'Hm. Heb je er wel eens over nagedacht om ook iets anders aan te bieden?'

'Houtskool misschien?' Ze had gedacht dat Gary wel wist hoeveel de winkel voor haar betekende.

'Natuurlijk niet. Je kunt antiek blijven verkopen, maar je zou het aanbod iets kunnen verbreden. Commerciële dingen aanbieden. Goedkopere.'

Ze dacht na. Mensen wilden gewoon niet zo veel geld uitgeven. Maar wat zou ze dan kunnen aanbieden?

'Ik zal erover nadenken,' zei ze, een teken voor Gary dat ze er op dat moment niet verder over wilde praten.

'Ruby. Je bent toch niet boos op me.'

'Nee hoor.'

'Echt niet?'

Ze schudde haar hoofd.

'Gelukkig maar. Ik zou het alleen jammer vinden als je op een gegeven moment de winkel zou moeten sluiten. Dat had je moeder zeker niet gewild,' zei hij heel behoedzaam.

Nee, dat was waar. Maar zou ze hebben gewild dat ze de hele winkel veranderde? Dat vast en zeker ook niet.

'Je kunt hier blijven zo lang je wilt om in het dagboek te lezen. Ik moet even de inventaris opmaken, oké?'

'Dank je wel.' Gary glimlachte verlegen naar haar.

Ruby liep naar de kleine toonbank, eigenlijk een oude ladekast die ook al een eeuwigheid in de winkel stond. De grote toonbank uit de tijd van Valerie gebruikte ze om artikelen op uit te stallen. Er stonden vazen, kandelaars, porseleinen beeldjes en kristallen glazen.

Ze wilde zich met de inventaris bezighouden.

Ruby ging aan het werk, maar was na een uur al klaar. Daarna had ze helemaal niets meer te doen.

# 6

Gary bleef de hele dag zitten lezen. Van tijd tot tijd keek Ruby naar hem en zag dat hij geconcentreerd en gefascineerd de oude, aangrijpende woorden in zich opnam. Ze wist heel goed wat hij voelde want die emoties overvielen haar elke keer als ze in Valeries dagboeken zat te lezen. Elke zin was met zo veel betekenis en liefde geschreven dat je er gewoon in gezogen werd.

Voor Gary zou het allemaal nog een heel andere betekenis hebben. Want hij had ooit zelf geschreven. Romans. Maar dat kon hij niet meer, nadat… Ze wist niet precies wat hem was overkomen, maar ze had wel een vermoeden. Misschien zou hij haar dat ooit vertellen. Ze hoopte het van harte, want ze mocht hem heel graag en ze wilde hem graag begrijpen. Aan de andere kant had Ruby hem ook nog niets over de drama's in haar eigen leven verteld, en soms vond ze het oké dat ze alleen vrienden waren en elkaar accepteerden zoals ze nu waren. Want ze waren de afgelopen jaren allebei andere mensen geworden, gebroken mensen.

'sMiddags had Gary het eerste boek uit en ze gaf hem het tweede. Hij knikte dankbaar. Hij vroeg niet of hij het mee naar buiten kon nemen en zij bood het niet aan. Deze boeken waren zo waardevol dat het vanzelfsprekend was dat ze hun veilige plek niet mochten verlaten.

Toen Ruby om zes uur de winkel wilde afsluiten, vroeg ze aan Gary of hij nog wilde blijven.

'Als je dat goedvindt? Ik kan de dagboeken gewoon niet wegleggen. Je kunt toch niet stoppen na eentje?'

Ze wist heel goed wat hij bedoelde. 'Zo was het voor mij ook toen ik ze de eerste keer las. En zo gaat het elke keer weer. Ik waarschuw je: deze boeken zullen je veranderen.'

'Dat weet ik wel zeker.'

'Je kunt hier de hele nacht blijven. De bank staat tot je beschikking. Er liggen nog een paar appels. Veel plezier met lezen!'

'Ruby?' riep hij toen ze al bij de deur was. Ze draaide zich om. 'Dank je wel. Voor alles. Je bent... Ik ben blij dat je me ziet zoals ik echt ben.'

Ze voelde zich warm worden. Ze kon zich goed voorstellen dat de meeste mensen Gary behandelden als wat hij voor hen was: een dakloze, een verliezer, een mens die minder waard was. Maar voor haar was hij een heel speciaal mens, oprecht, begrijpend, ja, zelfs fascinerend in veel opzichten.

'Dat is toch vanzelfsprekend, Gary.'

Hij keek haar met zijn warme grijze ogen glimlachend aan. Op dit soort momenten kreeg ze het gevoel dat het veel meer tussen hen zou kunnen worden. Dat ze elkaar zouden vinden, twee verwante zielen. Ze glimlachte terug, zwaaide en vertrok.

'Pap, je bent weer niet bij me langsgekomen. Ben je weer niet naar buiten geweest?' vroeg Ruby 's avonds aan haar vader die zoals altijd in zijn stoel zat, vandaag in een groene joggingbroek en een rood overhemd. Hij zag er bijna kerstachtig uit.

'Wel. Ik was in de supermarkt.'

'Echt waar? Wat heb je gekocht?'

'Bonen.'

'Maar we hebben toch nog genoeg bonen. Ik heb gisteren tien blikken gekocht.'

'Je zei dat ik naar buiten moest gaan en ik ben naar buiten gegaan.'

'Even naar de supermarkt op de hoek? Dat bedoelde ik niet. Je moest een frisse neus halen. Je bent een echte kluizenaar geworden, papa. Zo gaat het niet langer.'

'Bah!' zei hij zoals zo vaak. Toen Ruby hem streng aankeek, liet hij haar weten: 'Ik vind het niet leuk om naar buiten te gaan.'

Ruby had bijna spijt dat ze de nieuwe radio voor hem had gekocht. 'Pap, je weet wat ik gezegd heb. Als je niet naar buiten gaat, moet ik helaas je radio afpakken.'

'Maar ik was toch buiten.'

'Niet echt.'

'Wel, ik was buiten!' tierde hij, koppig als een klein kind.

'Pap! Dat telt niet. Kom, geef me de radio. Als je morgen naar buiten gaat, geef ik hem terug. Oké?' Ze stak haar hand naar het apparaat uit.

'Nee!' zei hij vastberaden en hij hield de radio heel stevig vast, omarmde die bijna liefdevol. Zo had hij háár al jaren niet vastgehouden, realiseerde ze zich en dat stak haar.

‘Pap, geef hem alsjeblieft. Ik wil echt geen ruzie met je maken.’

‘Nee! Nee! Je krijgt hem niet!’ Hij hield hem nog steviger vast.

Ze greep ernaar en begon er een beetje aan te trekken, haar vader deed hetzelfde. Ze vochten om het groene ding van de vlooienmarkt dat nog geen acht pond had gekost, maar dat alles betekende voor haar vader.

Ruby liet ten slotte los en zette haar handen op haar heupen. ‘Papa. Ik wil geen ruzie met je maken,’ zei ze weer, maar hij leek haar niet eens te horen. ‘Zullen we dan op zijn minst een wandelingetje maken?’

‘Er wordt straks een wedstrijd uitgezonden. Ik kan niet weg.’

Werden er eigenlijk de hele dag door voetbalwedstrijden uitgezonden?

Ze schudde zuchtend haar hoofd. Wat moest ze doen als hij absoluut niet wilde? Gezond kon het niet zijn om de hele dag binnen te zitten. En alleen maar even naar de supermarkt gaan... Wacht eens even! Hoe kwam hij eigenlijk aan geld voor bonen? Ze had geen geld achtergelaten. En eigen geld vertrouwde ze hem allang niet meer toe omdat hij het elke keer bij het schaken of aan een of andere oplichter in het park verloor.

‘Hoe kwam je aan geld voor boodschappen?’

‘Uit het blik.’

Haar hart brak. Uit het blik? Hoe wist hij van het blik?

‘Welk blik bedoel je, pap?’ vroeg ze angstig, hoewel ze het antwoord al kende.

'Het theeblik.'

Ze liep snel naar haar kamer en pakte het mooie groene theeblikje van de plank dat ze twee jaar geleden van Laurie voor haar verjaardag had gekregen. Toen de thee op was had ze het als spaarpot gebruikt, alles erin gestopt wat ze aan het eind van de maand overhield, voor noodgevallen of speciale gebeurtenissen. Toen ze het openmaakte stelde ze vast dat het blikje leeg was. Helemaal leeg!

'Pap!' schreeuwde ze door de woning. Ze schreeuwde zelden en ze was zo goed als nooit boos, maar nu kon ze wel uit haar vel springen. Ze ging woedend voor haar vader staan. 'Hoe haal je het in je hoofd om aan mijn blik te komen? Aan mijn spaargeld?'

'Ik had toch geld nodig voor bonen.'

Ze was zo boos. 'Hoe wist je eigenlijk waar ik mijn geld bewaar? En waarom ben je mijn kamer ingegaan? Daar heb je niets te zoeken!' Was het niet voldoende dat ze die verdomde keukendeur al elke dag op slot moest doen?

'Het spijt me,' mompelde hij en hij keek berouwvol naar de vloer.

'Waar is het geld? De rest?' Er had meer dan driehonderd pond in het blikje gezeten.

'Ik had het toch nodig voor bonen,' herhaalde hij.

'Maar toch niet alles! Waar is de rest? Zeg op!' Ze wist dat ze te hard sprak en daarmee bereikte ze bij haar vader helemaal niets. Maar op dat moment kon ze gewoon niet anders.

'Ik weet het niet.'

'Denk even goed na!'

Hij legde zijn handen op zijn slapen en begon een lied te neuriën. Ze wist niet of hij dat deed om zich te concentreren of omdat hij haar gemopper niet wilde horen.

Ze liep de hal in en doorzocht de zakken van zijn jas. Ze zocht overal waar hij het in gestopt zou kunnen hebben. Maar behalve een paar pence vond ze niets.

Dat was een enorme ramp. Ze waren zo goed als blut. Ruby wist niet eens hoe ze de huur moest betalen. En de pacht van de winkel. En alle andere kosten. Het eten was gelukkig goedkoop, een paar eieren of blikken bonen waren niet zo duur, maar wat als een van hen ziek werd of als er iets anders zou gebeuren waar ze geld voor nodig had? Ze wist dat ze altijd iets van Laurie of Keira kon lenen, maar dat wilde ze niet. Ze wilde niet dat haar vriendinnen wisten hoe slecht ze ervoor stond.

Haar moeder had wat gespaard, maar dat was zo goed als op. Ruby en Hugh Riley waren bijna failliet. Natuurlijk wist haar vader dat niet. Hij wist alleen dat hij deze week bonen wilde eten en dat er vanavond een wedstrijd werd uitgezonden.

'Papa? Weet je het weer?' vroeg ze iets rustiger. Ze was wat gekalmeerd en knielde voor hem neer. 'Alsjeblieft, probeer het je te herinneren. We hebben het geld nodig.'

Ze moest aan de bruiloft van mevrouw Witherspoon denken. Ze zou niet eens geld hebben voor een cadeautje.

Haar vader haalde zijn handen van zijn slapen. Hij was gestopt met neuriën, keek haar aan en even leek hij weer zo normaal als vroeger, maar toen krabde hij aan zijn voorhoofd.

'Ik heb honger.'

Ze stond zuchtend op. Oké, misschien zou zijn geheugen na een portie bonen weer beter functioneren.

Ruby ging naar de keuken en warmde twee blikken bonen op. Haar eigen portie at ze op toast met gegratineerde kaas, voor haar vader vulde ze een diep bord. Ze probeerde zich te herinneren hoe het zo ver was gekomen dat hij altijd hetzelfde wilde eten. Toen ze een klein meisje was, was hij met haar naar McDonald's gegaan en hadden ze cheeseburgers met frietjes gegeten. Of later, toen ze ouder was, hadden ze ook soms in echt chique restaurants gegeten. En ze hadden tacodinsdagen, een soort traditie sinds die in Hughs favoriete film waren voorgekomen. Haar vader was ooit een enorme filmfan, hij was zelfs naar Hollywood gegaan om de Paramount- en Warner Bros-filmstudio's en de Walk of Fame te bezichtigen. Daarmee had Hugh zijn grote droom vervuld. Ruby had nog altijd de sleutelhanger in de vorm van een ster met haar naam erop in haar kastje met aandenkens – haar kostbaarste bezit naast Valeries boeken. Toen hij haar de sleutelhanger samen met een I LOVE L.A.-T-shirt en een paar ansichtkaarten van oude filmsterren had gegeven, had hij gezegd: 'Voor jou, schatje! Jij zult altijd mijn grootste ster zijn.'

Soms nam ze de ster in haar hand en huilde ze stilletjes. Er was sindsdien zo veel veranderd.

'Hier, pap. Je bonen.' Ze zette zijn bord neer en hij viel er gretig op aan.

Ruby had geen honger, nam een paar hapjes en schoof haar bord weg. Ze steunde haar gezicht op haar handen en keek naar haar vader.

'Papa?' vroeg ze na een poosje voorzichtig. 'Kun je je misschien herinneren waar je de rest van het geld hebt gelaten?'

'Ik wil nog meer bonen.'

'Die krijg je, dat beloof ik je. Als je het hebt verteld. Ik zal niet boos worden.'

Hij likte zijn bord af en zei: 'Voor de supermarkt zaten een paar daklozen en die vroegen of ik wat te eten voor ze had.' O jee... 'Ik kon ze toch niet mijn bonen geven.'

Eigenlijk hoefde ze niet verder te vragen.

'En wat heb je toen gedaan?'

'Ik heb ze het geld gegeven. Zodat ze zelf bonen konden kopen.'

'Al het geld?' Driehonderd pond in kleine biljetten?

Hugh knikte en zette zijn schoongelikte bord neer. 'Hoe zit het met mijn bonen?'

Er schoten tranen in Ruby's ogen. Hoelang moest ze dit nog meemaken?

Vertwijfeld stond ze op en ze liep naar haar kamer, sloot de deur af en ging op bed liggen om haar verdriet en haar tranen de vrije loop te geven.

Vlak daarna werd er op de deur geklopt. 'Hoe zit het met mijn bonen? Ruby? Ruby?'

'Ga gewoon naar de keuken en schep ze op!' riep ze.

De keuken zat nog niet op slot en hij moest maar met die verdomde bonen doen wat hij wilde. Het kon haar niets meer schelen. Ze wilde gewoon wegdromen. Naar een betere plek. Naar een plek zonder haar vader. De gedachten die ze een paar uur geleden nog had gehad, leken nu belachelijk.

Hoe zou ze met Gary of met welke man dan ook een relatie kunnen krijgen als haar leven er zo uitzag?

Ze stond woedend op, deed de deur open en rende naar de tafel in de woonkamer waar de radio op stond en waaruit voetbalcommentaar klonk. Ze pakte hem op, zette hem uit en nam hem mee. Haar vader, die met zijn bonen uit de keuken kwam, staarde haar gechoqueerd aan en werd toen helemaal hysterisch.

'Mijn radio! Geef mijn radio terug!'

'Dat kun je wel vergeten. Ik neem hem in beslag tot je je eindelijk weer normaal gaat gedragen!'

Dat was dom, dat wist ze wel. Haar vader zou nooit meer normaal zijn en het was niet zijn schuld dat hij zich gedroeg zoals hij deed.

'Geef mijn radio terug!' Hugh begon te jammeren. 'Geef terug.'

'Vergeet het maar!' schreeuwde ze en ze wilde de radio mee naar haar kamer nemen toen haar vader ineens zijn bord met bonen liet vallen, naar de radio greep en probeerde die van haar af te pakken. Ze stonden er beiden aan te trekken tot het ding met een enorme knal tegen de muur klapte en in stukken brak.

Hugh liet zich op de grond vallen en keek naar de chaos. Hij begon te huilen. En hoewel Ruby zich ontzettend schuldig voelde, liet ze hem zitten en ging terug naar haar kamer, waar ze nog een hele tijd op haar bed lag en hem hoorde huilen.

Die avond kon ze gewoon geen medelijden opbrengen, want haar eigen gehuil overstemde al haar gedachten en gevoelens.

’s Nachts stond ze op omdat ze zich volkomen uitgedroogd voelde. Ze ging naar de keuken en deed die meteen op slot nadat ze de bonenchaos had opgeruimd. Ze ontdekte haar vader op zijn stoel met zijn kapotte radio in zijn armen.

Wat had ze gedaan? Haar vader was gewoon zo. Ze zou hem nooit veranderen, ze moest hem gewoon accepteren en van hem houden zoals hij was.

Meer dan twee jaar geleden hadden artsen haar verzekerd dat neurologisch alles met hem in orde was. Hij was getraumatiseerd, had een blokkade. Hij had de realiteit laten vervagen en leefde in zijn eigen kleine wereldje dat Ruby elke dag vreemder begon te vinden.

Een tijdlang kwam er een keer per week een therapeut langs die met hem praatte. Maar Hugh liet niets los en Ruby kreeg niet het gevoel dat hij er iets aan had. Maar er waren nog meer therapeuten en er waren ook klinieken. Als de situatie niet verbeterde, zou ze hulp in moeten schakelen, dat besefte ze wel. Maar tot die tijd wilde ze sterk zijn en kijken of ze het in haar eentje kon redden.

‘Het spijt me, papa. Het zal niet meer gebeuren, dat beloof ik je,’ fluisterde Ruby.

Ze gaf haar vader een kus op zijn voorhoofd, pakte de kapotte radio uit zijn hand en dekte hem toe met een deken. Daarna ging ze naast hem op de grond zitten, ze legde haar hoofd op zijn schoot en herinnerde zich hoe het allemaal was begonnen.

*‘Je moet naar huis komen, Ruby,’ zei haar vader aan de andere kant van de lijn.*

*Ruby zat te studeren op de vensterbank van haar kamer in Londen.*

*'Ik heb deze week een paar belangrijke colleges, pap. Ik kan nu niet zomaar naar huis komen.'*

*Ze had bovendien de volgende avond met Roger afgesproken. Ze waren al tien maanden een stel en hij had een of andere grote verrassing gepland.*

*'Je moet,' was alles wat hij zei.*

*'Is het vanwege mama? Gaat het slechter met haar?' vroeg ze bezorgd.*

*Haar moeder was al maanden aan het kwakkelen. Ruby had het tot nu toe steeds op de dood van haar oma geschoven die een jaar eerder was overleden. Zijzelf was al intens verdrietig, hoe moest het dan voor haar moeder zijn?*

*'Kom naar huis,' zei haar vader en ze kon aan zijn stem horen dat hij het serieus meende.*

*Een dag later keerde ze van haar gelukkige, onbekommerde leventje terug naar Oxford. Haar moeder vertelde haar met tranen in haar ogen dat ze op sterven lag. Ze had alvleesklierkanker en er was niets meer aan te doen.*

*Ruby lag lange tijd in haar armen te huilen, toen vroeg ze verwijtend: 'Waarom hebben jullie het me niet eerder verteld? Ik zou meteen gekomen zijn, dan was ik al die tijd bij je geweest.'*

*'Ik wilde dat je je eigen leven leidde. Dat ik het mijne moet beperken, is genoeg.'*

*'Dat betekent dat je al maanden niet meer in de winkel staat?' Ruby was stomverbaasd.*

*'Tot een paar weken geleden kon ik het nog opbrengen.*

*Toen heb ik je tante Carol gevraagd om te komen en het over te nemen.' Carol, de zus van haar moeder, woonde eigenlijk in Luton.*

*'O, mama. Ik kan het gewoon niet geloven. Je wordt vast weer beter.' Ruby kon niet stoppen met huilen.*

*Haar moeder pakte met trillende hand haar kin vast. 'Mijn kind, er is geen hoop meer. Ik ga dood en je moet nu heel dapper zijn, oké?'*

*Ruby knikte in tranen. 'Wat kan ik doen, mam? Ik doe alles wat je wilt.'*

*'Zorg voor de winkel en je vader. Dat is alles wat ik van je vraag. En nog iets: ga vanaf nu naar de woensdagavonden met mijn vriendinnen van Valerie Lane. Ze zullen er voor je zijn zoals ze er altijd voor mij zijn geweest.'*

*Ruby beloofde het en ze wist meteen dat haar leven op slag zou veranderen.*

*Tien dagen later overleed haar moeder. Ruby had tot aan het einde naast haar gezeten en haar hand vastgehouden, samen met haar vader. Alleen was ze, in tegenstelling tot haar vader, tussendoor ook af en toe naar bed gegaan om te slapen.*

*Zij en haar moeder hadden elkaar oude verhalen verteld, ook een paar over Valerie. En tijdens haar laatste uren had Ruby haar over de dagboeken verteld. Toen ze die ging halen om haar moeder eruit voor te lezen, was ze voorgoed ingeslapen. Uitgerekend in de korte tijd dat Ruby weg was, was ze overleden. Ruby kon het niet begrijpen.*

*'Ze heeft er gewoon op gewacht,' zei haar vader. 'Ze wilde niet dat je dat hoefde te zien.'*

*Hugh leek dapper, maar hij wilde niet van de zijde van zijn dode vrouw wijken. Ze moesten hem bij haar wegtrekken toen de begrafenisondernemer haar kwam ophalen. Dagenlang zei hij geen woord. Wekenlang zat hij alleen voor zich uit te staren, hij leek een ander mens. Ruby vroeg zich vaak af of dat was wat men ware liefde noemde. Dat je zonder de ander gewoon de zin van het leven niet meer inzag.*

*Hugh was niet meer dezelfde en Ruby ook niet. Terwijl haar vader steeds meer achteruitging, moest zij leren verantwoordelijkheid te dragen. Ze gaf haar kamer op, verliet de universiteit en ging terug naar huis. En ze bevond zich weer in het leven dat ze had willen ontvluchten. Om meer te bereiken. Om haar dromen te verwezenlijken.*

*Of was ze voorbestemd om dit leven te leiden? Was het haar lot de antiekzaak voort te zetten, in herinnering aan haar moeder en haar oma en haar overgrootmoeder. En aan Valerie.*

*Hoezeer Roger en zij ook probeerden hun relatie op afstand in stand te houden, het ging gewoon niet. Ruby had nu andere prioriteiten. Ze verbrak haar relatie met Roger en wijdde zich helemaal aan haar vader en de winkel. Ze was ongelooflijk dankbaar dat de vriendinnen van haar moeder haar in alles ondersteunden. Laurie bracht bijvoorbeeld troostthee, Keira gaf haar chocola en Susan breide een poncho voor haar waarin ze zich als in een cocon wikkelde als het haar allemaal weer eens te veel werd. De winkeleigenaressen lieten haar nooit alleen, probeerden haar op te vrolijken en werden al snel ook Ruby's vriendinnen. En ze werd een deel van Valerie Lane.*

*Nog een heel jaar heette de winkel Meryl's Antiques, tot ze op een dag de naam veranderde. De winkel was nu van haar, haar moeder zou sowieso een deel van de winkel blijven. Maar ze moest eindelijk haar eigen plannen verwezenlijken. Dat was alles wat ze nog had.*

Ruby keek naar haar vader, die zachtjes zat te snurken. 'Ik hou heel veel van je, pap.'

Toen vielen ook haar ogen dicht en ze begaf zich naar het land der dromen waar iedereen gezond en gelukkig en levend was. Waar er voor haar werd gezorgd en zij niet hoefde te zorgen. Waar ze het onbezorgde leven kon leiden dat voor haar was weggelegd. Hoewel... Als ze in Londen was gebleven om haar dromen na te jagen, dan had ze Gary misschien nooit leren kennen. En dan waren Laurie, Keira, Susan en Orchid nooit zulke goede vriendinnen geworden. Misschien was dit toch haar bestemming.

Misschien moest ze dat eindelijk accepteren en er het beste van maken...

# 7

Het was zaterdag en Ruby was al vroeg opgestaan om naar de vlooienmarkt in Park Town te gaan die ze zo leuk vond. De markt was soms op zaterdag en soms op zondag, je kon er van alles vinden en de beste koopjes halen. Vooral nu, om half zeven, terwijl de verkopers hun kramen nog aan het opbouwen waren.

Ze hoefde helemaal niet lang te zoeken om een replica van de vaas te vinden die Laurie onlangs zo mooi vond. Die was ook met mooie blauwe bloemen beschilderd, of waarschijnlijk bedrukt.

'Hoeveel wilt u ervoor hebben?' vroeg ze aan de oudere dame die hem verkocht.

De vrouw dacht na. 'Zes pond.'

'Ik geef er drie voor.' De vaas was echt niet zoveel waard, dat zag Ruby meteen.

'Vijf.'

Normaal gesproken had ze geprobeerd er vier pond van te maken, want hoe verlegen ze ook was, op de markt verloor ze al haar schuchterheid en voelde ze zich helemaal in haar element. Maar de vrouw had het geld vast net zo nodig als zijzelf, daarom knikte ze.

'Deal.'

De vrouw straalde en wikkelde de mooie vaas zelfs nog dik in krantenpapier. 'Veel plezier ermee,' zei ze, toen Ruby haar de vijf pond gaf.

Ze kon zich zo'n bedrag eigenlijk niet veroorloven. Met pijn in haar hart had ze het laatste geld, dat ze voor noodgevallen had bewaard, van de spaarrekening van haar moeder opgenomen. Dit was echt een noodgeval. Sinds haar vader al haar geld had weggegeven, waren ze blut, maar de vaas moest ze absoluut hebben. Ze wilde Laurie graag een plezier doen, vooral omdat ze pas zo lief voor haar was geweest.

'Bedankt. Hij is voor mijn vriendin.'

'Die boft er maar mee.'

Ze glimlachten naar elkaar en Ruby liep verder. Ze keek rond en overwoog wat ze naast antiek nog meer kon aanbieden. Gary had wel gelijk: met alleen oude meubels, vazen en boeken zou ze de winkel niet veel langer kunnen behouden. Ze had iets nieuws nodig, een idee. Haar moeder zou dat zeker goed hebben gevonden. Die had haar in elk geval aangeraden alles te doen om haar geliefde winkel niet te hoeven opgeven.

Soms wist Ruby niet of de winkel een zegen of een vloek was. Maar dan dacht ze aan mevrouw Valerie en haar lieve vriendinnen in Valerie Lane, en dan was het weer helder en duidelijk. De winkel was een geschenk, dat mocht ze niet vergeten.

Terwijl ze verderliep, keek ze rond. In een kraampje hingen schilderijen en ze overwoog of ze haar tekeningen misschien kon verkopen. Maar waren die goed genoeg? Ze liep langs een kraam waar overwegend sieraden werden verkocht. Zelfgemaakt. Ruby herinnerde zich dat haar moeder dat een tijd geleden ook een keer had gedaan. Met veel plezier had ze kettingen, armbanden, broches en oorbellen gemaakt. Ergens in haar herinneringskist moest ze zelfs nog de hartvormige oorbellen hebben die ze van haar moeder voor haar eindexamen had gekregen. Ze nam zich voor die later op te snorren.

Wat was er nog meer? Een heleboel prullen, rommel die de mensen leuk vonden: knuffelbeesten, poppen, blokken en ander speelgoed, kleding, schoenen, horloges, porselein, glazen beeldjes, elektrische apparaten... O, wacht! Ze moest nog op zoek naar een nieuwe radio voor haar vader.

Nog voordat ze er een vond, zag ze net zo'n schoudertas als Gary altijd bij zich had. Waarschijnlijk had hij zijn hele hebben en houden erin zitten. Maar die van hem had zijn beste tijd wel gehad. Sterker nog, hij viel bijna uit elkaar en daarom kocht Ruby de tas voor hem. Hij zou vast blij zijn. En toen ze het al bijna had opgegeven, ontdekte ze eindelijk een radio voor een acceptabele prijs en ze vond ook een paar spotgoedkope antieke zilveren lepels voor de winkel, het soort dat mevrouw Witherspoon verzamelde. Theoretisch kon ze er zelfs een – de mooiste – voor haar huwelijk geven. Dan had ze de kwestie met het cadeau ook opgelost.

Nadat Ruby nog een prachtige, oude muziekdoos had gekocht die het helaas niet meer deed, had ze nog drie pond zevenendertig over. Het meeste geld van de spaarrekening van haar moeder had ze meteen op de rekening van de zaak overgemaakt. De nieuwe maand was begonnen en de huur voor de winkel moest op de tiende worden betaald. Deze maand hoefde ze zich nog geen zorgen te maken, maar er zouden meer maanden komen waarin ze krap bij kas zou zitten. Ze ergerde zich er wel een beetje aan dat ze zo veel geld had uitgegeven en niet eens echt iets belangrijks had gekocht.

Ach, waarom ga ik eigenlijk nog elk weekend naar de vlooienmarkt om dingen te kopen voor de winkel, vroeg ze zich af. De dingen die al een eeuwigheid in de grote winkelruimte stonden verkocht ze niet eens! Ze moest er maar mee ophouden en het resterende geld bewaren. Haar spaargeld was op. Ruby had geen andere keus dan vanaf nu elke penny twee keer om te draaien.

Ze moest zich opnieuw bezinnen, iets bedenken. Ach, kreeg ze maar een ingenieus idee. Maar dat liet al een hele tijd op zich wachten.

Ze ging naar huis, verontschuldigde zich nogmaals uitvoerig bij haar vader en maakte bonen voor hem warm. De nieuwe radio liet hem alles onmiddellijk vergeten. Die ochtend was Ruby bij wijze van uitzondering blij dat hij was zoals hij was en dat hij niet meer boos was over haar uitval.

In Valerie Lane maakte ze de winkeldeur open en ze begroette Gary, die met een dagboek op zijn buik – deel zeven, als ze het goed zag – op de bank in slaap was gevallen. Ze gaf hem de nieuwe schoudertas en hij bedankte haar verlegen nadat hij hem eerst niet wilde aannemen. Maar Ruby stond erop, tenslotte had ze hem speciaal voor hem gekocht.

Gary ging even later weg en Ruby hing het bordje GEOPEND aan de deur. Ze legde de nieuwe lepels in warm water met zout; later zou ze die poetsen. Daarna maakte ze de vaas schoon die ze straks naar Laurie wilde brengen. Helaas was ze pas in september jarig, anders had ze de vaas voor haar verjaardag gegeven, maar ze wilde niet zo lang wachten. Bovendien had ze de vaas alleen maar gekocht omdat Laurie haar vriendin was en wel wat waardering verdiende.

Ze bekeek het origineel en de replica en kon bijna geen verschil zien. Waarom was de ene vaas zoveel meer waard dan de andere? Waarom waren sommige mensen meer waard dan andere, of werden ze in elk geval zo behandeld? Waarom waren Lauries ouders stinkend rijk en woonden ze in een imposante villa, en had die arme Gary niet eens een dak boven zijn hoofd? Waarom konden andere mensen van Ruby's leeftijd hun eigen leven leiden, zich ontwikkelen, terwijl zij al die lasten op haar schouders moest dragen?

Plotseling klonk de winkelbel en ze schrok zich een hoedje. Laurie stond met een beker in haar hand voor haar.

'Hallo, Ruby.'

'Goedemorgen Laurie. Hoe is het met je?'

'Heel goed, dank je. En met jou?'

'Goed,' gaf ze haar standaardantwoord.

'Daar ben ik blij om. Ik heb thee voor je die ik net heb binnengekregen.'

'Weer met peper?' vroeg ze; ze hoopte van niet. Zelfs voor Laurie kon ze die niet door haar keel krijgen.

'Nee, nee. Met vanille. Uit Mexico. Vind je vast lekker.'

Ze proefde de warme thee terwijl Laurie haar gespannen aankeek.

'En?'

‘Echt superlekker. Het zou mijn nieuwe favoriete thee kunnen worden.’ En dat meende ze oprecht.

‘Wist ik toch! Ik ben blij dat ik je smaak goed heb ingeschat.’

‘Dat komt goed uit, ik heb ook iets voor jou,’ zei Ruby en ze gaf haar de mooie vaas.

‘O, mijn god, die is mooi!’ zei Laurie blij en ze bekeek de vaas uitvoerig. ‘Waar heb je die gevonden?’

‘Op de vlooienmarkt vanochtend.’

‘Hij ziet er bijna hetzelfde uit als die andere. Bedankt dat je voor me op zoek bent gegaan.’

‘Graag gedaan.’ Ruby lachte, blij dat Laurie de vaas mooi vond.

‘Wat krijg je van me?’ wilde Laurie weten.

‘Ach, wat een onzin.’ Ruby maakte een afwijzend gebaar. ‘Die krijg je van me.’

‘Nee, geen sprake van.’

‘Hij was echt niet duur. Ik wil je hem geven als bedankje voor de thee die je elke woensdag zo royaal voor ons schenkt, en niet alleen op woensdag. En omdat je altijd voor me klaarstaat,’ voegde ze eraan toe.

‘Maar dat doe ik toch met alle plezier. Waarom heb je anders vriendinnen? Je bent een lieverd,’ zei Laurie en ze omhelsde haar. Ze bestudeerde de vaas weer. ‘Je hebt een talent voor goede koopjes. Dat soort dingen zou je in je winkel moeten aanbieden.’

‘Prullen, bedoel je?’ Dat hoorde ze de laatste tijd vaker.

‘Spullen die ook normale mensen zich kunnen veroorloven. Je weet dat we elkaar zo veel mogelijk steunen. Maar jouw prijzen liggen helaas niet binnen ons budget, hoe mooi het antiek ook is. Als je minder dure, maar net zo mooie spullen zou verkopen, dan ziet dat er heel anders uit. Je zou er nieuwe klanten mee kunnen lokken... Het is maar een idee.'

'Ik denk zelf ook over een verandering na, maar ik weet nog niet echt welke richting ik op wil gaan.'

'Dat wist ik niet. Wat zou je dan willen verkopen? Ik bedoel, als je iets moest zeggen zonder er lang over na te denken... Wat schiet je dan als eerste te binnen?'

'Boeken,' antwoordde Ruby.

'Je bedoelt een boekenwinkel? Maar daar zijn er al talloze van in Oxford.'

'Nee, ik heb het over antieke boeken. Zeldzame boeken. Eerste drukken. Gesigneerde exemplaren.' Een prachtig idee, dacht Ruby. Waarom had ze dat niet eerder verzonnen?

'Hm... Die verkoop je toch al?'

'Ja, maar een kleine selectie. Kijk maar.' Ze wees naar de twee boekenplanken helemaal achter in de winkel. 'Als ik zelf mocht kiezen, zou ik graag een hele winkel vol oude boeken hebben. Ik hou van boeken,' zei ze dwepend.

Laurie glimlachte. 'Nou, dan zijn we er toch!'

Plotseling realiseerde Ruby zich iets. 'Dat is niet zo makkelijk, Laurie. Zeldzame boeken zijn ontzettend duur. En wat moet ik met alle andere spullen doen?'

'Je hoeft het niet op stel en sprong door te voeren. Maar het zou iets moois voor de toekomst kunnen zijn.'

Ruby dacht na. Echt? Boeken? Een winkel vol boeken?

Alleen al de gedachte liet haar hart sneller kloppen. Dat zou echt een droom zijn die uitkwam…

'Ik zie wel. Misschien ooit.' Ze glimlachte naar Laurie.

Laurie legde een hand op haar schouder. 'Liefje, we staan achter je, wat je ook doet, oké? Als je hulp nodig hebt, laat het dan gewoon weten.'

Ruby knikte. 'Dank je.'

'Ik moet weer terug. Het is zaterdag, dan komen er altijd vaste klanten die een beetje willen kletsen.' Laurie draaide zich nog een keer om alsof ze iets was vergeten. 'Zeg, heb je de uitnodiging van mevrouw Witherspoon gekregen?'

Ze schudde haar hoofd. 'Nee, helaas nog steeds niet.'

'Vreemd. Nou, als die zoek is geraakt, dan neemt iemand van ons je gewoon mee, goed?'

Ruby vond het ook raar. Ze had gedacht dat mevrouw Witherspoon haar mocht. Maar ze wilde zich ook niet opdringen.

Ze begeleidde Laurie naar de deur en zag dat er veel mensen in Valerie Lane liepen. Ze hoopte dat er eindelijk weer eens een paar klanten naar haar winkel zouden komen!

Twee uur later waren er vier mensen geweest en maar eentje had iets gekocht.

Ruby stond bij de antieke tafel in de achterkamer vanwaar je de winkel kon overzien. Ze bekeek het nieuwe muziekdoosje dat voor haar stond. Het was prachtig, met het balletdanseresje, dat helaas niet meer draaide. Ook de muziek deed het niet meer als je het doosje opwond. Ruby vroeg zich af welk lied er ooit uit had geklonken en of het te repareren was. Omdat het volgens het etiket uit Frankrijk kwam, gokte ze op een of andere oude chanson.

Ze draaide de muziekdoos om, draaide het schroefje los en opende het klepje. Daaronder zat het uurwerk met verschillende kleine radertjes die ze om te beginnen oliede en daarna hier en daar een beetje polijstte, zoals ze van haar oma had geleerd. Haar oma had enorm van muziekdozen gehouden en kon die nooit laten staan. Toen zij de winkel nog runde, stonden er overal muziekdozen. Nu waren er nog maar twee – een hond die op Mozarts 'Eine kleine Nachtmusik' danste en met zijn staart kwispelde, en een oude man die op een schommelstoel een boek zat te lezen, met muziek van Chopin. De muziekdoos met de lezende man kwam uit Zwitserland en Ruby had die altijd al heel leuk gevonden. Hij stond al zeker tien jaar boven in een kast, zo hoog dat niemand hem kon zien, want ze wilde er gewoon geen afscheid van nemen.

Ze deed het klepje aan de onderkant van de muziekdoos met de ballerina weer dicht, draaide hem op, zette hem neer en hield haar adem in. En ja hoor, daar klonk werkelijk lieflijke muziek, een stuk dat Ruby niet kende, en de ballerina deed een dansje.

Ruby glimlachte verrukt. Het gaf haar een goed gevoel als ze kapotte dingen had gerepareerd. Niet alles wat kapot was, hoefde afgedankt te worden.

Nadat ze de muziekdoos had schoongemaakt, lakte Ruby hem met blanke lak zodat hij weer mooi glansde. De volgende ochtend zou ze hem voor vijfentwintig pond in de winkel zetten. Hoe oud of hoe waardevol hij was, was niet goed te zeggen. Maar wat maakte het uit? De muziekdoos was mooi om naar te kijken en te luisteren, dat was het belangrijkste. De mensen wilden toch liever betaalbare dingen en leken nauwelijks nog waarde te hechten aan antiek dat een eigen verhaal vertelde.

Ruby vroeg zich vaak af waar de stukken vandaan kwamen, van wie ze ooit waren geweest en of ze iemand plezier hadden bezorgd of verdriet. Soms vond ze in een oud boek een foto, een kaart of een brief. Die dingen brachten hun vorige eigenaar dichterbij en ze bewaarde deze bijzondere vondsten altijd, bestudeerde ze af en toe en was dankbaar dat ze na zoveel decennia bij haar terecht waren gekomen.

Ze liep naar de boekenkast en pakte de lezende oude man eruit. Bekeek hem kritisch. Hij zat weer helemaal onder het stof en ze pakte een klein penseel om ook de kleinste hoekjes te kunnen schoonmaken. Daarna draaide ze de speeldoos op en ze deed haar ogen dicht. Chopin klonk en Ruby kreeg een brok in haar keel. Ze wist niet wat er met haar aan de hand was, maar ze voelde zich ineens helemaal verloren. Ze was niet meer gelukkig met de dingen zoals ze waren. Ja, ze voelde de drang om opnieuw te beginnen.

En daarom liep ze naar achter, zocht in de opslagruimte naar een grote doos en nam die mee naar voren. Ze stopte er alles in dat er al heel lang stond en dat ze sowieso niet zou verkopen: opbergblikken, een schoenlepel uit de vorige eeuw, oude boeken die niet meer in goede staat verkeerden, een verrekijker, een paar zilveren haarspelden, een kam, bestek, een handspiegel, twee Egyptische houten beelden en nog een paar dingen. De doos zette ze buiten op de bank naast Charles Dickens. Toen ging ze binnen verder. Ze maakte de oude verkooptafel leeg en zette er dingen op waar ze ook vanaf wilde, maar die of te groot of te breekbaar waren om in de doos te doen: een opgezette uil, een middelgrote globe, een opmaakspiegel, een paar porseleinen beeldjes, glazen, kopjes met schoteltjes en schilderijlijsten. Ze schreef op een A4'tje ALLES 10 POND en plakte dat op de tafel, op een ander schreef ze ALLES 5 POND en plakte dat op de doos buiten. Toen haalde ze de boeken weer uit de doos en zette die terug in de kast. Voor het geval ze zich echt in boeken wilde gaan specialiseren.

Ze haalde een paar keer diep adem. Ook al deed het pijn om haar spullen in de uitverkoop te doen, het zou in elk geval genoeg opbrengen om de huur van te betalen zonder dat ze het geld van haar moeder hoefde te gebruiken. Misschien zou ze er zelfs een paar nieuwe klanten mee lokken die naast koopjes ook nog iets anders kochten.

Orchid kwam de winkel binnenvallen. 'Wat ben je in godsnaam aan het doen?' riep ze.

'Ik wil van alle onnodige dingen af,' zei Ruby vastbesloten.

'Voor vijf pond? Zijn die spullen niet meer waard?'

'Sommige wel. Maar niemand wil ze voor meer kopen en ze staan hier maar. Een deel al jaren. Wat heb ik daar nou aan?'

Veel spullen had haar moeder nog gekocht, of zij en Ruby samen. Ze herinnerde zich dat ze de uil bij een garageverkoop had gekocht, toen ze een jaar of dertien, veertien was. Het lelijke ding was zeker al duizend keer afgestoft.

'Oké, je hebt gelijk! Weg met al die oude troep!' Orchid

stak haar vuist in de lucht alsof ze vond dat Ruby absoluut gelijk had.

Ze glimlachte. 'Het zou fijn zijn als je zou kunnen doorvertellen dat ik uitverkoop houd.'

'Natuurlijk! Wat vind je ervan om een groot bord in de etalage te hangen of flyers uit te delen?'

'Een goed idee.' Eigenlijk hield ze niet zo van flyeren, maar in dit geval zou het nuttig kunnen zijn.

'O, kijk. Dit heb ik vandaag in een van mijn catalogi gevonden. Het moet er bij de post tussen geschoven zijn.'

Orchid gaf haar een envelop.

Mevrouw Witherspoons uitnodiging voor de bruiloft. Ruby voelde zich warm worden. Ze was haar dus toch niet vergeten.

'Dank je. Daar zat ik al op te wachten. En ook bedankt voor het flyeridee.'

'Graag gedaan. Ik moet terug naar mijn winkel.'

'Veel succes vandaag.'

'Dank je. Ik probeer erachter te komen hoe je baby's kunt laten slapen. Ik moet namelijk volgende week woensdag op Emily passen.' Emily was Orchids allerliefste, tweeënhalve maand oude nichtje.

'Uitgerekend op woensdag? Kom je dan niet naar ons thee-uurtje?'

'Dat weet ik nog niet zeker. Denk je dat ik die kleine mee kan nemen?'

'Absoluut! Dat zal iedereen helemaal geweldig vinden.'

'Goed dan, dan komen we ook. Jij ook veel succes vandaag, Ruby.'

Daar hoopte ze zelf ook op.

Oké. Flyers. Wie moest die maken? Gary had misschien wel een idee.

Ze liep de winkel uit. Buiten kwam de geur van bloemen haar tegemoet. De winkeleigenaressen hadden deze lente in de acht plantenbakken langs Valerie Lane lavendel, roze pioenrozen en gele anjers geplant. Tobin had hen geadviseerd en geholpen. Bakken en manden met allerlei soorten bloemen versierden de winkels – bij Laurie's Tea Corner blauwe en witte Japanse rozen, bij Keira's Chocolates roze petunia's en bij Orchid's Gift Shop stralende margrieten. In de ronde bakken links en rechts van Susans winkeldeur hadden ze lila hortensia's geplant en voor Tobins winkel stonden sowieso altijd planten in allerlei kleuren en soorten. In de beide hangpotten voor Ruby's winkel zat een mix van bonte voorjaarsbloemen. Onwillekeurig moest Ruby glimlachen. Wat zag het er mooi uit. Het leek wel of ze het allemaal voor het eerst zag.

Gelukkig zat Gary op zijn hoek. Ze wenkte dat hij moest komen en wilde, toen hij op haar afliep, ineens iets heel anders vragen. Ze had hem namelijk veel liever gevraagd of hij met haar mee naar de bruiloft wilde.

# 8

Weer kon Ruby niet in woorden uitdrukken hoe dankbaar ze was dat ze zulke leuke vriendinnen had. Orchid en de andere winkelbezitsters van Valerie Lane vertelden aan al hun klanten dat er uitverkoop bij Ruby was. En de mensen kwamen inderdaad. Zaterdagmiddag moest Ruby de doos buiten op de bank al bijvullen. In elke hoek en op elke plank stonden dingen waar ze vanaf wilde en het werd een echte missie om afscheid te nemen van alle spulletjes die ze eerst nooit verkocht kreeg – een opluchting die ze niet voor mogelijk had gehouden.

Het deed haar goed de oude dingen weg te doen. Bij elk stuk dat ze verkocht, merkte ze dat ze een klein beetje plaatsmaakte voor nieuwe dingen. Nieuwe spullen, nieuwe taken, een nieuw leven.

Maar het geweldigst was Gary, die het op zich had genomen om een flyer te ontwerpen. Hij zat bij haar in de winkel achter de secretaire van Dickens en tekende en schreef en gumde en schreef opnieuw, tot hij uiteindelijk een prachtig ontwerp had. Er stond een miniatuurversie van haar winkel op, je zag zelfs de donkergroene gevel, de bloembakken en de bank met Dickens voor de deur. Daarboven stond groot RUBY'S ANTIQUES, en daaronder het woord SALE. Naast het adres en het telefoonnummer stond: UNIEKE JUWEELTJES WAAR U AL EEN TIJD NAAR OP ZOEK BENT, VINDT U BIJ RUBY. Toen Gary klaar was, ging hij naar de copyshop en liet zijn ontwerp vijfhonderd keer afdrukken, wat Ruby natuurlijk betaalde. En het mooiste was: hij ging voor haar op de hoek van Cornmarket Street staan en deelde de flyers ook nog uit!

Ruby wist niet wat haar overkwam. Op zo veel steun had ze nog nooit in haar leven gerekend. Ze moest absoluut iets terugdoen voor Gary.

'Gary, ik weet niet wat ik moet zeggen,' bekende ze 's avonds toen de winkel gesloten was. 'Ik kan je alleen uit het diepst van mijn hart bedanken. Het betekent veel voor me wat je allemaal voor me doet.'

Gary glimlachte naar haar, zijn zwarte haar was een beetje te lang en hing voor zijn gezicht. 'Dat doe ik heel graag. Zo heb ik tenminste iets te doen en kan ik helpen.'

'Mag ik je voor een pizza uitnodigen? Of iets anders als je geen pizza lust?'

Hij keek haar vreemd aan en schoot meteen weer in zijn afwerende houding die haar al vaker was opgevallen. Toen zei hij aarzelend: 'Dat is echt aardig, maar vanavond kan ik helaas niet. Misschien een andere keer.' Ruby moest toegeven dat ze meer dan teleurgesteld was. Ze had zo graag een leuke avond met hem doorgebracht. Aan de andere kant zat haar vader op haar te wachten en die wilde zijn bonen. Ze zuchtte en ging op weg naar huis, maar niet zonder Gary nogmaals hartelijk te bedanken.

Zondagochtend zat Gary al op de bank voor haar winkel op haar te wachten.

'Goedemorgen Gary,' begroette Ruby hem blij.

'Goedemorgen,' zei Gary een beetje terneergeslagen. 'Ik wilde mijn excuses aanbieden voor gisteren.'

'Maar waarvoor dan?' Verbaasd keek ze hem aan. Hij had haar toch geholpen?.

'Omdat ik je heb afgescheept.'

'Dat maakt niet uit, echt niet.'

Hij zag kennelijk dat ze niet helemaal eerlijk was, want hij stond op en zei: 'Ik geloof dat ik je een verklaring schuldig ben.'

Nee, echt niet, had ze moeten zeggen. Maar ze wilde zo graag horen wat er in hem omging dat ze hem niet onderbrak en hem verder liet praten.

'Ik vind het niet makkelijk… Toch wil ik je graag een paar dingen uitleggen, die…' Hij zweeg. Zijn stem trilde. 'Maar dat kan niet hier en nu. Zullen we vanavond als de winkel dicht is een wandelingetje maken? En praten?'

'Ik kan me eigenlijk niets leukers voorstellen,' ontglipte haar en ze voelde zich rood worden.

Gary leek eveneens verlegen te zijn. Hij schoof zijn lange pony uit zijn gezicht en stond te wiebelen op zijn benen.

'Afgesproken. Dan… haal ik je om zes uur op?'

Ruby knikte. Ze kon bijna niet wachten.

Ook die dag kwamen er hordes mensen. Ruby verkocht dit weekend meer dan de afgelopen twee maanden. Natuurlijk lag dat vooral aan de lage prijzen, maar het was gewoon zo fijn eindelijk weer klanten te helpen en geld in ontvangst te nemen.

Later die zondagmiddag kwam een gelukkig stelletje de winkel in. Ze waren misschien begin dertig en ze vertelden dat ze op huwelijksreis waren. Ze kwamen uit Liverpool en reisden dwars door Engeland. Ze waren al in Londen, Brighton en Bath geweest.

'Mijn vrouw is helemaal weg van Jane Austen,' vertelde de man. 'Heeft u toevallig iets uit de tijd van de schrijfster?'

'Hm...' Ruby moest nadenken. 'Ik heb haarspelden uit de negentiende eeuw, bestek en zilveren sieraden.' De stukken waren weliswaar niet zo oud als Jane Austen, maar in elk geval victoriaans. Ze liet alles zien. Deze antieke spullen bewaarde ze in een zware kast met afsluitbare deuren van gehard glas die haar moeder ooit had gekocht. Niet dat je in Valerie Lane echt bang moest zijn voor inbraken, maar je wist maar nooit...

'Die haarspelden zijn prachtig,' zei de vrouw. 'Ik hou gewoon van die periode.'

'Ja, ik ook,' antwoordde Ruby. 'O, wacht eens even. Ik heb een hele oude editie van *Mansfield Park*.' Ze zocht het oude, in goede staat verkerende werk van Jane Austen op, en de vrouw was er meteen weg van. Ruby sloeg het boek open en liet haar de verschijningsdatum zien. 'Uit 1889.'

'Hoeveel moet het kosten?'

Het maakte waarschijnlijk niet uit welke prijs Ruby noemde, want ze zag aan de ogen van de vrouw dat ze het boek wilde hebben. Maar ze bleef zoals altijd fair.

'Tweehonderdtwintig.'

De vrouw keek haar man aan en spreidde smekend haar handen.

De man schudde zijn hoofd. 'Hoe kan ik nee zeggen?'

Zijn vrouw omhelsde hem onstuimig en Ruby glimlachte. Ze was niet alleen blij met de verkoop maar ook omdat ze deze mensen zo gelukkig kon maken.

'Dank je wel, dank je wel, dank je wel,' zei de vrouw. 'Maar geef toe: als je zo'n oud boek van Dickens zou ontdekken, dan zou je het ook moeten hebben.' Ze draaide zich om naar Ruby. 'Heeft u er misschien eentje?'

Ze schudde haar hoofd. 'Ik heb wel een secretaire van Dickens. Hij zou er zijn romans op hebben geschreven.' Ze leidde de mensen naar de oude tafel van donker hout en vroeg zich op hetzelfde moment af of haar moeder niet al die jaren had lopen fantaseren. Zou deze secretaire echt van Dickens zijn geweest? Zou hij dan niet in een museum staan? En zou hij dan niet veel meer waard zijn dan de vijfentwintighonderd pond waarvoor haar moeder hem te koop had gezet?

Maar de man zette grote ogen op en bekeek de secretaire. 'Is die echt van Charles Dickens? Heeft u een certificaat?'

'Helaas niet. Alleen het woord van mijn moeder.'

'Ik weet het niet... Hoeveel moet hij kosten?'

'Vijfentwintighonderd.'

Dat vond de man vreemd. 'Hij is zonder twijfel mooi. Maar of hij echt van Dickens is...'

'Zeker weten,' zei ze, maar ze vond zichzelf een leugenaar.

'Ik weet het niet,' zei de man weer en je kon zien dat hij er geen woord van geloofde. Op hetzelfde moment ontdekte hij een ander bureau dat niet zo duur was, maar dat bijzonder bij hem in de smaak leek te vallen. 'Dat daar, van wanneer is dat?'

'Uit de jaren twintig.' Dat was tenminste iets wat ze zeker wist.

'Dat is echt fantastisch!' zei hij terwijl hij knielde en het meubel aan alle kanten bekeek. 'Eigenlijk wilde ik geen grote aankoop doen... Zou u hem in Liverpool kunnen afleveren?'

'Ja, natuurlijk,' verzekerde Ruby hem. Daar schakelde ze altijd een betrouwbaar transportbedrijf voor in.

'Wat wilt u ervoor hebben?'

Ruby dacht na. Eigenlijk moest hij achthonderd pond kosten, maar ze wilde er absoluut vanaf...

'Zevenhonderdvijftig pond,' zei ze dus.

'Ik geef u zeshonderd,' zei de man.

Zeshonderd pond! Dat was veel geld. Het zou betekenen dat ze – een poosje tenminste – geen geldzorgen meer zou hebben.

'Weet u wat? We maken er zevenhonderd inclusief transportkosten van,' bood ze aan.

'Afgesproken!' De man stak zijn hand uit en ze nam hem aan.

Ze knikte tevreden. Daarna liep ze naar de ladekast om het boek in te pakken, de rekening op te maken, het adres te noteren en af te rekenen.

Het jonge paar nam afscheid, de vrouw nam vrolijk het boek van Jane Austen in het groene papieren tasje in ontvangst.

Ruby straalde. Nou, dat was toch geweldig! Negenhonderdtwintig pond in één klap – ze kon zich niet herinneren wanneer ze voor het laatst zo veel had verdiend. Haar blik viel weer op de secretaire van Dickens. Ze nam zich stellig voor om als de winkel dicht was Fred te bellen en hem te vragen de secretaire nog eens goed te bekijken. Ze kende Fred nog van vroeger, hij werkte in het Ashmolean Museum en had al van veel stukken uit haar winkel de herkomst vastgesteld. Haar moeder had hem altijd met een fles wijn betaald. Of hij zich door haar ook zo makkelijk liet betalen, moest ze nog zien. Sinds ze de winkel runde, had Ruby zijn hulp nog niet nodig gehad.

Uiteindelijk verkocht ze vlak voor sluitingstijd ook de lelijke oude uil nog aan een oudere dame. Toen ze de deur voor haar openhield, snoof Ruby nog even wat frisse lucht op en haar blik viel op Tobins bloemenwinkel aan de overkant. Daar speelde zich op dat moment een vreemd tafereel af. Orchid en Tobin hadden ruzie. Of waren ze elkaar aan het plagen? Haar vriendinnen hadden daar zo hun theorieën over en Ruby had het ook wel een paar keer gezien, maar ze had nooit aan een flirt gedacht. Ze vroeg zich af wat daar aan de hand was. Waarom zouden een volwassen man en een volwassen vrouw zo bekvechten tenzij ze inderdaad verliefd op elkaar waren? Maar Orchid had Patrick, en Tobin had zijn supermooie Tandy. Waarschijnlijk had Jane Austen daar wel een boek over kunnen schrijven, misschien met de titel *Strijd en hartstocht*, maar Ruby snapte er helemaal niets van.

Ze keek naar het bord boven Tobins winkel die hij Emily's

Flowers had genoemd, naar zijn oma. Met zijn turquoise gevel paste hij perfect bij de andere winkels. Orchids winkel aan de linkerkant was warm geel geverfd, Susans wolwinkel aan de rechterkant wit. Laurie's Tea Corner aan Ruby's kant van de straat was blauw en Keira had haar chocolaterie onlangs een roze kleurtje gegeven. Ruby vroeg zich even af of ze haar winkel misschien ook opnieuw moest verven, maar ze verwierp die gedachte weer snel. Valerie had destijds al een donkergroene gevel gehad en ook al wilde ze iets nieuws, te veel verandering was ook weer niet nodig.

'Idioot!' hoorde ze Orchid schreeuwen en ze zag haar woedend naar haar cadeauwinkel lopen.

Tobin keek haar na met fonkelende ogen, wat waarschijnlijk alleen een liefdesexpert als Jane Austen goed had kunnen duiden.

Even later kwamen mevrouw Witherspoon en haar Humphrey haar winkel in. Ruby begroette beiden hartelijk. Ze was altijd blij als haar lieve oudere vriendin langskwam, wat ze vaak deed, ook al kocht ze nooit iets. Ruby's prijzen pasten gewoon niet in haar budget, maar ze hield net zoveel van oude dingen als Ruby en ze was trots op haar omvangrijke verzameling antieke lepels.

'Wat een fijne verrassing dat u me een bezoekje brengt.'

Het dunne grijze haar van de oude dame zat weer helemaal in de war, waarschijnlijk veroorzaakt door een zuchtje wind. Humphrey leek het absoluut niet te storen. Hij droeg een oude pilotenpet, hij was vroeger piloot geweest en miste dat kennelijk.

'We hebben thee gedronken bij Laurie. Ze serveerde er een heerlijke kwarktaart van blauwe bessen bij.'

'Wat fijn dat jullie zo'n gezellige middag hadden. Humphrey, vlieg je vandaag nog ergens heen?'

Ruby grijnsde naar hem. Normaal gesproken was ze niet zo vrij en vrolijk, dat liet ze liever over aan Lauric of Orchid, maar ze was gewoon in een goede bui.

'Ja, naar Cuba. En ik neem mijn verloofde mee.' De oude man lachte.

'Neem dan een paar sigaren mee.' Ze herinnerde zich een tijd waarin haar vader een goede sigaar kon waarderen.

'Zal ik doen.' Humphrey knipoogde ondeugend.

'Ik zie dat je uitverkoop houdt,' zei mevrouw Witherspoon en ze bekeek geïnteresseerd de lepels.

'Ja. Ik moet gewoon afscheid van een paar dingen nemen. Ik ben namelijk van plan binnenkort een heel nieuw assortiment aan te bieden.'

'O ja? Wat dan?'

Ruby lachte nerveus. 'Dat weet ik zelf nog niet zo goed. Maar ik heb het gevoel dat het tijd is voor verandering.'

'Ja. Soms heb je dat,' antwoordde de oude dame en ze streek Humphrey liefdevol over zijn wang.

Ruby kreeg een brok in haar keel. De twee waren zo ongelooflijk lief voor elkaar.

'Ik heb trouwens net uw uitnodiging voor de bruiloft gekregen. Die zat tussen een van Orchids catalogi. Wat leuk dat u me uitnodigt, ik kom graag.'

'Nou, dat is mooi. Het wordt maar een klein feestje met de lieve mensen uit Valerie Lane en Humphreys dochter met haar gezin. Wist je al dat Humphrey vier kleinkinderen heeft?'

'Nee, dat wist ik nog niet. Wat leuk.' Maar Ruby wist wat dat voor de oude dame, die ooit vroedvrouw was geweest, moest betekenen. Net als mevrouw Valerie had ze zelf helaas nooit kinderen gekregen. 'Het lijkt me leuk ze te leren kennen.'

Mevrouw Witherspoon glimlachte en hield een lepel in haar handen die ze kennelijk gewoon niet meer kon loslaten. Humphrey vroeg of ze weer verdergingen.

'Ja, straks,' antwoordde de oude dame, maar ze legde de lepel met een steel in de vorm van een roos nog steeds niet terug. 'Zeg eens, Ruby, is deze ook in de aanbieding?'

Dat was hij niet. Het was een van haar duurdere lepels die ze zeker niet in de doos van vijf pond zou doen. Maar mevrouw Witherspoons ogen straalden zo...

'Ja, natuurlijk. Ik heb nog niet alle lepels gesorteerd, maar deze kan ik u wel voor vijf pond verkopen,' zei ze daarom.

Mevrouw Witherspoons ogen straalden zo mogelijk nog meer. 'Echt waar?'

'En ik betaal,' zei Humphrey, als een echte gentleman.

'Ooo.' De oude dame sloeg haar handen in elkaar zoals ze altijd deed als ze opgewonden was.

Ruby wikkelde de lepel in papier, deed het pakketje in een tasje en pakte de vijf pond aan. Wat maakt het uit, dacht ze. Ze had die dag in elk geval al een boek van Jane Austen en een bureau verkocht. Wat maakten dan een paar pond meer of minder uit?

Ze zwaaide de twee bij de deur uit en zag Thomas naar de

chocolaterie lopen. De sympathieke leraar was echt een schatje, hij was al bij een paar woensdagavonden aanwezig geweest, hij had zelfs geschaakt met Ruby's vader, en voor Keira kon hij niet attenter zijn.

'Hallo, Ruby. Hoe gaan de zaken?' riep hij naar haar.

'Heel goed dit weekend, dank jc.'

'Dat is mooi. Ik heb vandaag een *double date*. Keira en ik gaan met Laurie en Barry uit. Duim voor me dat de dames niet de sentimenteelste film in de bioscoop uitzoeken.' Hij knipoogde.

O, over een double date had Laurie helemaal niets gezegd. Keira ook niet. Wilden ze haar zulke romantische dingen besparen omdat ze haar niet onnodig verdriet wilden doen? Maar het kon haar helemaal niet schelen. Nee, echt niet. Ze was juist blij voor haar vriendinnen...

Maar waarom voelde ze dan een steek in haar hart?

De laatste jaren was ze zo bezig geweest met de verzorging van haar vader en met het draaiende houden van de winkel dat ze niet veel over de liefde had nagedacht. Maar nu... nu zou ze ook graag op een double date zijn gegaan met haar vriendinnen. En ze wist heel goed wie ze dan aan haar zijde wilde hebben.

Maar of hij hetzelfde voelde als zij, wist Ruby niet. En de kans dat haar vader zo'n double date zou laten mislukken, al was het maar met een telefoontje omdat hij een nieuwe portie bonen nodig had, was groot. Ze herinnerde zich een avond vlak voor Valentijnsdag toen ze met haar vriendinnen in Keira's chocolaterie koekjes had gebakken. Of beter gezegd, had willen bakken. Want plotseling had iemand haar geroepen, haar naam klonk door de hele buurt. Toen ze naar buiten was gelopen, had ze haar vader gevonden die naar haar op zoek was. De zure augurken die hij die week elke dag at, waren op en hij huilde bijna van wanhoop. Ze had hem naar huis moeten brengen, zo erg was hij van zijn stuk. Dat hij alleen zijn dunne zomerjas en twee verschillende schoenen aanhad, was bijzaak.

Als Hugh Riley zelfs een simpele avond koekjes bakken kon ruïneren, hoe pijnlijk zou dat tijdens een date zijn?

Nee, voor haar zat er niet meer in. Niet zolang ze nog met haar vader samenwoonde. Niet zolang ze die verantwoordelijkheid droeg.

Plotseling voelde ze zich niet meer zo opgewekt als een paar minuten eerder.

'Veel plezier! Doe Keira de groetjes van me,' riep ze naar Thomas en ze liep terug naar haar winkel. Ze had dringend een stuk chocola nodig en ze was blij dat ze een reep in haar handtas vond. Hoe oud die was, wist ze niet, maar dat kon haar ook niet schelen.

# 9

Er was een nieuwe week begonnen, en dat betekende ander eten. Dit keer waren het bananen. Dat merkte Ruby al vroeg die maandagochtend, toen haar vader om half zes als een wilde op haar deur stond te bonzen.

'Ja, pap?' vroeg ze slaperig toen ze opendeed.

'Ik wil bananen,' zei hij.

'Oké, oké. Ik zal nog voordat ik ga werken naar de supermarkt gaan om die voor je te kopen. Mag ik eerst even wakker worden?'

'Natuurlijk.' Hij keek haar liefdevol aan. 'Zonder make-up zie je er zo jong uit. Ik dacht even dat er een twaalfjarig meisje voor me stond.'

Ruby kreeg een warm gevoel. Soms was haar vader bijna de oude. Ze viel hem om zijn nek en drukte hem tegen zich aan. 'Dank je, papa.'

'Waarvoor?'

Omdat je me toch nog hoop geeft.

'Gewoon zomaar. Ik zal opschieten, dan vlieg ik naar de supermarkt.' Maar goed dat er eentje vlakbij was die al om zes uur openging.

Nog geen half uur later stond ze te dromen bij de kassa in de Tesco. Natuurlijk was er maar één persoon aan wie ze kon denken, wat ook niet zo vreemd was, tenslotte had hij haar de avond ervoor gewoon laten zitten. Om kwart over zes was Gary nog steeds niet in de winkel, daarom had ze die afgesloten en was ze naar hem op zoek gegaan. Ze was naar zijn hoek gelopen, had Susan die net Terry aan het uitlaten was gevraagd of ze hem had gezien en was Cornmarket Street een eind in gelopen. Daarna was ze terug naar haar winkel geslenterd, en had naast Charles Dickens zitten wachten. Maar Gary kwam niet opdagen.

Ze moest toegeven dat ze teleurgesteld was. En ze was gekwetst, meer dan ze wilde toegeven. Ze had haar vader speciaal gebeld om hem te vertellen dat ze iets later zou komen. Om kwart over zeven had ze het opgegeven en was ze naar huis gegaan om voor de laatste keer bonen klaar te maken.

'Maar dat zijn een heleboel bananen,' klonk het en ze schudde zichzelf wakker. Ze zag dat de kassière naar haar zat te grijnzen.

O, die is al vroeg in een goede stemming, dacht Ruby.

'Ja. Mijn vader heeft bananenweek,' legde ze uit.

De vrouw schonk haar een veelbetekenende glimlach, en Ruby liep met twee tassen vol bananen terug naar huis.

Nadat haar vader was verzorgd, nam ze de bus naar de stad. In Valerie Lane stonden Orchid, Laurie en Susan, die voor Orchids etalage in een discussie verwikkeld leken, al op haar te wachten.

'Goedemorgen lieverds,' zei Ruby.

‘Hallo, liefje. Alles goed?’ vroeg Laurie.

‘Ja hoor.’

‘Heb je Gary gisterenavond nog gevonden?’ wilde Susan weten.

Dat verbaasde Orchid. Met een enorme grijns op haar gezicht draaide ze zich om naar Ruby. ‘Gary, hè?’

‘Laat dat, Orchid,’ zei Ruby, die zich maar al te goed herinnerde dat de enthousiaste koppelaarster destijds Laurie en Barry op het goede spoor had gezet. Bij die twee had het wel gewerkt, maar Ruby wilde geen hulp. Ze was er het type niet voor.

‘Oké, oké. Ik zeg al niets meer.’

Laurie lachte. ‘Wat is er met jou aan de hand, Orchid, dat je ineens iedereen wilt koppelen?’

‘Ik ben er gewoon goed in. Weet je nog?’

‘Ik weet dat je me zo nerveus maakte dat ik mijn been openhaalde en twee weken met een reusachtige pleister moest rondlopen.’

‘Alsof dat mijn schuld was…’

‘Je hebt gelijk. Het was mijn vreselijke onzekerheid tegenover Barry. Maar die heb ik gelukkig overwonnen.’

‘Ik zie het zo,’ zei Orchid. ‘Als je je been niet had opengehaald, zou Barry je niet verzorgd hebben, waren jullie niet dichter bij elkaar gekomen, hadden jullie geen afspraakje gemaakt, waren jullie nu niet het meest fascinerende stelletje dat ik me maar kan voorstellen.’

‘O, je bent lief.’ Laurie glimlachte verrukt.

‘Wat staan jullie hier eigenlijk te doen?’ informeerde Ruby, die geen zin meer had om over de ware liefde te praten. Of gesprekken over ware liefde aan te horen. Daar kon ze toch niets aan bijdragen.

'We zijn aan het overleggen wat we mevrouw Witherspoon op haar bruiloft kunnen geven. Die is al over twee weken.'

O. Het thema was alweer ware liefde.

'Ik heb al iets voor haar,' liet Ruby de anderen snel weten.

Ze had de mooie lepels van de vlooienmarkt. Maar als de anderen er net zoiets groots van zouden maken als de vorige keer, toen ze met z'n allen een inzamelingsactie waren begonnen om een nieuwe koelkast voor mevrouw Witherspoon te kopen toen de oude de geest had gegeven, dan moest ze wel meedoen. Ze vermoedde dat haar vriendinnen al een of andere geweldige verrassing in petto hadden en dat betekende dat ze geld moest geven dat ze niet had. Op dit moment had ze dankzij de vele verkopen van de laatste dagen weliswaar weer wat geld, maar ze had zich eigenlijk voorgenomen daar belangrijke rekeningen mee te betalen en de rest weg te leggen, haar theeblik weer te vullen. Want zodra de 'rommel' was verkocht, zou ze zeker weer voor hetzelfde probleem staan en zouden er bijna geen klanten meer in haar winkel belanden.

'Maar we hebben iets heel speciaals voor die twee nodig,' antwoordde Susan.

'Vinden jullie het niet al speciaal genoeg dat die twee elkaar op die leeftijd hebben gevonden? Ze willen het heel klein vieren, onder elkaar. Misschien moeten we ook alleen kleine dingen geven. Die uit het hart komen, natuurlijk,' bracht Ruby ertegen in. De anderen keken haar aan alsof ze haar verstand was verloren. Alsof ze net had voorgesteld dat ze allemaal in joggingpakken naar de bruiloft moesten gaan. 'Ik dacht alleen...' Ze zuchtte inwendig. 'Als jullie vinden dat we iets groots moeten doen, dan doe ik natuurlijk mee,' eindigde ze.

'We móéten iets groots doen. Absoluut!' zei Orchid.

'Dat vind ik ook,' bevestigde Laurie.

Ook Susan was het ermee eens: 'Ze moeten de mooiste dag van hun leven hebben. En daar hoort nu eenmaal een hele grote verrassing bij.'

'En waar denken jullie dan aan?' vroeg Ruby.

'Dat is het punt,' zei Laurie. 'We weten het nog niet en we moeten snel iets bedenken.'

Ze stonden met z'n allen te peinzen. Keira kwam erbij staan. Ze legde twee vingers op haar kin om mee te peinzen nadat Laurie had uitgelegd wat ze aan het doen waren.

'Ik weet het!' zei Orchid. 'Mevrouw Witherspoon heeft toch een keer gezegd dat ze graag een keer naar Cornwall wilde gaan, haar geboortestreek, waar ze die afschuwelijke Stargazy Pie maken.' Ze konden zich de pastei met de eruit stekende vissenkoppen nog goed herinneren die ze om mevrouw Witherspoon een plezier te doen hadden gegeten.

'Een geweldig idee,' vond Susan. 'Maar zo'n reis is niet goedkoop. En of die twee zonder problemen een reis kunnen maken, is ook nog de vraag.'

'Heb je een beter idee?'

'Hm... We zouden ze tegoedbonnen kunnen geven. Voor het theater en een romantisch dinertje bij kaarslicht.'

'Geweldig!' riep Keira. 'Wat een goed idee.'

Ruby rekende in haar hoofd uit hoeveel dat allemaal zou kosten. Als Tobin ook mee zou doen, moesten ze tweehonderd pond door zes delen. Dat was ruim dertig pond per persoon. Hm, dat kon ze nog wel opbrengen, het liep momenteel niet slecht met het antiek… Pardon, met de rommel.

'En daarbij een reusachtige doos lekkere bonbons,' vond Keira.

Vijfendertig…

'En bloemen natuurlijk,' vond Susan. 'Tobin doet dat vast voor een leuk prijsje.'

Op zijn minst veertig…

'En een kaart! Ik heb net de meest prachtige wenskaarten binnengekregen,' zei Orchid toen nog.

Eenenveertig?

'Hallo, mooie dames. Wat zijn jullie aan het plannen?'

Tobin was ineens opgedoken zonder dat ze het in de gaten hadden.

'Mevrouw Witherspoons bruiloft. Heb je ook een uitnodiging gekregen?' wilde Keira weten.

Keira en Tobin waren vanaf het moment dat hij in Valerie Lane was gekomen zoiets als beste vrienden geworden.

'O, ja. En ik ben echt ontroerd omdat ik de dame pas een paar maanden ken. Ze is een echte schat, toch?'

Iedereen knikte glimlachend – behalve Orchid – en Ruby moest grinniken. Zoals hij en Orchid de laatste tijd kat en muis speelden… Er hing onmiskenbaar spanning in de lucht. Ze had al een tijdje medelijden met Patrick, de arme ziel. Zou hij iets van zijn ongeluk vermoeden?

En over katten en muizen gesproken…

'En? Neem je Tandy mee?' vroeg Orchid. Hoewel ze het ongeïnteresseerd probeerde te laten klinken, kon je een zweem van jaloezie horen.

'Natuurlijk, wie anders? En jij? Kom je met Patrick?' vroeg hij op dezelfde toon.

'Vanzelfsprekend. Ik zou met niemand anders dan met Patrick naar zoiets romantisch willen gaan.'

Ze keken elkaar met fonkelende ogen aan en Ruby vroeg zich af of die twee elkaar woedend of wellustig te lijf waren gegaan als ze alleen waren geweest.

'Doe je dan met ons mee?' vroeg Susan snel, altijd gericht op harmonie. 'Met het cadeau?'

'Natuurlijk. Wat geven we aan mevrouw Witherspoon en Humphrey?'

Susan lichtte hem in terwijl Orchid in haar winkel verdween. Ruby vroeg zich af hoelang dat nog zo zou doorgaan en of Orchid op een gegeven moment zou toegeven dat ze iets voor Tobin voelde. Ze moest weer aan Gary denken die vanochtend niet op zijn hoek zat.

Was er iets aan de hand met hem? Ze begon zich langzamerhand zorgen te maken.

'Heeft iemand van jullie Gary gezien?' vroeg ze.

'Gisterenavond. We zijn samen een biertje gaan drinken,' vertelde Tobin.

O. Aha. Een biertje. Nou, goed te weten dat hij in orde was. En dat hij liever een biertje met de bloemenverkoper dronk dan zich aan zijn afspraak te houden.

De brok in haar keel zorgde ervoor dat ze wegliep en snel naar haar winkel ging. Ze bekeek zichzelf in een van de vele spiegels en vroeg zich af wat ze verkeerd had gedaan.

Toen werd er plotseling op de deur geklopt. Tobin stond buiten en gebaarde dat ze open moest doen.

Ruby haalde diep adem. 'Tobin, wat kan ik voor je doen?'

'Ik wilde je even iets laten weten…' Ze keek hem verwachtingsvol aan. 'Nou ja, ik dacht dat het je misschien interesseert dat ik gisterenavond bijna het gevoel kreeg dat je er ook bij was, zo veel zat Gary over je te praten.'

Haar hart bonsde als een gek. Ze had geen idee wat ze daarop moest zeggen. 'Dank je wel,' zei ze dus alleen maar en ze keek Tobin na die glimlachend naar zijn winkel liep.

Hemeltje! Zou dat waar zijn? Had Gary het over haar gehad? Zelfs 'veel over haar gepraat'? Onmiddellijk was de teleurstelling die ze had gevoeld, weggevaagd. Gary had het met Tobin over haar gehad, dat was… dat was… gewoon geweldig!

# 10

'Hallo, lieverds! Ik heb chocoladekoekjes!' kondigde Keira aan toen ze op woensdagavond Laurie's Tea Corner binnenkwam. Ze zaten al een paar minuten bij elkaar, ook mevrouw Witherspoon was weer van de partij. Alleen Orchid ontbrak nog. Susan zat te vertellen over Terry die haar favoriete schoenen kennelijk lekker vond en ze helemaal kapot had gekauwd. 'Welke dan?' wilde Keira weten en ze zette het doosje met de koekjes op tafel.

'Mijn donkerrode sandalen.'

'Lieve hemel,' zei Laurie puffend. 'Die droeg je al toen we elkaar zeven jaar geleden leerden kennen.' Dat was toen Laurie haar theewinkel had geopend.

'Nou en? Ik vond het gewoon fijne sandalen.'

Laurie keek haar indringend aan. 'Ik denk dat we een keer samen moeten gaan shoppen voor schoenen.'

'Ik ben van de partij. Misschien vinden we wel een paar dat erop lijkt,' antwoordde Susan enthousiast.

'Of je vindt iets heel anders. Iets leukers.'

'Daar heb ik helemaal geen zin in, dank je wel. Je weet heel goed dat ik niet op zoek ben naar een man.'

'Je hoeft ook helemaal niet bij een man in de smaak te vallen, maar bij jezelf.'

'Zoals ik al zei: ik vond die rode sandalen gewoon leuk. En ik vond mezelf leuk als ik ze aanhad.'

Nu schudde Keira haar hoofd. 'Laurie heeft gelijk. Ze waren uit de mode. We gaan wat moois voor je zoeken, oké?'

'Voor mijn part...'

Heel overtuigend klonk Susan niet, vond Ruby. Ze gaf waarschijnlijk gewoon toe omdat ze wist dat haar vriendinnen haar niet eerder met rust zouden laten.

'En wat wil je er eigenlijk mee zeggen dat je niet op zoek bent naar een man?' wilde Keira weten. 'Ik weet dat je graag alleen bent, of dat beeld je jezelf tenminste in, maar dat is toch niet voor altijd. Iedereen verlangt naar de grote liefde.'

'Ik niet,' maakte Susan duidelijk.

'O, wat jammer,' zei mevrouw Witherspoon die tot op dat moment alleen had zitten luisteren.

Keira negeerde Susans opmerking. 'Zie je dan niet hoe gelukkig ik ben sinds ik Thomas heb leren kennen? Ik kan me mijn leven zonder hem gewoon niet meer voorstellen.'

Keira's ogen kregen de dweperige blik die ze zo vaak kregen sinds die dag in maart waarop zij en Thomas eindelijk een stelletje waren geworden.

'Dat mag voor jou zo zijn, voor Laurie, voor mevrouw Witherspoon. En voor Orchid – oké, over haar ben ik niet zo zeker. Maar ik ben gewoon niet geïnteresseerd in een relatie.'

'Relatie, pff!' zei Laurie. 'Dat klinkt zo steriel. Je moet de ware vinden, je sprookjesprins. Of er tenminste voor openstaan dat je hem elk moment tegen kunt komen en...'

Ruby zag aan Susan hoe onaangenaam ze dit gesprek vond. Wat er precies in haar verleden was gebeurd, had ze nooit verteld, maar het kon niet prettig zijn geweest, want het had een bittere nasmaak achtergelaten. En constant proberen haar iets te laten doen wat ze niet wilde, zou haar ook niet helpen. Ze wilde of kon het gewoon niet vergeten en dat moesten ze accepteren. Daarom onderbrak Ruby Laurie.

'Wat Orchid betreft, is het jullie ook opgevallen dat er iets speelt?'

Susan, opgelucht dat het over iets anders ging, haalde nauwelijks hoorbaar opgelucht adem en knikte overdreven. 'Jaaa! Jou ook?'

Ruby knikte. Mevrouw Witherspoon zette grote ogen op.

Ze waren goede vriendinnen die niet over elkaar roddelden, vooral niet als diegene niet aanwezig was. Maar dit was toch wel een heel speciaal geval.

'Speelt er iets tussen haar en Tobin? Ik weet wel dat we haar er steeds mee plagen, maar is er ook echt iets aan de hand?' vroeg Laurie nu ook.

'Ik dacht al dat ik hallucineerde,' zei Keira.

'Dat vinden we dus allemaal,' besloot Laurie. 'En nu?'

'Dat moeten ze zelf maar bepalen.' Susan keek naar de deur, maar er was nog geen spoor van Orchid.

'En Patrick?'

Keira pakte een koekje en knabbelde er opgewonden aan. Niemand van hen kende Patrick goed. Hij kwam weliswaar af en toe langs in Valerie Lane, bijvoorbeeld om Orchid na sluitingstijd op te halen, maar hij was maar hooguit twee of drie keer op een woensdagavondbijeenkomst geweest. Hoewel hij er goed uitzag en sympathiek was, had hij de harten van de andere winkeleigenaressen nooit kunnen veroveren. Misschien kwam dat wel omdat hij nooit iets van zichzelf prijsgaf en altijd een beetje onbenaderbaar leek. Heel anders dan Tobin, die heel open en hartelijk was.

'Dat moeten we ook aan Orchid overlaten,' vond Susan.

'Dat moeten jullie zeker,' stemde mevrouw Witherspoon in. Ze was die avond een beetje rustiger dan anders, waarschijnlijk was ze moe van de voorbereidingen voor de bruiloft.

'Waarom is Orchid vanavond zo laat?' vroeg Laurie. 'Of heeft ze een geheim afspraakje met Tobin?'

Ruby schudde fijntjes lachend haar hoofd. Haar vriendinnen waren gewoon ongelooflijk, ze maakten van een mug een olifant. Nou ja, er was wel een heel grote muskiet in het spel, maar een olifant nog lang niet. Dat zou pas het geval zijn als Orchid en Tobin werkelijk iets met elkaar begonnen – misschien zelfs achter Patricks rug.

Ze moest lachen. Nu begon zij ook al met dat gefantaseer. Maar tot nu toe was er niets gebeurd, afgezien van een paar mysterieuze blikken en woorden.

'Waarom zit je te lachen?' wilde Keira weten.

'Ach, omdat ik me ineens herinner waar Orchid op dit moment mee bezig is. Ze...'

Ze hoefde haar zin niet af te maken omdat Orchid op dat moment binnenkwam, en wel met een Maxi-Cosi waarin een heel lieve baby lag te slapen.

'O mijn god! Wat een schatje!' dweepte Keira, die nauwelijks kon wachten om zelf baby's op de wereld te zetten.

'Heel lief,' zei mevrouw Witherspoon.

'Lieve hemel, is dat soms Emily?' Laurie stond op om naar het slapende kleintje te kijken.

Orchid vertrok haar gezicht. 'Ja, dat is mijn nichtje dat Phoebe per se naar Tobins oma moest vernoemen. Vanaf het moment dat ze het nieuwe bord boven de bloemenwinkel ontdekte, was ze helemaal weg van die naam. Ze heeft alle andere namen zoals Elizabeth en Martha overboord gegooid.'

Elizabeth, zo zou Ruby haar dochter noemen als ze er ooit een kreeg. Zoals in Jane Austens *Trots en vooroordeel*.

'Martha? Zo heette mijn overgrootmoeder.' Susan schudde haar hoofd. 'Dan ben ik blij dat ze haar baby naar Tobins oma heeft vernoemd. Hoe gaat het eigenlijk met de oude dame? Ik heb haar na de opening nog maar een keer gezien.'

'O, ze belt elke dag om te vragen hoe de zaken gaan. Tenslotte is ze mede-eigenaar,' vertelde Laurie. Toen iedereen haar vragend aankeek, voegde ze eraan toe: 'Dat vertelde Barbara.'

'Nou, je bent goed op de hoogte.' Keira lachte.

'Maar dat moet toch ook. Om jullie op de hoogte te houden.'

Daar stemden ze allemaal vrolijk mee in en Orchid probeerde iedereen met een 'Sssst!' weer rustig te krijgen. 'Alsjeblieft niet zo hard. Het duurde een eeuwigheid voordat Emily sliep. Ongelooflijk dat zo'n klein baby'tje zo hard kan huilen. Ik moet er nog maar eens over nadenken of ik echt wel kinderen wil.'

'Wat vindt Patrick daarvan?' informeerde Susan, en Ruby

had haar meteen door. Eigenlijk wilde ze iets heel anders te weten komen.

'Die wil er een paar. Zegt hij. Hij wil graag een eigen gezin. Jullie weten toch dat hij zonder ouders is opgegroeid en dat hij geen broers en zussen heeft.'

'Ja, in Virginia, toch?' vroeg Ruby, want ze had het gevoel dat ze iets moest zeggen.

Eigenlijk had ze niet zo'n zin om te praten, maar ze wilde ook niet ongeïnteresseerd lijken. Ze zat nog steeds te denken aan wat Tobin haar over Gary had verteld, en dat ze hem graag had opgezocht om te vragen of het goed met hem ging.

Gary.

Gary.

Gary.

'Ruby?' vroeg Orchid. 'Aarde aan Ruby! Hoor je me? Patrick komt uit West Virginia.'

'O. Aha.'

Orchid lachte. 'Waar zit jij met je gedachten?'

'Moet ik eerlijk zijn? Bij Gary,' zei ze verlegen en ze werd prompt knalrood.

'Ooooo,' zei Orchid.

'Niet wat jij weer denkt. Ik maak me echt zorgen. Is het jullie niet opgevallen dat hij al drie dagen niet op zijn hoek zit?'

Ze wist wel dat Gary soms in een daklozenopvang sliep, maar dat beviel hem absoluut niet. Hij was al twee keer bestolen, hij ging er alleen heen om te douchen en als het heel slecht weer was. Hij zat veel liever gewoon op zijn hoek of bracht de nacht door achter in haar winkel. Tenminste, dat deed hij tot voor kort…

Susan ging rechtop zitten. 'Ik heb hem op de hoek van Cornmarket en High Street gezien, vanochtend nog.'

'Ik heb hem daar ook gezien,' zei mevrouw Witherspoon. 'Op weg hierheen.'

Ruby's hart klopte sneller. 'Wat bedoelen jullie met gezien? Zit hij daar nu?'

Susan keek haar met een speciale blik aan. 'Hij zat daar, Ruby. Hij heeft een nieuwe hoek gezocht, dat is toch niet verboden.'

Ruby wist dat Susan haar woorden zorgvuldig had gekozen. Ze wilde meer over haar gevoelens horen.

'Natuurlijk is dat niet verboden. Ik ben alleen verbaasd. Ik… ik…'

'Misschien verveelde hij zich hier bij ons. Elke dag dezelfde mensen…' probeerde Keira het te verklaren.

'Wees niet verdrietig,' zei mevrouw Witherspoon. 'Hij zal zijn redenen hebben. En hij komt weer terug, zeker weten.'

Ze knikte en hoopte het van harte. Toch was ze vreselijk verdrietig. Gary was weg. En ook al zat hij maar een paar straten verderop, dit gebaar leek toch veel meer te betekenen.

Emily maakte in haar slaap een schattig geluidje en ze waren allemaal verrukt.

'Als ze wakker wordt, wil ik haar even vasthouden,' eiste Keira. 'Ze is om op te vreten. Kijk maar naar haar huid, net mokkachocola.'

Orchid lachte. 'Het lag wel voor de hand dat je een vergelijking met chocola zou maken.'

'Ik maak altijd vergelijkingen met chocola,' zei de liefhebster van de zoete zonde zelfbewust.

'Ja? Waar vergelijk je mij dan mee?'

'Je bent een vanilletruffel. Mierzoet, maar met een snufje chili, omdat je elk moment kunt ontploffen.' Ze grijnsde.

Orchid deed alsof ze beledigd was. 'En jij vraagt of je Emily vast mag houden.'

'Maar daar is toch niets mis mee? Je hebt gewoon temperament. Ik ben het honderd procent met Keira eens,' zei Susan.

'O ja? Nou, als jullie dat vinden. En wat voor type is Susan dan volgens jou?' wendde ze zich weer tot Keira.

'Susan is een pure bonbon met een dikke noot in het midden. Ze is eenvoudig, bitter en zoet tegelijk en behoorlijk moeilijk te breken.'

'Wil je vanavond al je vriendinnen wegpesten?' Nu was het Susans beurt om beledigd te zijn.

'Niet boos worden. Dat vind ik nu eenmaal. Ik ben zelf toch ook een bonbon, een veel te dikke en veel te zoet.'

'O, hou nou maar op! Je bent niet dik,' zei Laurie. En Ruby was het met haar eens. Keira had misschien wat meer rondingen dan zij en de andere drie vrouwen, maar ze kon het hebben en het benadrukte haar vrouwelijkheid.

'Wel waar, ik ben dik. Maar het kan mij niet schelen en Thomas ook niet.' Haar wangen kregen weer die gezonde rode kleur.

'De rest kan maar beter niet aan Keira vragen hoe ze jullie ziet,' waarschuwde Orchid.

'Ik weet allang wat ik ben,' deelde Laurie mee. 'Keira zegt

dat ik een van die matcha-wittechocoladebonbons ben, die Keira en ik een keer samen hebben gemaakt. Buitengewoon en bijzonder van kleur en smaak.' De bonbons waren groen door het groenetheepoeder en de pistachenoten.

Ja, dat zou je over Lauries hartstochtelijke persoonlijkheid en haar opvallende kersenrode haar inderdaad kunnen zeggen.

'En hoe zie je mij?' wilde mevrouw Witherspoon weten.

'O, lieverd, u bent zo'n warme muffin met vloeibare chocoladevulling. Ze geven je een gevoel van warmte en geborgenheid.'

Mevrouw Witherspoon vouwde haar handen en legde die op haar hart. 'Ik ben diep ontroerd.'

'Hoe gaat het met de huwelijksvoorbereidingen?' informeerde Orchid.

'Ik ben nog altijd op zoek naar een jurk. Het moet iets heel speciaals zijn.'

'Natuurlijk moet die speciaal zijn,' zei Susan. 'Als u wilt, ga ik een keer met u op stap om iets moois uit te zoeken. Ik kan het ook veranderen als dat nodig is.' Susan was al vijfendertig. Voordat ze Susan's Wool Paradise had geopend, was ze modeontwerpster geweest.

'Dat vind ik heel fijn. Misschien kun je me ook met passen helpen. Dat lukt me namelijk niet zo goed meer en Humphrey mag mijn jurk niet voor de bruiloft zien.'

'Zeker weten. Wat denkt u van morgen meteen? Om zes uur doe ik de winkel dicht, dan hebben we nog twee uur voordat de grote warenhuizen sluiten.'

'Afgesproken.' Mevrouw Witherspoon straalde van geluk.

Ruby was blij voor haar. Maar er was nog iets wat ze per se wilde weten. 'Wat voor bonbon ben ik?' durfde ze te vragen.

Keira legde een hand op haar arm. 'Liefje, jij bent de fijnste chocoladereep van allemaal. Bekoorlijk en breekbaar en toch sterk en dapper.'

O. Ging dit wel over chocola? Sinds wanneer was chocola sterk? Of dapper?

De anderen knikten instemmend naar Keira en ze glimlachten liefdevol naar Ruby. Maar voordat iemand nog iets kon zeggen, wees Susan naar de etalage. Gary liep langs en even later klonk de winkelbel.

Ruby keek hem verwachtingsvol aan. Hij was haar toch een verklaring schuldig? Hij moest haar eindelijk laten weten waarom hij van de ene op de andere dag was verdwenen, waarom hij haar zondagavond had laten zitten.

Maar Gary bleef onzeker staan met zijn handen in zijn broekzakken. 'Hallo allemaal,' zei hij bijna fluisterend.

'Hallo, Gary.' Laurie stond meteen op. 'Mag ik je een kopje thee aanbieden? We drinken vandaag lekkere chocoladethee.'

'Graag, dank je.'

Ruby had wel in de gaten dat hij vermeed haar aan te kijken. Geen verklaring. Geen woord voor haar. Hij pakte zijn thee aan en ook een paar koekjes die Keira in een roze servet aan hem gaf, sloeg Lauries uitnodiging af om erbij te komen zitten, zei goedenavond en ging weg.

Volledig perplex nam ook Ruby afscheid en liep achter Gary aan. Hij had al bijna zijn nieuwe hoek bereikt. Een bruin-groen geruite deken lag op de grond, een oud kussen erop, een rugzak en een plastic tas stonden ernaast, een kartonnen beker ervoor.

'Gary!' riep ze en hij draaide zich om.

'Ruby,' was alles wat hij zei.

Had ze dan verdorie geen recht op een verklaring?

'Wat is er aan de hand, Gary? Is er iets gebeurd? Gaat het niet goed met je?'

Ze bleef een meter voor hem staan en keek hem in de ogen. Ze ving een sterke geur op en het leek alsof Gary voor het eerst alles had losgelaten. Wat was er aan de hand? En hoe kon ze denken dat het aan haar lag dat hij haar ontweek? Het ging vast om iets veel belangrijkers.

Hij keek haar verdrietig aan. 'Ik ben niet goed genoeg voor je, Ruby.'

O. Dus het lag toch aan haar?

'Gary, ik weet niet wat je probeert te zeggen...'

'Wij twee...' Hij keek haar doordringend aan, zijn ogen stonden zo treurig. 'Je moet echt iemand anders zoeken om mee te chillen.'

Chillen?

Ze waren toch geen tieners die samen naar een hangplek gingen om te chillen en sigaretjes te roken? Ze had echt gedacht dat ze een speciale band hadden.

'Oké,' zei ze. 'Als jij dat wilt.'

Ze draaide zich om en liet Gary gewoon staan. Maar goed dat hij haar tranen niet kon zien.

# 11

Toen Ruby de volgende ochtend wakker werd, wilde ze helemaal niet opstaan. Ze had de halve nacht films gekeken – *Trots en vooroordeel*, *Jane Eyre* en *Woeste hoogten* – en ze kon het gewoon niet begrijpen. Waarom kwam zij de ware niet tegen? Ze was toch sympathiek, of niet soms?

Of niet soms?

Nou, Gary leek te vinden van niet. Ze herinnerde zich maar al te goed wat hij de vorige avond had gezegd. Kwetsender had hij niet kunnen zijn. Wist hij dat eigenlijk wel? Had hij dan niet in de gaten wat ze voor hem voelde?

Hoe kon hij dat niet in de gaten hebben?

Ze had hem in vertrouwen genomen. Hem over haar moeder verteld. Hem de dagboeken van Valerie laten zien... Ze voelde zich verschrikkelijk. Het werd echt tijd dat ze die ook aan haar vriendinnen liet zien. Komende woensdag, nam ze zich voor.

Maar nu moest ze eerst maar eens proberen op te staan, zich aan te kleden en naar haar werk te gaan. O, oké, natuurlijk niet zonder haar vader eerst zijn drie kilo bananen te bezorgen die hij de laatste dagen steeds tot aan het avondeten had gegeten. Dat hij daardoor last van verstopping had, had hij aan zichzelf te danken. Ze had het poeder daartegen gewoon door de bananenmoes geroerd en die voordat hij ging slapen, bestrooid met kaneelsuiker, voor hem neergezet. Net zoals ze de vitaminetabletten verbrokkelde en die door zijn eten mengde als hij 's ochtends zijn vitaminedrankje weigerde te drinken.

Toen ze ging kijken ontdekte ze opgelucht dat het bord leeg was. Ze vroeg zich af of dit tot in lengte van dagen zo zou doorgaan of dat haar vader op een dag toch weer als een normaal mens zou gaan eten.

'Goedemorgen pap,' zei ze en ze gaf hem een kus op zijn voorhoofd.

Hugh zat in de stoel voor de televisie. Dat deed hij niet vaak sinds hij zijn voorliefde voor de radio had ontdekt. Maar zo vroeg in de ochtend waren er kennelijk geen voetbaluitzendingen of andere spannende dingen waar hij naar kon luisteren.

'Waar zit je naar te kijken?' vroeg ze.

Hij wees naar de televisie. 'Bijen. Ze worden met uitsterven bedreigd,' legde hij uit.

Ruby zat een poosje in haar roze bloemetjespyjama naar de documentaire te kijken en antwoordde toen: 'Ja, ik weet het.'

Nog niet zo lang geleden had ze er weer een artikel over gelezen. Vijfentachtig procent van de bijenkolonies zijn verdwenen, terwijl ongeveer tachtig procent van alle planten aangewezen zijn op bestuiving door bijen. Dat kunnen andere insecten niet. Als dat probleem niet snel werd aangepakt zouden er naast bijen ook planten uitsterven, ja, hele ecosystemen zouden ten dode opgeschreven zijn.

'Daar zou wat aan gedaan moeten worden, toch?' Ineens zette Hugh grote ogen op. 'Ik moet bijen aanschaffen, imker worden!' riep hij enthousiast.

'O, pap, ik denk dat dat niet zo'n goed idee is.'

'Wel, dat is het wel.'

'Waar wil je bijen houden? Hier in huis?' Ze zou lachen als ze niet wist dat hij het serieus meende.

'Buiten in de tuin.'

'Je bedoelt in de achtertuin? Naast de vuilnisbakken en de fietsen? Nou, daar zullen de buren blij mee zijn.'

'Maar...'

'We praten er later over, oké? Wat dacht je ervan als je eerst eens naar buiten zou gaan? Zoals bijen? Misschien zie je er buiten wel een paar.'

Even leek haar vader dat wel te zien zitten, maar toen schudde hij zijn hoofd. 'Nee. Ik blijf liever hier.'

Ruby zuchtte. 'Ik zou het echt leuk vinden als je bij me langskomt. Ik krijg de laatste tijd jammer genoeg niet zo vaak bezoek.'

'Er komen toch de hele dag mensen bij je langs.'

'Dat is iets anders. Dat zijn klanten.' Ze wilde dat Mr Darcy haar winkel binnen kwam wandelen. Of op zijn minst haar vader.

'Ik kom wel weer een keertje langs, oké?'

'Ach, pap,' zei ze en ze wist zelf hoe verdrietig dat klonk. Maar wat moest ze dan doen? 'Ik ga bananen voor je halen, goed?'

'Dank je wel, Ruby.' Hij staarde weer naar het beeldscherm. 'Ruby?' zei hij toen zonder op te kijken.

'Ja?'

'Dank je wel voor alles. Je bent een lieve dochter.'

Haar ogen vulden zich met tranen. Kleine momenten zoals deze, waarin haar vader helder leek te zijn, waarin hij was zoals vroeger, maakten alles de moeite waard. Alles.

Ze liep nog een keer terug naar de stoel, sloeg van achter haar armen om het magere lichaam van haar vader en drukte hem tegen zich aan. 'Jij bedankt, papa.'

'Waarvoor?'

'Dat je er bent.'

'Graag gedaan,' antwoordde hij en hij bleef naar de televisie kijken alsof er niets was gebeurd.

'Hallo, Ruby. Stoor ik?' Keira kwam de antiekzaak binnen met een klein doosje in haar handen.

'Nee, absoluut niet. Sinds ik al die oude spullen heb verkocht, is het weer rustig.' Buiten in de doos zaten alleen nog een opbergblik, een kam en de Egyptische beelden.

'O, wat jammer.'

'Is niet zo erg. Ik heb genoeg verdiend om een poosje rond te komen. Wat heb jij dan voor lekkers bij je?'

'Mijn nieuwe gekonfijte citroenen en limoenen. Kimberly helpt me nu ook doordeweeks. Ze spaart voor een eigen auto en voor haar rijbewijs, ze is net achttien geworden. Dus nu maak ik van de gelegenheid gebruik om je er een paar te brengen. Je moet ze proeven, ze smaken echt naar zomer.'

Dat paste wel bij het heerlijke weer; de zon scheen namelijk en liet Valerie Lane met haar kleurige bloemen nog meer stralen.

'Graag.' Ruby, die een bij het weer passende gele jarenzestigjurk droeg, pakte een vrucht. 'Gekonfijte limoenen... Waar ken ik die van? Hmm... Ah, nu weet ik het! Van *Little Women*! Die koopt Amy, zonder toestemming, van het kledinggeld dat Meg haar geeft.'

'Meg? Is dat de zus die schrijfster wil worden? Ik heb dat boek als kind gelezen, maar dat is al zo lang geleden.'

'Nee, dat was Jo. Josephine. Meg is de oudste zus.'

'Je bent zo belezen,' zei Keira lyrisch. 'Ik wou dat ik meer tijd had om te lezen.'

Als Keira wist dat ik alleen maar zo veel kan lezen omdat ik bijna niets te doen heb in de winkel, zou ze me misschien niet zo benijden, dacht Ruby. Ze wist wel dat haar vriendin dat niet kon weten omdat ze maar heel zelden over haar problemen sprak. Bovendien had ze de laatste dagen extra veel tijd omdat Gary zich niet meer liet zien.

'Je hebt Thomas toch. Wees blij dat je tijd met hem door kunt brengen.'

'Dat ben ik ook.' Keira straalde. 'Hoe vind je de limoenen?'

'Echt heerlijk.' Dat was niet overdreven.

'Ik laat er een paar hier.' Ze legde een servet op de toonbank met een paar gekonfijte vruchten erop. 'Ik ga er weer vandoor, ik moet de anderen ook nog vragen wat ze van de citrusvruchten vinden voordat ik ze in de winkel aanbied... Wacht eens even, wat is dat?'

Keira wees naar het schetsblok dat Ruby had neergelegd. 'Dat is mijn moeder.' Ze lachte weemoedig.

'Ik wist niet dat je kon tekenen. Wow! Mag ik?' Ze wachtte op het knikje van Ruby, pakte toen het blok op en begon erin te bladeren. 'Dit is gewoon ongelooflijk. Je moet je tekeningen verkopen. Ik weet zeker dat mensen die graag willen kopen.'

'Ik doe dat eigenlijk alleen voor mezelf.' Wie wilde haar tekeningen nou hebben? Ze tekende toch bijna altijd alleen haar moeder. En...

'Dat zijn wij! Wanneer heb je die gemaakt?'

'Een paar weken geleden.'

'Uit je hoofd?'

'Ja. Ik heb een goed geheugen voor gezichten.'

'Ik ben echt sprakeloos. Ooo. Dat is ook...' Ze draaide de tekening in haar richting.

Gary. Dat was Gary.

Ruby knikte en pakte het blok weer terug van Keira.

'Bedankt voor de vruchten, Keira. Ik moet nu... de inventaris doen.' Ze kon niets beters verzinnen. Ze wilde niet met Keira over Gary praten. Niet nu. Niet voordat ze met Gary had gepraat om te horen waarom hij haar zo afwijzend behandelde.

'Oké, ik wil je niet ophouden. Maar hé, ik krijg net een idee. Denk je dat je mevrouw Witherspoon en Humphrey kunt tekenen? Dan kunnen we de tekening mooi laten inlijsten en die geven op de bruiloft. Daar zullen ze ongelooflijk blij mee zijn.'

'Ik denk dat ik dat wel kan. Maar ik weet niet of ik goed genoeg ben.'

‘Ben je gek? Dat ben je zeker. Liefje, je hebt talent en dat moet je niet verbergen. Ik zou het graag aan de anderen voorstellen als je dat goedvindt.’

Ruby was zichtbaar geroerd door Keira’s complimenten en stemde ermee in. En ook toen haar vriendin al lang weer weg was, was ze nog blij over haar woorden. Ze had haar tekeningen tot nu toe aan bijna niemand laten zien. Haar ouders en een paar docenten van de kunstopleiding aan de universiteit natuurlijk. En Gary. Ze had hem uiteraard niet het portret laten zien dat ze van hem had gemaakt. Hij had haar verteld dat hij ook ooit had getekend, illustraties voor een kinderboek dat hij lang geleden had geschreven. In een ander leven.

Ruby was er niet dieper op ingegaan, maar ze had er wel op het internet en op vlooienmarkten naar gezocht. Naar het kinderboek of überhaupt een boek van Gary. Helaas wist ze Gary’s achternaam niet, die had hij nooit aan iemand verteld en daarom had ze niets kunnen vinden.

Ze was nog steeds naar de tekening van haar moeder aan het kijken – het hoge voorhoofd, het golvende haar, de mooie sierlijke neus die zij helaas niet had geërfd, de vriendelijke glimlach – toen de winkeldeur openging en de bel klonk.

Ze keek op, recht in Gary’s ogen die haar verontschuldigend aankeken. Vanochtend zag Gary er in tegenstelling tot de vorige dag weer schoon en verzorgd uit, hij was zelfs geschoren en rook naar aftershave. Als ze niet had geweten dat hij op straat leefde, had ze dat nooit gedacht.

‘Alsjeblieft, vergeef me, Ruby,’ zei hij openhartig.

‘Voor wat? Er valt niets te vergeven,’ antwoordde ze. Maar ze hoorde zelf hoe weinig overtuigend dat klonk. Er klonk teleurstelling in haar stem.

‘Ik had gisteren niet... Ik wilde niet... Het spijt me. Echt. Je hebt het altijd alleen maar goed met me voor, in tegenstelling tot de meeste andere mensen.’

Ze keek hem lang aan, te lang. Voordat het onbehaaglijk kon worden, zei ze: ‘Het is je vergeven,’ en ze glimlachte.

Gary’s mond veranderde ook in een glimlach. In dat prachtige glimlachje dat haar elke keer betoverde.

‘Dank je wel. Dat is een opluchting.’ Ze knikte. Ze wist niet wat ze moest zeggen. Ze hoopte dat hij een of andere verklaring zou geven. Maar hij vroeg alleen: ‘Hoe gaat het? Hebben de flyers iets opgeleverd?’

‘Ja, ze hebben me veel nieuwe klanten bezorgd. Helaas ben ik nu van bijna al mijn oude rommel af. Ik heb alleen nog waardevolle stukken over die ik echt niet voor zulke prijzen kan verkopen. Ik ben dus weer terug bij af. De klanten blijven weg.’

‘Het is dus echt zo dat rommel beter verkoopt? Ik bedoel spullen voor een lagere prijs?’

‘Je bedoelt een samengeraapt zooitje voor een spotprijs?’ Ze grijnsde en verplaatste een porseleinen beeldje in de vorm van een bloemenmand. ‘Ja, daar heb je gelijk in.’

‘Misschien moet je overwegen vaker zo’n actie te houden.’

‘Maar ik heb helemaal geen spullen meer.’

‘Dan gaan we nieuwe halen.’ Ze hoorde heel goed dat hij ‘wij’ zei en ze vroeg zich af of Gary dat per ongeluk had gezegd of dat hij het echt meende. Ze keek hem vragend aan. 'Je kunt me een keer meenemen naar een van de vlooienmarkten. Maar alleen als je dat wilt.' Dat wilde ze maar al te graag, maar ze was bang uiteindelijk weer teleurgesteld te worden. Gary leek haar gedachten te lezen. 'Ik laat je absoluut niet weer zitten. Dat beloof ik.'

'Dat lijkt me leuk. Ik ga zaterdag weer. Als je wilt, kan ik je ophalen.'

'Kom je dan hierlangs?'

'Dat is geen enkel probleem. Ik ga met de auto.'

Het was de oude auto van haar moeder die ze alleen voor inkopen van de vlooienmarkten gebruikte en om de nieuwe spullen naar de winkel te brengen. Naar het werk nam ze de bus. Het waren maar een paar haltes en omdat je in de winkelzone niet mocht parkeren…

'Oké, dan sta ik zaterdagochtend klaar.'

'Maar ik ga wel heel vroeg. Ik moet voordat de winkel opengaat terug zijn. Ik ben altijd al tegen half zeven op de vlooienmarkt, als de mensen nog bezig zijn hun kramen op te bouwen.'

'Geen probleem.'

'Goed, ik kijk ernaar uit.'

Ze glimlachten verlegen naar elkaar.

'Mag ik je nog een beetje gezelschap houden?' vroeg Gary toen voorzichtig.

'Heel graag.'

Hij bleef en ze praatten met elkaar. Hij vertelde dat hij ook graag naar de vlooienmarkt ging. Hij kocht zijn kleren daar.

Net toen het zo gezellig was en de band tussen hen weer terug begon te komen, ging Ruby's telefoon over.

'Ja? Pap?'

'Je moet naar huis komen. Alsjeblieft, Ruby. Je moet heel snel komen!'

'Waarom dan, pap? Wat is er gebeurd?'

'Ik ben gewond. Heel erg.'

'O, nee! Ik kom zo snel ik kan. Blijf waar je bent en wacht op me.' Wat een stom bevel – hij bleef altijd waar hij was.

'Is alles in orde?' vroeg Gary bezorgd toen ze het gesprek had beëindigd en waarschijnlijk een beetje panisch keek.

'Mijn vader heeft zich verwond.'

'O nee, hoe erg is het?'

'Dat weet ik niet. Maar ik moet meteen naar hem toe. Ik moet de winkel sluiten. Ik moet...'

'Ik kan de winkel voor je overnemen als je wilt. Ik bedoel, als je me de winkel toevertrouwt.'

Ze hoefde niet lang na te denken. Wat zou Gary nou kunnen doen? De kassa met achtenzeventig pond plunderen? Of er met de zware secretaire van Dickens vandoor gaan die Fred vrijdag eindelijk wilde komen beoordelen?

'Natuurlijk vertrouw ik je. Vind je het echt niet erg?'

'Echt niet. Er staan toch prijzen op de artikelen? Maak je geen zorgen. En ga nu maar. Zorg voor je vader.'

'Dank je, Gary. Dat zal ik nooit vergeten,' zei ze en voordat ze het doorhad omhelsde ze hem even.

Ze zag dat Gary ook perplex was en ze ging er snel vandoor. Ze hoopte dat haar vader weer eens had overdreven en dat er niet echt iets ergs was gebeurd.

# 12

Thuis stelde Ruby opgelucht vast dat haar vader zich alleen aan de scherpe papierrand van een voetbaltijdschrift had gesneden. Het kleine sneetje in zijn wijsvinger bloedde een beetje. Maar voor hem was dat het einde van de wereld. Hij jammerde hysterisch tot ze hem had verzorgd en een pleister op het sneetje had geplakt.

'Zo, papa. Nu is het allemaal weer goed.'

'Ga niet weg, Ruby. Alsjeblieft, blijf bij me.'

'Ik moet toch terug naar mijn werk. Maar ik beloof je dat ik vanavond meteen als de winkel dicht is naar huis kom. Oké?'

'Neem je dan nog meer bananen mee?'

'Natuurlijk. Pas goed op jezelf, pap. Tot straks.'

Zoals altijd voelde het niet goed om haar vader alleen te laten. Maar wat kon ze doen? Ze had al voorzorgsmaatregelen getroffen zodat er niets gevaarlijks kon gebeuren. De keuken zat op slot. Haar kamer ook. De woning ging hij niet uit. En aan voetbaltijdschriften ging je niet dood.

Ze haastte zich terug naar de winkel waar Gary net een klant aan het adviseren was. Ze keek nieuwsgierig naar de twee zonder zich ermee te bemoeien. Gary prees een globe aan, en hoe! Zo overtuigend – zelfs zij had de oude, niet al te goedkope wereldbol van hem gekocht. De dame liet zich ook door zijn charme inpalmen en gaf hem even later de zeventig pond voor het mooie ding.

'Wow! Ik wist niet dat je een verkooptalent was. Ik moet je in dienst nemen,' zei Ruby lachend toen de klant weg was. Onmiddellijk kreeg Gary's gezicht weer die panische uitdrukking. 'Was maar een grapje, maak je geen zorgen,' zei ze snel.

'O.'

Ze had hem graag als dank voor de verkochte globe voorgesteld om wat te gaan eten of om iets anders te gaan doen, maar ze had haar vader beloofd meteen na het werk naar huis te komen. Misschien kon ze hem trakteren op een kleine lunch...

'Is alles goed met je vader?' informeerde Gary.

'Ja. Alles is oké. Het was gewoon weer zo'n noodgeval dat eigenlijk geen noodgeval is.'

'O.'

Gary kende haar vader vluchtig. Hij had zelfs een keer op een woensdagavond met hem zitten schaken. Maar van zijn geestelijke stoornis wist hij nog niet zoveel. Ruby had het tot nu toe vermeden om erover te praten.

'Mijn vader is...' Ja, wat was hij? 'Hij is een beetje... vreemd. Je hebt dat denk ik wel meegekregen toen hij een paar maanden geleden schreeuwend Valerie Lane op en neer liep omdat de zure augurken op waren.'

Gary knikte. 'Hij schijnt erg van zure augurken te houden.' Hij probeerde te grijnzen.

'Ha! Ja, af en toe. En dan een hele week.' Gary keek haar met gefronst voorhoofd aan. 'Met hem gaat het zo: hij eet precies een week iets specifieks. Van maandag tot zondag. Hij heeft een kalender, daar heeft hij bij elke dag van deze week bananen opgeschreven.'

'O. Eh... interessant.'

'Interessant? Gek, zul je bedoelen. Iedereen vindt hem gek.'

'Zijn we niet allemaal een beetje gek? De een iets meer dan de ander?'

'Zou kunnen. Weet je, eigenlijk is hij niet echt gek. Hij is alleen... gebroken. Beschadigd. Sinds mijn moeder is overleden heeft hij zich in zijn eigen wereldje verschanst, dat deze week alleen uit bananen bestaat.'

'Wat erg. Voor jou is dat vast niet makkelijk.'

'Ach, ik ben eraan gewend. En ik houd ondanks alles van hem. We hebben alleen elkaar nog, mijn vader en ik.'

'Ik kan me Meryl herinneren. Destijds was ik nog niet zo lang in Oxford. Ze lachte altijd vriendelijk tegen me.'

'Ze was een fantastische vrouw. Een goede moeder. Ik kan begrijpen dat het mijn vader tot waanzin heeft gedreven toen ze er ineens niet meer was. Ze zorgde voor alles.'

Gary keek naar de grond. Ze zeiden allebei niets meer. Toen keek hij weer op.

'Ik zou hem graag leren kennen. Echt goed, bedoel ik,' zei hij.

'Wie? Mijn vreemde vader?'

'Ja. En ik vind dat hij helemaal niet zo vreemd is.'

'Dat ga je nog wel vinden.'

'En wat dan nog. Dat kan me niet schelen. De meeste mensen vinden mij ook vreemd, weet je dat?'

'Ik niet.' Ze durfde hem recht in zijn ogen te kijken.

'En dat waardeer ik.'

Ruby wist zeker dat er in de diepte van zijn grijze ogen een hele wereld vol buitengewone dingen te vinden was.

'Oké. Nou, als je wilt, kun je na sluitingstijd mee naar ons huis gaan. Ik zou wat lekkers kunnen koken,' bood ze voorzichtig aan.

'Iets met bananen?' Hij lachte.

'O, god, echt niet! Het is pas donderdag en ik kan ze nu al niet meer zien. Maar ik moet onderweg nog wel wat bananen voor mijn vader kopen. Die van vanochtend zijn alweer bijna op.'

'Hoeveel bananen kan hij op een dag naar binnen werken?'

'O, een heleboel. Zeker twintig.'

'Wow! Nou, gelukkig zijn het bananen.'

'Hij heeft een keer een garnalenweek gehad. En hij wilde een keer alleen papaja's eten. Daar ben ik bijna failliet aan gegaan.'

'Dat kan ik me voorstellen. Oké. Ik ga graag met je mee. Dan kom ik om zes uur langs en dan gaan we samen?' Ruby knikte. Ze hoopte dat hij het dit keer serieus meende. 'Ik kijk ernaar uit. Vooral naar de zelfgemaakte maaltijd. Die heb ik al een hele tijd niet meer gehad.'

'Ik kijk er ook naar uit.' Ze merkte dat ze rode wangen kreeg.

Gary liep naar de deur. 'O, trouwens,' zei hij met de klink

in zijn hand. 'Ik heb je schetsblok ontdekt. Ik hoop dat je het oké vindt dat ik je tekeningen heb bekeken?'

'O.' O jee. Had hij misschien ook...

'Ik ben diep onder de indruk hoe jij dingen kunt vangen. Mensen. Mij.'

'Het spijt me, ik had je niet ongevraagd mogen portretteren.'

'Je hoeft nergens spijt van te hebben,' antwoordde Gary. Hij glimlachte haar warm toe en vertrok.

Als Ruby iemand was geweest die vreugdesprongen maakte, dan had ze dat nu gedaan. In plaats daarvan legde ze haar handen op haar hart en straalde van blijdschap.

Om precies zes uur deed Ruby haar winkel dicht en ze keek rond in Valerie Lane. Gary was nog niet te zien. Orchid kwam net haar cadeauwinkel uit lopen en zwaaide naar haar.

'Fijne avond, Ruby!'

'Dank je, jij ook!'

'Je ziet er in die jurk uit als de vrouwen in die serie... Hoe heet die ook alweer? *Mad Men*!'

Ruby vatte het op als een compliment. Ze vond het leuk dat Orchid in haar ouderwetse jurk herkende wat ze ermee wilde uitdrukken. Ze hield van de verschillende periodes van het verleden. Thuis had ze haar kleren in de kast zelfs op decennium geordend en 's ochtends pakte ze iets wat bij haar humeur van die dag paste. Die ochtend had ze zin gehad in de Beatles en flowerpower, daarom had ze de gele jurk aan met bijpassende bloemen in haar haar.

‘Dank je!’ riep ze naar Orchid die een strakke jeans en een mooie turquoise tuniek droeg.

Toen Ruby zich weer omdraaide naar Cornmarket Street zag ze Gary de hoek van Valerie Lane omslaan en glimlachend naar haar toe lopen. Hij zwaaide even naar Orchid en ze gingen ervandoor voordat ze nog iets ongepasts zou kunnen zeggen.

Ze wandelden naast elkaar door Cornmarket Street. Het waren maar drie haltes tot Ruby’s huis en omdat ze nog even snel naar de supermarkt wilden, besloten ze te gaan lopen. Onderweg zag Ruby weer eens de oude zandstenen gebouwen die Oxford vormden. De vele kerken en de prachtige gotische bouwwerken gaven de stad een heel eigen charme. De universiteiten en colleges met hun studenten droegen bij aan de bijzondere sfeer. Twee rivieren, de Theems en de Cherwell stroomden door Oxford, er waren parken en grasvelden waar je kon recreëren en even aan de hectiek van het dagelijks leven kon ontsnappen. Ook al dacht Ruby soms nog weemoedig terug aan Londen en haar dromen, ze wist diep in haar hart dat ze hier thuishoorde, in deze historische stad die zo veel verhalen te vertellen had.

Toen ze langs Gary’s nieuwe straathoek liepen, durfde Ruby te zeggen: ‘Je moet weer terugkomen naar Valerie Lane.’

‘Het… is allemaal echt pijnlijk voor me…’

‘Wat dan?’

‘Het lijkt alsof ik voor jou ben gevlucht, of niet soms?’

‘Voor…’

‘Het is waar.’ Huh? Verbaasd keek ze Gary aan. ‘Nou ja, eigenlijk voor mijn gevoelens.’

O. Ze wist niet wat ze moest zeggen. Ze wist niet zeker of ze begreep wat Gary bedoelde.

Welke gevoelens?

Had hij gevoelens voor haar?

Ze werd weer rood. Haar wangen werden warm, ja, haar hele gezicht. Het liefst had ze haar hoofd in een bak water geduwd. In een van die mooie stenen bassins met bloemen en vogeltjes erop. Zoals in die oude films...

O! Ze dwaalde in gedachte van het thema af. Waar waren ze ook weer gebleven? O ja, gevoelens.

Ze keek vanuit haar ooghoeken naar Gary. Als ze hem nu recht in de ogen zou kijken dan zou ze een hartaanval kunnen krijgen. Of ze zou op zijn minst flauwvallen. Zoals in de tijd van Jane Austen toen vrouwen nog bij elk wissewasje in katzwijm vielen.

De gouvernante flirt met de heer des huizes... in katzwijm.

De ongetrouwde lady X is zwanger van lord Y... in katzwijm.

De in Parijs bestelde schoenen staan niet bij de trouwjurk... in katzwijm.

Gary heeft Ruby bekend dat hij gevoelens voor haar heeft... in katzwijm.

Nou ja, eigenlijk had hij niet bekend dat hij gevoelens voor haar koesterde. Hij had alleen gezegd dat hij voor zijn gevoelens wegliep. En stel dat het niet over haar ging? Als hij in plaats daarvan gevoelens voor Orchid koesterde? Of voor Laurie. Voor Susan? Of Keira? Of misschien wel voor Tobin? Wat wist ze nou eigenlijk over Gary?

Ze was helemaal van streek. Ze moest echt weer rustig worden.

'Wat vind je lekker?' vroeg ze om haar gedachten op iets anders te richten. 'Als we eerst naar de supermarkt gaan, kunnen we ook meteen de ingrediënten voor een lekkere maaltijd meenemen.'

'Ach, dat maakt niet uit. Ik ben niet veeleisend. Wat je ook kookt, ik eet alles'

'Nee, kies jij maar. Wat wil je graag eten? Behalve Stargazy Pie maak ik alles voor je.' Ze knipoogde naar hem.

'Ruby, kies jij maar iets, oké?'

Ze had hem graag een plezier gedaan, zijn lievelingskostje gemaakt. Maar als hij dat niet wilde zeggen? Gary was zo ongelooflijk gesloten. Ruby vreesde dat ze hem nooit zover zou krijgen dat hij zich zou openstellen. Misschien een heel klein beetje...

'Hou je van zoete aardappelen? Ik heb een lekker recept voor een oosters stoofpotje.'

'Klinkt goed.'

'Oké.' Dat was een uitgemaakte zaak.

In de supermarkt op de hoek kochten ze dus bananen, zoete aardappelen, kikkererwten, broccoli en kokosmelk. Ze hoopte heel erg dat Gary haar lievelingsmaaltje lekker zou vinden.

Hij hielp met koken. Schilde de aardappelen, liet de kikkererwten uit het blik uitlekken en opende het blikje kokosmelk. Terwijl het stoofpotje op het fornuis stond te pruttelen, zaten ze aan de piepkleine rode keukentafel te praten.

Hugh stak zijn hoofd om de hoek van de keukendeur. 'Wat zijn jullie aan het doen?'

Hij was er onverwacht goed mee omgegaan dat Ruby Gary had meegenomen. Waarschijnlijk omdat hij hem al van het schaken kende. Dat was in maart geweest als Ruby zich het goed herinnerde. Daarna was haar vader hoogstens nog twee of drie keer het huis uit geweest.

'We maken een stoofpotje.'

'Maar ik wil geen stoofpotje.'

'Dat weet ik toch. Jij krijgt je bananen.'

'Dan is het goed. Ik ga nu naar de radio luisteren en wil niet gestoord worden.'

'Begrepen. Ik roep je als het eten klaar is.'

Hugh verdween weer naar de woonkamer.

'Hij gaat niet meer naar buiten,' verklaarde Ruby. 'Al weken niet. Ik weet gewoon niet hoe ik hem zover moet krijgen.'

Tijdens het eten zei Gary terloops: 'Ik zou echt weer eens willen schaken. In het park. Helaas kan ik geen goede tegenstander vinden.' Hugh keek op, maar Gary at verder alsof hij dat niet had gezien. 'Het smaakt echt voortreffelijk,' complimenteerde hij Ruby.

Voortreffelijk. Ze moest glimlachen. Ze vond het leuk als Gary zich zo uitdrukte. Zo verfijnd. Het was een schande dat hij niet meer schreef.

Ze had het graag over zijn werk gehad, willen horen wat hij precies had geschreven. Romans, had hij een keer gezegd, een kinderboek een andere keer. Hij was er niet verder op ingegaan. Maar ze wilde het niet blijven vragen want ze wist vrijwel zeker dat hij dan weer dicht zou klappen. Hij moest zelf beslissen hoeveel hij wilde vertellen.

Hugh staarde naar zijn banaan, nam een hap. Keek naar Gary's bord, daarna naar Ruby. Nam weer een hap. Het was spannend om naar hem te kijken. Het leek erop dat hij elk moment ook om een bord van het stoofpotje zou gaan vragen.

Maar hij zei alleen: 'Ík schaak.'

'Dat weet ik,' antwoordde Gary terloops. 'Ken je toevallig iemand die interesse heeft in een potje schaken? Maar hij moet wel goed zijn, ik hou wel van een uitdaging.'

Hugh leek te dubben. At zijn banaan op terwijl Ruby met moeite een grijns kon onderdrukken.

'Ik ga met je naar het park om te schaken.'

'Echt?' vroeg Gary, nog steeds alsof hij niet erg geïnteresseerd was. In het park waren op een aantal stenen tafels schaakborden geschilderd. Veel oudere mannen kwamen daar elke dag om te schaken. De stukken moest je zelf meenemen. Hugh knikte met stralende ogen. 'Oké. Ik ben er morgenochtend tegen elf uur. Als je wilt, kom dan. Dan zullen we zien of je aan mij kunt tippen.'

Gary schepte wat broccoli op en stopte die in zijn mond. Ook hij kon een glimlach niet meer onderdrukken.

Ruby was hem het liefst om zijn nek gevlogen.

Gary hielp met afwassen, terwijl Hugh weer tevreden met zijn radio in zijn stoel zat. Toen ze klaar waren, bleven ze een beetje onbeholpen staan. Omdat Ruby niet wilde dat Gary al wegging, vroeg ze of hij haar kamer wilde zien.

Hij knikte aarzelend en ze bracht hem naar haar domein. Liet hem de boekenkasten zien, gaf hem een paar gesigneerde exemplaren waarvan hij zichtbaar onder de indruk was en vroeg hem op de stoel in haar kleine zithoekje plaats te nemen.

Gary ging zitten, maar stond na tien seconden weer op. 'Ik ga ervandoor. Bedankt voor het eten.'

'Graag gedaan. Gary... waar slaap je vanavond?'

'In de kerk. Ze zetten daar sinds kort elke nacht veldbedden neer. Als ik op tijd ben...'

'Je weet toch dat je altijd in de winkel kunt slapen?'

'Ik heb al te veel van je aangenomen.'

'Gary, dat doe ik echt graag. Je hoeft niet... Ik... Ik ben je zo dankbaar dat je mijn vader zover hebt gekregen dat hij het huis weer eens uitgaat,' leidde ze hem snel van het ongemakkelijke onderwerp af.

'Ik verheug me er echt op.'

'Ik kan alleen niet beloven dat hij ook echt komt. Morgen kan zijn stemming weer heel anders zijn.'

Gary liep nog een keer naar Hugh in de woonkamer die naar sport zat te luisteren.

'Het was leuk je te zien, Hugh. Tot morgen dan. O, en ik neem snacks mee. Bananen. Die eet ik altijd graag tijdens het schaken, ze zijn goed voor de zenuwen. Je vindt bananen toch lekker?' Hugh knikte uitbundig. 'Mooi zo. Tot ziens.'

Ruby bracht Gary naar de deur. 'Je bent gewoon geweldig.'

'Nee, jij bent geweldig. Ik ben een nul.'

'Gary...'

Ze bleef bij de deur staan tot hij de trap af was. Toen liep ze naar de keuken en ging voor het raam staan.

Gary. Hij was ongelooflijk. Hij was ongelooflijk slim. Ongelooflijk belezen. Ongelooflijk lief. Ongelooflijk aantrekkelijk. Maar ze vermoedde dat hij dat absoluut niet besefte.

Ze deed de keukendeur op slot en wenste haar vader welterusten. Ze wilde voor ze ging slapen nog even lezen.

Maar terwijl ze *The Bostonians* van Henry James zat te lezen, dwaalden haar gedachten steeds weer af naar Gary en zijn warme glimlach die hij haar die avond zo vaak had geschonken. Ze nam zich voor erachter te komen of hij echt gevoelens voor haar koesterde. Want zij voelde zo oneindig veel voor hem. Ze kon haar gevoelens nauwelijks nog onder controle houden. En het maakte haar niet uit waarom hij op straat leefde, waarvoor hij wegliep, wie hij vroeger ooit was. Voor haar was het alleen belangrijk wie hij nu was.

Wat zou ze graag met hem samen zijn.

## 13

Vrijdagmiddag, nadat Ruby voor haar gevoel een eeuwigheid in de winkel had gestaan zonder dat er ook maar een klant was gekomen, hing ze het bordje GESLOTEN op de winkeldeur en ging naar Laurie om een kopje thee te halen.

Thee hielp toch altijd tegen een depressieve stemming? Ze was niet alleen gedeprimeerd vanwege de wegblijvende klanten, maar ook door wat ze die middag had gehoord toen Fred langs was gekomen. Hij had de oude secretaire van Dickens grondig bekeken en haar verteld dat hij niet echt was. Een mooi meubel uit de jaren zeventig of tachtig van de negentiende eeuw, maar niet aantoonbaar uit het bezit van een of andere beroemdheid, en al helemaal niet van Charles Dickens, omdat die al in 1870 was overleden. Ruby was vreselijk teleurgesteld. Niet alleen omdat haar moeder haar al die jaren iets had wijsgemaakt, maar ook omdat ze had gehoopt dat deze tafel haar uit de misère kon helpen.

De nieuwe hulp Hannah stond achter de toonbank terwijl Laurie de klanten aan de tafeltjes bediende.

'Ruby! Wat leuk dat je er bent,' riep Laurie naar haar. 'Ik kom zo bij je.'

Hannah, vandaag in een groen wijd gewaad met een bijpassende groenbruine doek om haar imposante kapsel, glimlachte naar haar.

'Welkom, Ruby. Welke thee mag ik je aanbieden?'

'Iets opwekkends, alsjeblieft.'

'Dan raad ik je jasmijnthee aan. Of groene thee.'

Omdat ze groene thee altijd een beetje te bitter vond, koos ze voor de eerste.

'Je moet een keer aromatherapie proberen,' raadde Hannah haar aan.

'Ik zal erover nadenken,' antwoordde Ruby, hoewel ze dat niet echt van plan was.

Terwijl ze op haar thee stond te wachten, kwam Laurie naar haar toe en omhelsde haar. En ze begon meteen over de bruiloft. 'Keira heeft me over je tekeningen verteld. Ga je echt mevrouw Witherspoon en Humphrey portretteren? Ik vind het een geweldig idee. De anderen zijn voor zover ik weet ook enthousiast.'

O. Ze wisten het dus allemaal al. Dan kon ze toch geen nee meer zeggen?

'Dat doe ik met alle plezier.' Ze glimlachte en zei toen Hannah haar thee had gebracht: 'Ik moet weer terug naar mijn winkel. Er kan elk moment een klant komen.'

Wie hield ze eigenlijk voor de gek?

Laurie glimlachte. 'Ik heb al gehoord dat het bij jou de laatste tijd geweldig gaat.'

'Ja, geweldig.' Ze knikte, maar zuchtte diep toen ze de

deur uit was. Ja, een paar dagen was het geweldig gegaan, ze had het oude bureau verkocht dat er al eeuwen stond en met hulp van Gary zelfs de wereldbol. Ook waren alle koopjes goed verkocht. Toch was Ruby ontevreden, ze was gewoon niet meer gelukkig met de situatie en ze wist niet wat ze moest doen. Ze had er graag met iemand over gepraat, maar ze wilde haar vriendinnen er niet mee belasten. Het zou een ramp voor hen zijn als ze alleen al zou overwegen Ruby's Antiques op te geven. Ze waren allemaal verknocht aan Meryl, haar winkel en de gemeenschappelijke herinneringen aan haar. Misschien kon ze Gary in vertrouwen nemen…

Een blik op Gary's hoek vertelde haar dat hij nog steeds niet terug was. Ze vroeg zich af hoe het partijtje schaken met haar vader was verlopen.

Met de lekker ruikende thee ging ze op de bank naast Charles Dickens zitten. De bijna lege doos zette ze op de grond. Eigenlijk had het geen zin die nog te laten staan. Wilde ze die echt met nieuwe prullen vullen? Met goedkope spullen? Rommel?

Ze zag Nicole, de postbode, Valerie Lane in komen fietsen, eerst bij Susan stoppen, daarna bij Tobin en bij Orchid. Toen kwam ze met een brede glimlach naar haar toe. Het bruine haar van Nicole zat in een paardenstaart die heen en weer wipte toen ze in de enorme tas op haar zadel naar post voor Ruby zocht.

'Vandaag heb ik helaas niets voor je,' zei ze. 'Misschien maar goed ook, hè? Meestal zijn het toch alleen maar vervelende rekeningen.'

Ruby probeerde te lachen, maar dat kostte haar moeite. 'De volgende keer maar weer,' kon ze uitbrengen.

De altijd vrolijke Nicole zette haar bril recht, lachte en wenste haar nog een prettige dag.

Aan de overkant verliet net een jongeman Emily's Flowers met een enorme bos bloemen in zijn hand. Aan wie zou hij die geven? Aan zijn vrouw? Vriendin? Geliefde? Moeder?

'Ruby,' hoorde ze plotseling een stem zeggen. Ze had geen idee hoeveel tijd er was verstreken. Toen ze een slok van haar thee nam, stelde ze vast dat die koud was geworden.

Gary stond naast haar, zijn tas hing over zijn schouder, de rugzak en een plastic tas hield hij in zijn hand.

'Gary! Ga toch zitten.' Ruby schoof dichter naar de gietijzeren figuur zodat ze met z'n drieën de bank konden delen.

Gary nam haar aanbod aan en ze voelde zich een beetje onbehaaglijk zo vlak bij hem. Onbehaaglijk omdat het gewoon te fijn was om het toe te laten.

'Dank je.' Hij zette zijn spullen op de grond. 'Wat drink je?'

'Koude thee.'

Gary grijnsde. 'Lekker?'

'Eerlijk gezegd heb ik geen idee.'

Hij fronste zijn voorhoofd en keek haar vragend aan. Ruby staarde naar zijn grijze T-shirt dat nieuw leek en eigenlijk helemaal niet bij de vale oude spijkerbroek paste.

'Ruby, wil je praten?'

'Ach, weet je, ik heb nogal veel aan mijn hoofd op dit moment.'

'Vanwege de winkel?'

'De winkel, mijn vader...' Jij, had ze het liefst eraan toegevoegd.

'Ik heb vandaag met je vader geschaakt,' informeerde Gary haar.

Verbaasd keek Ruby op. 'Echt waar? Is hij gekomen?'

'Ja. En hij heeft me drie keer verslagen.'

'En jij hem?'

'Eén keer. Maar dat was alleen omdat hij werd afgeleid door de bananen.'

'Heb je bananen voor hem meegenomen? Dat is echt heel aardig van je. Heel erg bedankt.'

'We hebben morgen weer afgesproken.'

Ruby kon het bijna niet geloven. Gary had haar vader zover gekregen dat hij het huis uit ging. En dat wilden ze zaterdag meteen weer doen?

'Dat vind ik superleuk. Wat zaterdag betreft... Ik denk dat ik de vlooienmarkt moet afzeggen.'

'O, wat jammer.' Ook al vroeg Gary niet waarom, Ruby vond dat ze hem een verklaring schuldig was. Bovendien moest ze eindelijk over haar zorgen praten. 'Ik moet eerst duidelijk hebben wat ik in de toekomst wil verkopen,' bekende ze daarom. Bij de gedachte aan haar moeder schoten de tranen in haar ogen.

'Ik dacht dat je dat allang wist.'

'Die goedkope dingen was misschien niet zo'n goed idee. Ik bedoel, wat schiet ik ermee op als ik een goedkope vaas voor drie pond koop en weer voor vijf pond verkoop?'

'In elk geval twee pond.'

'Maar daarmee kan ik de huren niet betalen.'

'Huren?'

'Voor mijn woning en voor de winkel.'

'Je hebt wel veel verantwoordelijkheden, vind je niet?' Ze knikte en de tranen stonden haar nader dan het lachen. 'Oké. Dan gaan we misschien een andere keer naar de vlooienmarkt. Als je weet hoe je door wilt gaan met je winkel.'

'Misschien moet ik de winkel gewoon opgeven, een gewone baan van negen tot vijf zoeken waarmee ik een regelmatig inkomen heb. Dan heb ik ook meer tijd voor mijn vader.'

'Maar je houdt van je winkel, Ruby.'

'Ja, en? Als mijn moeder kon zien hoe de winkel ervoor staat dan zou ze waarschijnlijk wel een beetje teleurgesteld zijn.'

'En als ze zou zien dat je hem gewoon dichtdoet? Wie weet wat er dan in komt. Vertelde je me niet dat de winkel ooit van Valerie is geweest?'

Hij wist heel goed dat dat zo was.

Haar blik viel op de pioenrozen die diep roze bloeiden in de bloembak die voor haar stond. Ze probeerde zich te herinneren wat Tobin over de symboliek van de pioenroos had verteld. Stond die niet voor geborgenheid en moederliefde?

Ze voelde dat Gary haar hand zocht, die vastpakte en zachtjes drukte alsof hij wilde zeggen dat alles goed zou komen.

Ze schonk hem een verdrietig lachje. 'Ik denk dat ik nog wat tijd nodig heb om erover na te denken, Gary.'

'Natuurlijk, dat begrijp ik. Als je me nodig hebt, ben ik er voor je. Op mijn gewone plek.' Hij glimlachte ook naar haar.

'Dank je, Gary.' Met een zwaar hart liet ze zijn hand los, stond op, liep terug naar de winkel en ging op de grond zitten. Ze haalde Valeries dagboeken tevoorschijn om naar antwoorden te zoeken.

# 14

*17 juni 1883*

*Lief dagboek,*

*Vandaag op onze tweede trouwdag heeft mijn geweldige echtgenoot mijn grootste wens in vervulling laten gaan: hij heeft een winkel voor me gekocht. Die ligt aan het eind van een klein straatje dat aan de hoofdstraat grenst. Ik hoop van harte dat hier ooit iemand verzeild raakt. Maar verder is de winkel fantastisch. Ik wil de winkel graag beschrijven. Hij is aan de buitenkant met hout betimmerd en Samuel heeft beloofd dat hij die binnenkort zal schilderen. Vanbinnen is er zeker tien bij acht meter ruimte voor mijn dromen. Er is een grote ladekast, er liggen houten planken op de vloer, er is zelfs een mooie achterkamer waar ik een klein keukentje kan inrichten met eventueel een oven, want ik ben van plan zelf brood te bakken en te verkopen. Ik ga ook jam maken om te verkopen. Aan het eind van de straat staat een kleine kersenboom, misschien mag ik wat kersen plukken als ze rijp zijn.*

*Wat ik naast brood en jam zal verkopen, weet ik nog niet. Waarschijnlijk alles wat je dagelijks nodig hebt. Maar dat zal ik nog met Samuel bespreken. Hij heeft al gezegd dat hij me een handje zal helpen en de inkoop zal doen.*

*Ach, het wordt vast geweldig. Mijn eigen winkeltje. Hoe zal ik het noemen? Valerie's Grocery Shop? Of Valerie's Little Shopping Place? Ik zal een goede naam moeten bedenken zodat iedereen die hem hoort meteen weet hoe ik heet. Want ik ben van alles van plan. Ik zal niet alleen spullen verkopen aan de mensen in de omgeving, maar ook altijd een luisterend oor voor mijn klanten hebben en hen met raad en daad bijstaan. Als ze in geldnood zitten, kunnen ze op rekening kopen. Want ik wil teruggeven waarmee ik gezegend ben. Ik wil mijn ongelooflijke geluk delen. En ik wil dat als ik er niet meer ben de mensen me zich zullen herinneren.*

*Dat wil ik allemaal en nog veel meer: vrolijke klanten, lachende kinderen, goede gesprekken, gevulde dagen, muziek, gezang en feest rondom mijn winkel. Het moet een unieke plek worden.*

*Valerie*

Ruby sloeg het boek dicht en keek rond in haar winkel. Waarom kon zij ook niet zo optimistisch als Valerie zijn? Zo gemotiveerd? Ze had dringend een strategie nodig. Ideeën. Ze moest nadenken.

En tot ze een oplossing had gevonden zou ze haar deuren

sluiten. Ze schoot er helemaal niets mee op om in een lege winkel te zitten jammeren.

Goed.

Kom op!

Ze pakte de niet noemenswaardige inkomsten van de laatste dagen uit de kassa en schreef op een bordje dat ze voor het raam hing: VOORLOPIG GESLOTEN!

Omdat ze geen idee had hoelang haar zelfontdekking zou duren, had ze geen concrete datum opgeschreven. Dat zou ze dan wel zien.

Ze haalde de doos die buiten stond naar binnen en stelde opgelucht vast dat Gary inderdaad weer op zijn vaste plek zat. Ze moest glimlachen.

Op dat moment kwam een opgewonden Susan aangerend met Terry aan de riem. 'Zeg eens, wat ben jij in hemelsnaam aan het doen?' Ze bestudeerde het bordje voor het raam nauwkeurig. Toen keek ze Ruby gechoqueerd aan. 'Voorlopig. Wat heeft dat te betekenen?'

'Dat weet ik zelf nog niet.'

'Heb je je verstand verloren, meisje? Waarom dan?'

Ze haalde diep adem. Het werd tijd om haar vriendinnen op de hoogte te brengen. 'Omdat ik er eerst achter moet komen wat ik eigenlijk wil. Wat ik wil verkopen. Ik moet over wat dingen nadenken.' Susan staarde haar aan alsof ze helemaal knettergek was geworden. Ruby moest ondanks haar benarde situatie lachen. 'Het gaat goed met me, Susan. Je hoeft je geen zorgen te maken. Maar ik kan zo niet doorgaan.'

'Maar je gaat toch wel weer open?'

'Ja, natuurlijk. Absoluut. Op een gegeven moment.'

'Op een gegeven moment. O, god, Ruby! Wat is er gebeurd? Werd je ontvoerd door aliens? Dit past toch niet bij jou! Je hebt je winkel nog geen dag gesloten sinds... je weer terug bent.'

'Ja, dat weet ik, Susan. Maar... de winkel loopt gewoon erg slecht.'

'En al die klanten van de laatste tijd?'

'Die heb ik met rommel gelokt, maar die is nu op.'

'Je zei toch dat je een bureau had verkocht voor een goede prijs...'

'Ja, dat klopt. En als ik niet af en toe zo'n meevaller had gehad dan had ik de winkel allang gesloten. Om de paar maanden een bureau verkopen levert niet genoeg op om alle kosten te dekken. Ik heb iets nodig wat me een geregeld inkomen oplevert.'

'Ach Ruby. Ik wist niet dat je financiële problemen hebt. Waarom heb je niets gezegd? Dan hadden we je kunnen helpen.'

'Dat hebben jullie toch al. Jullie hebben die advertentie in de krant voor me geplaatst en jullie vertellen tegen iedereen die antiek zoekt over mijn winkel...'

'Dat bedoel ik niet. Ik bedoel dat we je financieel hadden kunnen ondersteunen, dat we je geld hadden kunnen lenen.'

'Dat weet ik. En daarom heb ik jullie ook niets verteld. Ik wil het alleen doen, begrijp je?'

Het was genoeg dat het spaargeld van haar moeder al op was, ze wilde niet ook nog schulden bij haar vriendinnen maken.

Susan keek haar begrijpend aan. 'Net je moeder. Ze was net zo koppig.'

Ruby glimlachte verdrietig. 'Ja, dat hoor ik vaker.'

Haar tante Carol had dat ook tegen haar gezegd toen ze alle hulp had afgeslagen die Carol haar voor haar vader en de winkel had aangeboden.

'Dan hoop ik dat je er snel achter bent wat je wilt, meisje. En kom alsjeblieft naar me toe als ik je op een of andere manier kan helpen. Ik ben er altijd voor je. Dat zijn we allemaal.'

'Ja, dat weet ik. Maar het is iets waar ik helemaal alleen achter moet komen, Susan. Het gaat om mijn toekomst en om die van de winkel.'

Susan keek haar vol liefde aan en omhelsde haar. 'Je moeder was heel trots op je, dat weet je toch wel?'

'Is dat zo?' Daar twijfelde ze nog steeds aan.

'Natuurlijk. Je betekende alles voor haar. En ik weet zeker dat, ongeacht wat je met de winkel doet, ze het ermee eens zou zijn. Maar geef hem niet op, oké?'

Ruby knikte. Ze geloofde Susan, want die had haar moeder goed gekend. Een beetje positiever gestemd liep ze door Valerie Lane.

'Gary, heb je zin in een wandeling?' vroeg ze toen ze de hoek had bereikt.

'Vanzelfsprekend.'

Hij pakte zijn spullen en volgde haar.

'Je hebt je winkel gesloten?' vroeg hij veel minder gechoqueerd dan Susan. Eigenlijk alsof hij iets dergelijks al had verwacht.

'Ja, inderdaad. Ik ga pas weer open als ik weet wat ik in de toekomst wil doen.'

'Heel goed.'

Verbaasd keek ze hem aan. 'Ja? Vind je?'

'Ik vind dat het soms gewoon tijd is voor een nieuw begin.'

Ze vroeg zich af of hij zijn eigen advies zelf ook ter harte nam.

'Zou jij ook niet opnieuw willen beginnen?' durfde ze te vragen, zo zacht dat ze niet zeker wist of hij het wel hoorde.

Gary keek naar de grond, naar zijn schoenen die hun beste tijd wel hadden gehad. In de linker zat aan de voorkant een gaatje en van de rechter was de veter afgebroken.

'Dat heb ik niet verdiend,' antwoordde hij en Ruby voelde een dieper medelijden dan ze ooit had gevoeld.

'Waarom zeg je dat, Gary?'

Ze bleef staan, keek om zich heen en liep toen naar de oude stenen trap van een universiteitsgebouw. Hij ging zitten en perste zijn lippen stevig op elkaar.

Ruby ging vlak naast hem zitten en keek naar de lucht die nog steeds hemelsblauw was. Maar de maan was al te zien. Het had iets surreëels. Net als de woorden van Gary.

'Ik ben het niet waard, Ruby. Ik heb het niet verdiend om te leven. Ik wil vaak dat ik dood was.'

Dat verraste haar. Het verraste haar volkomen. Hoewel Gary haar niet aankeek, maar zijn blik op een of ander punt aan de horizon had gericht, zag ze het oneindige verdriet in zijn ogen. Ze wist niet wat ze moest zeggen – wat kon je antwoorden op zo'n bekentenis? Maar ze wilde, ja, ze moest toch iets tegen hem zeggen? Iets aardigs. Hem laten weten dat hij niet alleen was.

'O, Gary,' was het enige wat ze kon uitbrengen.

Ruby sloeg een arm om hem heen en legde haar hoofd op zijn schouder. Ze wilde hem gewoon laten weten dat ze er voor hem was. Beeldde ze zich het in of hoorde ze een zachte snik? Zonder op te kijken zei ze: 'Iedereen verdient te leven. Iedereen is nodig. Kijk maar naar mijn vader, wat zou hij zonder mij zijn? En er is ergens iemand die jou nodig heeft.'

Ze was blij dat haar gezicht tegen zijn schouder lag, zo kon hij niet zien hoe rood ze was geworden. Hij zou toch wel begrepen hebben dat ze het over zichzelf had?

Hij haalde een keer diep adem en keek naar haar. 'Dank je, Ruby.'

Ze zaten er nog een hele tijd voordat ze opstonden en verder liepen. Ze kwamen een groepje studenten tegen dat een volkomen onbezorgde indruk maakte. Ze deden Ruby denken aan een tijd die ze soms zo erg miste dat het pijn deed. Weemoedig keek ze rond. Links lag het Magdalen College met de Magdalen Chapel, rechts de botanische tuin.

Gary schraapte zijn keel. 'Je vraagt je zeker af wat er is gebeurd? Hoe een man op mijn leeftijd al zo troosteloos kan zijn?' zei hij toen ze de Cherwell bereikten.

Ruby bleef bij de brug – de Magdalen Bridge – staan. 'Natuurlijk vraag ik me dat af. Maar je hoeft het niet te vertellen. We hebben allemaal onze zorgen. En ik praat eerlijk gezegd ook niet graag over mijn verleden.'

'Dat hebben we dus gemeen.'

'Hm...'

Ze zwegen weer, leunden op de brugleuning en keken naar het rustig stromende water dat glinsterde in de avondzon en af en toe iets uit het niets tevoorschijn toverde: een oud colablikje, een beker van piepschuim, een stuk papier dat nog niet zo lang op reis kon zijn want anders zou het vast al doorweekt zijn geweest. Wat zou erop staan?

'Ik mis mijn moeder,' liet Ruby op een gegeven moment met een trillende stem los.

'Natuurlijk mis je haar. Het zou heel onmenselijk zijn als we de mensen die we hebben verloren niet zouden missen.'

'Heb jij ook iemand verloren?'

Gary knikte. 'Maar niet alleen dat. Ik ben verantwoordelijk voor hun dood.' Ruby's hart klopte sneller. Wie bedoelde hij? Ze zweeg, want ze wilde dit moment niet met vragen verstoren. 'En geloof me, dat gevoel is erger dan wat dan ook. Te weten dat ze nog zouden leven als je anders had gehandeld.' Hoe blij ze ook was dat Gary zich eindelijk iets openstelde, Ruby wist niet zeker of ze nog meer wilde horen. Een snik verraadde zijn wanhoop. 'Mijn vrouw en mijn zoon. Ze zijn allebei dood. Door mij.' Gary sloeg zijn handen voor zijn gezicht. 'Ik heb geen idee waarom ik dit eigenlijk vertel.'

Sprakeloos staarde Ruby hem aan. Gary had een vrouw en een zoon gehad? En ze waren allebei dood?

'Gary… Wat vreselijk.' Ze legde haar hand op zijn arm.

Hij schudde die zacht weg. 'Je kunt beter niet met me omgaan. Ik breng alleen maar ongeluk.'

In eerste instantie betrok ze zijn gedrag weer op zichzelf, maar dat vond ze meteen kinderlijk. Het ging niet om haar, maar om Gary en zijn angsten. Leefde hij daarom op straat? Omdat hij mensen op een afstand wilde houden? Omdat hij dacht dat hij ongeluk bracht? Omdat hij zichzelf van alles verweet? Omdat hij vond dat hij het niet verdiende om te leven? Ze streek voorzichtig over zijn rug. Dit keer liet hij het toe.

'Wil je erover praten?' vroeg ze voorzichtig. 'Ik kan goed luisteren.' Hij keek haar aan met tranen in zijn ogen. 'Soms moeten we dingen gewoon van ons afpraten, anders gaan we eraan onderdoor,' voegde ze er nog aan toe.

Hij knikte nauwelijks merkbaar. 'Ze was zwanger. Vivienne, mijn vrouw.' Hij snikte weer. 'Het is nu bijna vier jaar geleden. Onze zoon was tweeënhalf en ging al naar de crèche. Ik... schreef. Ik schreef veel te veel. Werkte nachten door. Zodat ik er na de geboorte voor Vivienne kon zijn en voor Ben en voor de baby.' Gary pauzeerde even en schudde zijn hoofd. 'Mijn vrouw moest bijna bevallen en de arts had haar bedrust voorgeschreven. En op een ochtend bracht ze de kleine naar de crèche, hoewel dat mijn taak was. Ze wilde me niet wakker maken omdat ik te moe was... Ik had de halve nacht doorgeschreven.' Hij begon te huilen. 'Ze...' De woorden bleven in zijn keel steken. Toen hij wat gekalmeerd was sprak hij weer verder. 'Ze kregen een ongeluk. Het regende pijpenstelen. Een vrachtwagen reed ze aan. Ze waren allebei op slag dood. En de baby... die was niet meer te redden.' Ruby hield haar adem in. Wat ze hoorde was verschrikkelijk. Gary had iedereen van wie hij hield in één klap verloren. Niet alleen zijn vrouw en zijn zoon, maar ook zijn ongeboren kind. Hij verborg zijn gezicht in zijn armen die trillend op de brugleuning lagen. 'Het was mijn schuld, allemaal mijn schuld.'

'O, mijn god, Gary. Dat moet je niet denken. Jij kon er toch niets aan doen wat er die dag is gebeurd?' Maar ze begreep hem wel. Zelf zou ze dat waarschijnlijk ook zo voelen.

'Het maakt niet uit wat je zegt, je kunt mijn schuldgevoelens niet wegnemen.'

Even leek het alsof hij niet van zijn schuldgevoel af wilde. Dat hij niet wilde dat iemand het draaglijk voor hem maakte. Dat hij in zijn zelfmedelijden wilde zwelgen. Misschien omdat het alles was wat hij nog had?

'O, Gary, wat vreselijk,' was alles wat ze kon uitbrengen.

Wat kon je anders zeggen als iemands ergste nachtmerrie waarheid was geworden?

'En ik lag te slapen, hè? Terwijl zij stierven, lag ik te slapen. De politie heeft me wakker gebeld. Ik wist absoluut niet wat me overkwam.'

'Dat moet ronduit verschrikkelijk geweest zijn. Maar Gary, jij was er niet verantwoordelijk voor. Het is niet jouw schuld.'

'Ruby...' Hij schudde vertwijfeld zijn hoofd. 'Als het niet mijn schuld is, waarom voelt het dan zo? Ik alleen ben verantwoordelijk. Ik en mijn verdomde egoïsme.'

'Egoïsme? Omdat je de hele nacht zat te schrijven? Je vertelde net waarom je dat deed. Je dacht alleen maar aan je gezin. Dat is het tegendeel van egoïsme.' Op dat moment drong er iets tot Ruby door. Hoe vaak had ze de laatste maanden en jaren geen medelijden met zichzelf gehad om alle verantwoordelijkheid die ze moest dragen... Maar schuld moest nog veel, veel zwaarder wegen. 'Leef je daarom op straat?' vroeg ze.

Gary knikte. 'Ik kon niet gewoon doorgaan met mijn leven. Zonder hen was alles... zinloos. Ik wilde alleen nog maar weg uit Manchester, weg van alles wat me aan hen herinnerde. Onzichtbaar zijn.'

'En je bent gestopt met schrijven.'

'Ja, maar niet omdat ik het schrijven de schuld gaf van die tragedie. Ik had gewoon minder moeten schrijven...' Hij keek weer naar het water. 'Eigenlijk mis ik het zelfs.'

Dat je als dakloze niet met een computer op straat verhalen kon zitten typen, dat begreep Ruby ook wel. Zelfs al zou je je er een kunnen veroorloven.

'Vier jaar is een lange tijd,' zei ze. Voor Gary moest het gevoeld hebben als een eeuwigheid in de hel. 'Misschien moet je er toch eens over nadenken om weer naar de toekomst te kijken. Ik wil je graag helpen.'

Nu had ze het gezegd. Ze wist niet of ze daarmee alles stukmaakte. Misschien wilde Gary helemaal niet naar de toekomst kijken. Misschien interpreteerde hij haar woorden wel alsof ze wilde dat hij het verleden achter zich liet. Misschien had ze hem nu voorgoed weggejaagd.

Maar Gary keek haar aan en had zelfs een klein, al was het treurig, glimlachje om zijn lippen. 'Dank je, Ruby. Dat vind ik heel fijn.'

Ze pakte zijn hand en gaf er een kneepje in, vol van vertrouwen. En ze hoopte dat hij voelde wat ze niet met woorden kon zeggen.

# 15

'Vanochtend had ik een oude bekende in de winkel,' vertelde Ruby toen ze een half uur later Japanse noedels voor Gary en zichzelf stond klaar te maken in haar keuken. 'Fred. Hij werkt al heel lang in het Ashmolean Museum en restaureert daarnaast antieke meubels. Hij heeft naar de secretaire gekeken die ik al tijden heb staan; mijn moeder heeft die jaren geleden tijdens de liquidatie van een imposante villa op de kop getikt. Ze heeft altijd beweerd dat hij ooit van Dickens was. Ik heb het nooit echt geloofd, en Fred heeft me vandaag van mijn laatste beetje hoop beroofd. De secretaire komt weliswaar uit de negentiende eeuw, zegt hij, maar hij is vrijwel zeker pas na de dood van Dickens gemaakt.'

'Jammer. Dat zou ook te mooi geweest zijn, toch?'

'Ja, maar zo erg is het eigenlijk niet. Want het heeft me ook iets opgeleverd...' Ze keek Gary aan en ze hoopte dat ze zijn interesse had gewekt. Ze wilde hem graag over haar ideeën vertellen die ze de laatste uren had gekregen. Ach, eigenlijk had ze die al jaren.

'O, echt waar?' Hij keek haar verwachtingsvol aan.

‘Ik voel me gewoon niet meer in mijn element. Mijn hele leven heb ik tussen al die oude spullen doorgebracht en ik vond dat heel prettig. Maar ik heb nu het gevoel dat ik eindelijk mijn eigen weg moet gaan. Iets nieuws op poten moet zetten, iets waar ik honderd procent achter kan staan.’ Ruby zette de noedels op de keukentafel. Ze had haar vader zijn bananen al gegeven en bij wijze van uitzondering eiste ze niet dat hij op zijn minst tijdens het avondeten aan tafel kwam zitten. ‘Ik had een droom…’ begon ze, onzeker of ze het wel aan Gary moest vertellen. Of dat haar droom gewoon te idioot was.

Gary pakte een vork en keek haar nieuwsgierig aan. ‘En?’ spoorde hij haar aan.

‘Zoals je weet hou ik het allermeest van boeken.’

Hij knikte terwijl hij zijn noedels zat te eten. Het schoot door Ruby’s hoofd dat haar moeder nooit instantnoedels voor haar vader had klaargemaakt. Ze had altijd uitgebreid gekookt. Hugh had het eten van zijn lieve vrouw altijd geprezen en haar na elke maaltijd dankbaar een kus gegeven.

‘Ik denk erover om een boekwinkel te openen.’ Voordat Gary iets kon zeggen, zei ze: ‘Ik weet wel dat die er al in overvloed zijn in deze mooie universiteitsstad, maar ik denk aan een ander soort boekenwinkel. Ik heb toch dat kleine hoekje met oude boeken in de winkel waar altijd wel een koper voor is? Daarom zou een antiquariaat wel heel rendabel kunnen zijn.’

‘Een geweldig idee.’ Gary keek haar enthousiast aan. ‘Oude boeken zijn zeer gewild. Als je ook eerste drukken aan zou bieden of gesigneerde exemplaren zoals je die in je kamer hebt staan, dan zouden verzamelaars, professoren en literatuurstudenten absoluut in rijen voor je deur staan.'

Ruby moest glimlachen. Ze was blij met Gary's reactie.

'Dat dacht ik ook. Ik heb onlangs onderzoek gedaan. Er zijn niet veel van dat soort winkels in Oxford.'

'Zou je dan alleen unieke exemplaren aanbieden?'

'Het liefst wel. Maar die zijn ongelooflijk duur. Ik zou er een eeuwigheid over doen om er genoeg te vinden om überhaupt open te kunnen gaan. Dus ik moet waarschijnlijk ook nog iets anders verzinnen.'

'Moderne boeken?'

'Nee, absoluut niet. Ik wil het wel bij oude dingen houden. Vooral vanwege mijn moeder. Maar misschien kan ik spullen verkopen die iets met boeken te maken hebben.'

'Wat bijvoorbeeld?'

'Ik heb een mooie muziekdoos in de winkel in de vorm van een oude lezende man, met muziek van Chopin. Zoiets zou geweldig zijn. Mooie oude dingen die een relatie hebben met boeken en lezen in het algemeen. Wat vind je ervan?'

'Wat denk je van antieke boekensteunen? Vulpennen? Of oude sieraden die iets met literatuur te maken hebben?'

Ineens kreeg Ruby een ingeving. 'Wat een geweldig idee! Ik herinner me net dat mijn moeder heel graag sieraden maakte. Onder andere oorbellen met hangertjes in de vorm van boeken.'

'Maar die zijn niet antiek.'

'Hmmm... Het hoeft niet per se antiek te zijn. Als ze in vintagestijl zijn of er gewoon oud uitzien, dan zou het wel kunnen. Wat denk je?' Ze keek Gary hoopvol aan.

Hij glimlachte. 'Ik denk echt dat dat zou kunnen werken.'

Inwendig juichte ze van vreugde. Eindelijk had ze een plan. Het was weliswaar nog niet helemaal uitgedacht, maar nam wel langzaam vorm aan.

'En boekenleggers! Die kun je zelf maken. Ook in vintagestijl. Met mooie afbeeldingen of spreuken,' dacht ze hardop.

'Je kunt ook...' begon Gary en ze keek hem verwachtingsvol aan. 'Je kunt gaan tekenen of aquarelleren. Portretten van beroemde schrijvers die hun bekendste werken zitten te schrijven of vasthouden. Of zoiets.' Hij keek een beetje verlegen en Ruby werd het op slag ook.

'Ik ben daar niet goed genoeg voor, Gary.'

Hij keek haar diep in de ogen. 'Ruby, heb je echt geen idee hoe goed je bent? Je bent echt geweldig! Je tekeningen zijn uniek, expressief... verbluffend,' zei hij enthousiast.

Ruby was sprakeloos. Zo had ze Gary, die anders nogal terughoudend was, nog nooit horen praten.

'Meen je dat echt?' vroeg ze, omdat ze toch nog niet overtuigd was.

'Ruby, luister. Als iemand het kan, dan ben jij het.'

Ze bloosde. 'Dank je.'

'Ik meen het echt.'

Haar hart klopte als een razende.

'Ruby! Heb je nog meer bananen?' hoorde ze haar vader op dat moment roepen en ze was blij dat ze even van de tafel weg kon. Ze pakte twee bananen van het aanrechtblad en bracht ze naar de woonkamer. Ze probeerde haar zelfbeheersing te herwinnen door diep adem te halen. Wat deed Gary toch met haar?

Toen ze weer in de keuken kwam, stond hij al achter het aanrecht de afwas te doen.

'Dat is echt niet nodig, Gary.'

'Natuurlijk wel. Je hebt al twee keer in twee dagen voor me gekookt.'

'Nou, ik weet niet of je het eten van vandaag echt koken kunt noemen...'

'Het betekent heel veel voor me en ik wil je laten zien hoe dankbaar ik ben.'

'Je bent een goede vriend, Gary. Dat is voldoende.' Ze keek hem liefdevol aan. Maar toen ze Gary's blik zag, had ze het liefst haar woorden weer teruggenomen of ze in elk geval anders geformuleerd. Wat ze had gezegd was totaal verkeerd overgekomen. Ze had willen zeggen dat Gary haar leven verrijkte, dat hij alleen al met zijn aanwezigheid iets terugdeed voor wat ze voor hem deed. Maar hij had het kennelijk opgevat alsof ze alleen maar bevriend met hem wilde zijn en verder niets. 'Gary, ik...'

'Laat maar, ik begrijp het.'

'Nee, ik denk het niet, want...'

'Zo zie ik jou ook, Ruby. Als een geweldige vriendin.' Ze moest slikken. Zijn woorden braken haar hart in twintigduizend stukken. Ze draaide zich snel om, ze kon hem gewoon niet aankijken. Ze voelde de tranen in haar ogen schieten. En toen voelde ze een warme hand op haar rug. 'Ruby, eigenlijk is dat helemaal niet waar.'

'Niet?' bracht ze kreunend uit, niet in staat zich om te draaien naar Gary.

'Nee. Want eigenlijk geef ik heel veel om je.' Heel langzaam draaide ze zich om, maar ze kon hem nog steeds niet aankijken. Hij legde een hand onder haar kin en dwong haar hem aan te kijken. 'Heb je gehoord wat ik zei, Ruby?' Ze knikte en zag in zijn ogen wat ze al zo lang had gehoopt daar ooit in te zullen zien. Ze snikte en legde haar hoofd tegen zijn borst, omhulde hem met haar liefde. Gary legde behoedzaam zijn armen om haar heen en zij deed hetzelfde. 'Ach, Ruby...' zei hij. 'Dit kan toch niet goed gaan?' Ze wilde niets horen. Ze deed haar ogen dicht en genoot van het moment. Hield dit heerlijke gevoel vast, Gary's warmte, zijn geborgenheid. Ze wilde hem nooit meer loslaten. Maar op een gegeven moment maakte hij zich los van haar en keek haar aan. 'Ik weet niet of ik het kan, Ruby.'

'Dat weet ik ook niet, Gary.'

Hij lachte zachtjes, vertwijfeld. 'Nou, dat is veelbelovend.'

Ze glimlachte verdrietig. Zouden ze samen verder kunnen? Elkaar helpen? Elkaar genezen?

Ruby haalde diep adem en toen kwamen de woorden vanzelf. Ze kon ze niet meer tegenhouden. 'Ik weet dat we niet de beste vooruitzichten hebben, Gary,' zei ze, 'maar ik weet wat ik voor jou voel. En dat ik je niet meer kwijt wil.'

Dit keer vulden zijn ogen zich met tranen. 'Waar heb ik dat aan verdiend, Ruby?'

'Ik heb jou net zo nodig als jij mij. Misschien kunnen we het een kans geven? Zodat we allebei niet meer alleen hoeven te zijn...'

Ze vroeg zich af of hij het weer verkeerd opvatte. Ze wilde namelijk niet alleen met hem samen zijn omdat ze niet alleen wilde zijn, maar omdat ze gevoelens voor hem had die ze nog nooit eerder had gevoeld.

Maar hij begreep haar. 'Het zou echt fijn zijn om niet meer alleen te zijn.'

Opgelucht en overgelukkig haalde Ruby adem. Ze keek op naar die getormenteerde man die ze weer een beetje hoop in zijn leven wilde geven. En toen zijn lippen de hare naderden, sloot ze haar ogen en ze ontving hem met alle liefde die ze hem kon geven.

# 16

'Kijk daar eens, daar vooraan. Dat lijken wel oude boeken, er zou iets tussen kunnen zitten,' zei Gary toen ze op zaterdagochtend over de vlooienmarkt wandelden.

Ruby had besloten toch maar te gaan. Ze wilde erachter komen hoe moeilijk of makkelijk het was om speciale boeken te vinden. Natuurlijk had ze al eerder rondgekeken, maar toen had ze meer op oude stoelen, vazen, bestek en porselein gelet. Ze had zelden boeken meegenomen en alleen als ze heel zeker wist dat ze die kon verkopen. Dickens liep altijd, Austen ook. Poe, Doyle en de Brontës sowieso. Maar ze had vooral voor zichzelf gekeken en dus ook nieuwere edities meegenomen. Elk jaar met kerst zocht ze internetfora af en gunde ze zichzelf een gesigneerd exemplaar. Ze had al een paar boeken van Virginia Woolf, F. Scott Fitzgerald en zelfs een van John Steinbeck dat veel voor haar betekende. *De Parel* – een diep triest en ontroerend verhaal. Ze had het boek de avond ervoor aan Gary aanbevolen toen hij iets zocht om in bed te lezen.

Gary had bij haar overnacht. Ze hadden nog tot diep in de nacht zitten praten en plannen gesmeed voor de nieuwe winkel. Op een gegeven moment had Ruby de deur opengemaakt van het kamertje dat de werkkamer van haar moeder was geweest. Hier had ze oude spullen gerestaureerd. Ruby herinnerde zich nog goed dat als ze haar hoofd om de deur stak die meestal op een kiertje stond, haar moeder aan het schuren, solderen, schroeven, schilderen of lakken was. Dan neuriede ze altijd een liedje. En nu opende Ruby voor het eerst in drie jaar Meryls heiligdom weer.

'Wat zoek je precies?' had Gary gevraagd toen Ruby eerbiedig op de vele dozen en kisten afliep die in alle hoeken en gaten stonden.

Voordat Ruby had kunnen antwoorden, had ze haar ogen dichtgedaan en een rondje gedraaid. De atmosfeer in de kamer van haar moeder was heel melancholisch.

Ze had de laatste jaren niet alleen de pijn van haar vader op een afstand willen houden, maar ook die van haarzelf. Ze had er niet aan willen denken wat haar moeder voor haar had betekend. Dat ze zo snel en zo onverwacht was overleden, had een groot gat in hun leven achtergelaten. Misschien had deze kamer Ruby troost kunnen bieden, maar het idee de kamer in te gaan had haar een marteling geleken. Als zout in een open wond. Maar nu... nu was misschien eindelijk de tijd aangebroken, had ze gedacht.

'Ik heb je toch verteld dat mijn moeder sieraden maakte,' had ze aan Gary uitgelegd en ze had het raam opengedaan om de kamer te luchten. 'Ik wil kijken of ik haar gereedschap kan gebruiken.'

De volgende twee uur hadden ze de ene na de andere kist opengemaakt en uiteindelijk zaten ze in een zee van parels, stenen, knikkers en hangertjes in elke denkbare vorm. Overal om hen heen glinsterde en glom het.

Ruby kon alleen maar lachen. 'Het is niet te geloven wat ze allemaal heeft verzameld. Dit is toch absurd. Zelfs als ze honderd was geworden, had ze niet de tijd gehad om dit allemaal te verwerken.' Ze zweeg en slikte.

Gary had haar hand gepakt. 'Ze heeft deze spullen voor je achtergelaten. Jij kunt die nu toch gebruiken?'

'Absoluut.'

Nou ja, niet alles. Wat ze in godsnaam met de knikkers moest doen, wist ze nog niet. Maar van de hangertjes in de vorm van een boek of een pen kon ze gegarandeerd iets voor de winkel maken. Ze hadden ook een lamineerapparaat gevonden waarmee ze eventueel zelf mooie boekenleggers kon maken.

Ruby en Gary hadden op de grond de kisten en hun inhoud bekeken als een kostbare schat. Dit bood allerlei nieuwe mogelijkheden.

Nadat Ruby de spullen die ze kon gebruiken apart had gelegd en de rest weer had weggeborgen, keek ze nog een keer rond in de kamer. Haar blik was op de beige bank gevallen die al veel te lang niet meer was gebruikt.

'Gary, het is te laat om nog weg te gaan. Wil je hier overnachten? De bank, de hele kamer staat tot je beschikking als je wilt.'

Ontroerd had Gary haar aangekeken. 'Maar dit is de kamer van je moeder.'

Ze had geknikt. 'Zij zou het zo gewild hebben.' Dat wist ze heel zeker.

'Als je het echt niet erg vindt...'

'Ik zou het zelfs fijn vinden. En we kunnen dan meteen morgenochtend vroeg naar de vlooienmarkt gaan. Als je daar nog zin in hebt.'

Gary had haar stralend aangekeken. 'Dan hebben we dus een plan?'

'We hebben een plan.' Ze had ook naar hem geglimlacht.

En daar waren ze nu, om vijf over zeven op de vlooienmarkt in Cowley.

Ze liepen naar een kraam waar kratten met boeken op de grond stonden. Ruby en Gary doorzochten de boeken zorgvuldig.

'Kijk eens!' fluisterde Gary. 'Wat vind je hiervan?' Hij gaf haar een boek dat er heel oud uitzag.

Ruby pakte het aan en bekeek het grondig. Een uitgave van *Sardine straat* van John Steinbeck. Ruby wist dat het in de jaren veertig was geschreven. De uitgave was van 1949. Geen eerste druk, maar een begin.

'Hoeveel wilt u hiervoor hebben?' vroeg Ruby, die niet meer dan tweehonderdvijftig pond bij zich had. Het geld uit de kassa van de laatste weken dat na het betalen van de huur over was.

De hippe man met baard die eruitzag alsof hij geen verstand van boeken had en alleen van de boedel van zijn overleden opa af wilde, haalde zijn schouders op.

'Alle boeken kosten een pond.'

Ruby maakte inwendig een sprong in de lucht. Hoewel ze zich natuurlijk ook een beetje schuldig voelde, want deze man maar een pond voor een waardevol boek geven was niet echt fair, of wel? Aan de andere kant was dit een nieuw begin, dan moest ze haar morele bezwaren maar een keer opzijzetten.

Ze keek Gary aan, die een grijns niet kon onderdrukken. Maar hij zat zo ver verstopt onder de tafel dat de verkoper het niet zag.

Ze vonden nog twaalf andere boeken en Ruby gaf de man een biljet van twintig pond. 'Het is goed zo. Veel succes nog!'

'O, hartelijk dank! En veel plezier met lezen.'

Glimlachend liepen ze weg.

De meeste van de net gekochte boeken had Ruby al gelezen. Oscar Wildes *Het portret van Dorian Gray*, Dickens *Grote verwachtingen* en natuurlijk Steinbecks *Sardine straat*. Arthur Millers *Heksenjacht* uit 1953 was zelfs een eerste druk.

'Als dat niet een megadeal was,' zei Gary blij.

'Nou en of! Dat is al een hele plank vol.' Ze zou de andere planken ook uitruimen om plaats te maken voor nog meer boeken. Misschien kon Gary haar helpen. Dat zou echt heel fijn zijn.

'Ik heb trouwens *De parel* al half uit,' liet Gary haar weten.

Ze vroeg zich af wanneer hij de tijd had gehad om te lezen. Midden in de nacht?

'Echt? En wat vind je ervan?'

'Je hebt niet te veel gezegd. Het is echt een goed boek.'

Ze was blij dat het hem beviel. 'Het wordt nog beter. Maar ook triester.' De meeste mensen die in een soortgelijke situatie als zij verkeerden, zouden dan niet ook nog sombere boeken lezen. Ruby zag het daarentegen als volgt: waarom je ogen voor de waarheid sluiten? Waarom moest je in een moeilijke fase van je leven er alles aan doen om je zorgen te verdringen? Als je ook troost kon vinden in tragische verhalen, want dan wist je dat je niet alleen met je verdriet was.

Haar telefoon ging. Op het display stond Keira's naam en ze moest glimlachen. Laurie en Orchid hadden 's avonds al gebeld om te vragen hoe het met haar ging. Dat ze haar winkel had gesloten was kennelijk in hoog tempo rondgegaan.

Ze nam de telefoon op. 'Goedemorgen Keira.'

'Ruby! Wat is er gebeurd? Susan vertelde me dat je je winkel hebt gesloten? Ik was er net om mezelf te overtuigen.'

Maar wat was Keira vroeg in Valerie Lane, het was nog niet eens kwart voor acht. Ruby moest glimlachen, ze was blij dat ze zulke attente vriendinnen had.

Ze vertelde Keira wat ze ook tegen de anderen had verteld. 'Er is niets aan de hand. Je hoeft je geen zorgen te maken. Ik wil me alleen heroriënteren. Binnenkort doe ik de winkel weer open. Ik neem alleen een kleine time-out.'

'O. Een time-out? Maar gaat het wel goed met je?'

'Het gaat heel goed met me.' Ze keek naar Gary die al op de volgende boekenkraam afstevende. Sinds de kus de avond ervoor hadden ze geen lichamelijk contact meer gehad, maar er hing een vertrouwdheid tussen hen die Ruby voldoening schonk.

'Nou, als je het zeker weet. Kan ik iets voor je doen?'

'Nee, dank je. Als er iets is, laat ik het weten, oké?'

'Je gaat je antiekzaak toch snel weer openen?'

'Hmmm...'

'Ruby?'

'Ja, dat ga ik doen. Alleen zal het dan geen antiekzaak meer zijn.'

Ze hoorde Keira naar lucht happen en ze wist zeker dat haar vriendin zodra het gesprek was afgelopen, onmiddellijk naar de anderen zou gaan om het te vertellen.

'Ik moet nu ophangen. Ik ben met Gary op de vlooienmarkt en hij heeft iets ontdekt.'

'Nou, veel plezier met z'n tweeën. En Ruby?'

'Ja?'

'Ik ben er altijd voor je.'

'Dat weet ik. Dank je, Keira.'

Ze verbrak de verbinding en ging achter Gary aan.

Twee uur later hadden ze niet alleen minstens dertig boeken gekocht – en bijna allemaal voor een bijzonder gunstige prijs – ze hadden ook rekjes voor sieraden gevonden die Ruby heel goed kon gebruiken als ze haar idee echt wilde doorzetten. Zwaar beladen reden ze terug.

'Pap! We zijn terug!' riep Ruby toen ze deur openmaakte.

'Ruby! Waarom waren jullie zo lang weg? Ik verhonger nog.'

'Heb je alle bananen al weer op?'

'Ik kan snel even naar de supermarkt gaan om nieuwe te kopen,' stelde Gary voor.

'Zou je dat willen doen? Dat is lief. Kun je ook broodjes meenemen of lekker brood? Dan gaan we uitgebreid ontbijten.'

Ze was vergeten wanneer ze voor het laatst uitgebreid had

ontbeten. De tijdelijke winkelsluiting bracht dus ook iets goeds.

'Doe ik.'

'En beleg. Iets wat je lekker vindt. Eieren heb ik nog genoeg. Vorige week was het namelijk eierenweek.'

Gary grijnsde. 'Ik snap het.'

'Wacht, ik geef je geld,' zei ze en ze pakte haar portemonnee.

'Al goed, ik betaal,' antwoordde Gary.

Ze wilde zeggen dat hij toch geen geld had, maar ze zweeg. Dan had ze vast zijn trots gekrenkt. Ze wist niet hoeveel geld Gary dagelijks ophaalde bij vriendelijke voorbijgangers, maar als hij dacht dat het genoeg was voor een ontbijt, dan wilde ze dat graag aannemen.

'Dank je wel, dat is lief van je,' zei ze daarom en ze bracht de boeken naar haar kamer. Ze zou ze later afstoffen en eventueel hier en daar een bladzijde gladstrijken.

'Woont Gary nu bij ons?' hoorde ze haar vader achter zich zeggen.

Ze draaide zich om, liep toen in de richting van de keuken en verzekerde hem: 'Nee, pap. Hij heeft alleen vannacht hier geslapen.'

'Jammer.'

Ze bleef halverwege staan, schudde ongelovig haar hoofd en moest grijnzen. 'Echt, ? Hoezo?'

Hij krabde op zijn hoofd waardoor zijn wilde haar nog wilder werd. 'Ik mag hem,' antwoordde hij.

Ruby had niet onder woorden kunnen brengen hoe fijn ze dat vond.

'Ik mag hem ook. Misschien zal hij vanaf nu wel wat vaker bij ons zijn.'

Hugh knikte en gaf daarmee zijn goedkeuring aan. Toen liep hij weer terug naar zijn stoel, terwijl Ruby koffie zette.

Toen Gary even later met twee volle tassen terugkwam, een met bananen en een met eten voor het ontbijt, was de grote tafel in de woonkamer al gedekt.

'De koffie is al klaar. Ik moet alleen de eieren nog koken. Of heb je liever roerei?' vroeg ze aan Gary.

'Ik heb het liefst spiegeleieren. Als dat oké is?'

'Natuurlijk. Dan neem ik die ook. Wil je die aan een of aan twee kanten gebakken?'

'Aan een kant, alsjeblieft.' Gary glimlachte naar haar en pakte de boodschappen uit.

Het voelde bijna alsof ze een echt gezin waren, dacht Ruby. Zou het dan toch nog kunnen?

Tijdens het ontbijt zaten ze met elkaar praten, ze lachten veel en smeedden plannen voor de winkel. Hugh was bezig met zijn bananen en luisterde naar hen, vergat zelfs zijn radio en kwam af en toe ook met een idee.

'Jullie kunnen ganzenveren en inkt verkopen zoals vroeger.'

'Een goed idee, pap,' zei Ruby en ze beloofde zichzelf er in elk geval over na te denken.

'Dan hebben jullie ook een paar ganzen nodig,' opperde Hugh.

'Ganzen?'

'Voor de pennen natuurlijk. O! En een inktvis! Maar waar kun je een levende inktvis vandaan halen? En waar laten we die dan? Zou hij in bad kunnen leven?'

Ruby keek van haar vader, die heel euforisch keek, naar Gary, die een hand op zijn mond moest leggen om niet in proesten uit te barsten. Maar toen ontsnapte hem toch een onderdrukte lach en Ruby kon niet anders dan meelachen. Uiteindelijk lachte Hugh zelfs mee.

Ruby kon zich niet herinneren wanneer ze zich de laatste drie jaar zo gelukkig had gevoeld als op dat moment.

# 17

Na het ontbijt nam Gary Hugh mee naar het park om zoals afgesproken te gaan schaken. Ruby maakte de boeken van de vlooienmarkt schoon. Met een kwast streek ze voorzichtig over de stoffige zijkanten van de boeken, met een heel fijn acrylverfpenseel bevrijdde ze ook de kleinste hoekjes van vuil en stof. Terwijl ze dat aan het doen was viel er een oude vergeelde kaart uit. Er stond een strand in Marokko op. Hoewel de poststempel moeilijk te ontcijferen was, meende Ruby dat er 1958 stond. Ook de tekst, die de afzender kennelijk met potlood had geschreven, was heel erg vervaagd, er waren nog maar stukjes van de paar zinnen te lezen.

*Beste Bened... hebben hier veel... zon... wijn en goede... groeten, ... ian.*

Ruby vroeg zich af of de ontvanger, die vast Benedict heette, nog leefde. En wat er met de vakantieganger in Marokko, die eventueel Christian of Julian of Damian had geheten, was gebeurd. Ze legde de kaart in het doosje bij de andere kaarten, brieven en foto's die ze in boeken had gevonden. Zoveel mensen over wie ze nooit meer iets zou horen...

Ze haalde diep adem, keek tevreden naar de boeken en bracht ze daarna naar de kamer van haar moeder, waar haar blik op de bank viel waarop het kussen en de wollen deken van de afgelopen nacht nog lagen. Het had heel bijzonder gevoeld om te weten dat Gary in de kamer naast haar lag. Ze had bijna gewild dat hij 's nachts naar haar kamer was geslopen. Maar hij had zich netjes gedragen en was op een afstand gebleven. Sinds de kus had hij überhaupt niets meer geprobeerd. Ze vroeg zich af of ze zich die alleen maar had ingebeeld. Maar toen was er weer die kriebel die ze elke keer voelde als ze aan het romantische moment in de keuken terugdacht. Nee, de kus was echt geweest, net zo echt als het gebreide vest van haar moeder dat nog steeds over de stoelleuning hing. Ruby pakte het en trok het om zich heen. Ze kreeg onmiddellijk weer tranen in haar ogen. Meryl had dit vestje graag gedragen. Susan had het haar een paar jaar geleden voor haar verjaardag gegeven en sindsdien had ze het altijd aangehad. Het lila had haar goed gestaan.

Lekker warm ingepakt ging Ruby terug naar haar kamer om haar boeken te bekijken. Ze zocht er een paar uit die niet zoveel voor haar betekenden. Ze had er door de jaren heen zoveel verzameld, op vlooienmarkten of ontdekt in de dozen die haar moeder van woningopruimingen of garageverkopen had meegenomen, dat ze twee kamerhoge kasten vulden. Veel waren oud, sommige waren zelfs iets waard.

'De winkel heeft jullie meer nodig dan ik,' zei ze vastbesloten en ze haalde er een paar boeken uit.

De gesigneerde exemplaren zou ze niet opgeven, die betekenden gewoon te veel voor haar, maar wie had nou vijf verschillende edities van *Onder moeders vleugels* nodig? Na ruim een uur lagen er tegen de honderd boeken opgestapeld in Meryls kamer. Dat was echt een goed begin. Ruby ging aan de slag met de sieraden. Eerst maakte ze de drie sieradenrekjes van de vlooienmarkt schoon. Ze waren alle drie van hout en hadden verschillende formaten. Ruby was er niet achter gekomen of ze echt handgemaakt waren, maar zo zagen ze er wel uit en dat was belangrijk. Ze zette de rekjes op de ladekast in de kamer van haar moeder.

Daarna pakte ze de doos van het werkblad waarin ze de boekenhangertjes had ontdekt. Ze zocht een paar zilveren haakjes, oogjes en andere accessoires om oorbellen te maken. De instructies die ze in een ordner vond, waren makkelijk te begrijpen en toen ze eenmaal bezig was, was Ruby zo in haar element dat ze niet eens hoorde dat haar vader en Gary terugkwamen.

'Ruby! Ik heb zes keer gewonnen! Zes keer!' riep Hugh en ze keek op.

'Huh? Zijn jullie er al? Hoe laat is het?' vroeg ze verbaasd.

'Bijna half drie.'

'Wow!'

Wat was de tijd snel gegaan. En ze had maar vier paar oorbellen gemaakt. Maar ze had er veel plezier in gehad.

'Zes keer, Ruby!' zei haar vader weer nadrukkelijk.

'Geweldig, pap. Dat is echt super. En hoe vaak heeft Gary gewonnen?'

'Helemaal niet.' Hugh lachte vol leedvermaak.

'Je vader was vandaag zo goed in vorm dat ik geen enkele kans had.'

Gary grijnsde en Ruby vroeg zich af of hij met opzet had verloren.

'Ik ga naar de radio luisteren,' kondigde Hugh aan en hij verdween uit hun blikveld.

Gary kwam de kamer binnen. 'Wat ben je voor moois aan het maken?'

'Ik probeer boekoorbellen te maken. Wat vind je ervan? Kan ik deze verkopen?'

'Ze zien er fantastisch uit,' antwoordde Gary.

'Dank je. Ik vind ze ook leuk. Misschien maak ik er een paar voor mezelf. Die kan ik dan dragen als ik in de winkel sta. En voor mijn vriendinnen in Valerie Lane maak ik er ook een paar. Als hun klanten de oorbellen leuk vinden en vragen waar die verkocht worden, dan kunnen ze hun klanten naar me doorverwijzen.' Ze glimlachte.

'Doe er eens een paar in. Ik wil zien hoe ze staan,' vroeg Gary en Ruby deed wat hij vroeg.

'En?'

'Prachtig.'

'Echt?'

Gary knikte en raakte de oorbellen behoedzaam aan. Zijn hand dwaalde even naar haar wang. Toen hij zijn hand weer terugtrok, was Ruby heel verdrietig.

'Heb je zin om iets te gaan doen?' vroeg ze.

Ruby was bang dat Gary zich weer zou terugtrekken. Ze waren nu al bijna vierentwintig uur samen en ze wilde hem het liefst helemaal niet meer laten gaan.

'Wat heb je in gedachten?'

'Eh… Ik zit momenteel een beetje krap bij kas, dat heb je zeker wel gemerkt?'

'Dat geeft niet. Bij mij ziet het er niet heel anders uit.'

'Wat kunnen we gaan doen dat niets kost?' vroeg ze zich af.

'Wat dacht je van het Ashmolean? Ik ga daar vaak heen, bijvoorbeeld als het regent en ik een schuilplaats zoek.'

Het Ashmolean Museum hief geen entree zoals de meeste openbare musea in Engeland.

'Ik vind de schilderijen daar prachtig,' vertelde Ruby. 'Ik geloof dat ik alleen al daardoor mijn liefde voor kunst heb ontwikkeld. Als kind was ik daar vaak met mijn vader. Op regenachtige zondagen nam hij me mee en dan zette hij me voor een schilderij. Hij bedekte de naam van de schilder met zijn hand en ik moest raden van wie het schilderij was. Op een gegeven moment kende ik ze allemaal uit mijn hoofd. Ik heb geen idee of dat nu nog het geval is, ik ben er al jaren niet meer geweest. Niet sinds ik terug ben in Oxford. Tijdens de openingsuren stond ik altijd in de winkel.'

'Dus we gaan?'

'Heel, heel graag.' Ze glimlachte naar Gary en legde haar hand in de zijne, die hij haar als vanzelfsprekend had toegestoken.

'Kijk eens! Is het niet prachtig?' Ruby stond voor een schilderij waarop een wit-gouden bloemenvaas stond. De achtergrond op het schilderij was zwart, de bloemen waren in gedekt wit, geel, blauw en roze geschilderd.

Gary ging dichter bij het bordje staan dat naast het schilderij hing. '*Vaas met bloemen.* Ambrosius Bosschaert. Ik heb eerlijk gezegd nog nooit van die schilder gehoord.'

'Hij was een Nederlandse schilder. Zie je hoe hij met kleur werkt? Elke bloem staat op zichzelf, overlapt nauwelijks een andere, en toch vormt het een geheel. Het schilderij is zo harmonieus, ik vind het prachtig.'

'Is het je favoriete schilderij?'

'Nee. Dat is van Renoir.'

'Kun je me dat laten zien?'

'Natuurlijk.'

Ze glimlachte en stak Gary haar hand toe. Hij pakte die en liet zich leiden.

'Dit is mijn favoriete schilderij,' vertelde Ruby vol ontzag toen ze de Renoir bereikten – *Stilleven van rozen in een vaas.*

Het was een eenvoudig schilderij van een vaas met roze rozen. En toch had het Ruby altijd gefascineerd. Misschien was deze Renoir wel de reden geweest dat ze zich serieus voor kunst was gaan interesseren.

Eigenlijk was het niet haar enige favoriete schilderij. Er was een schilderij van Sir Joshua Reynolds uit 1788 van een klein driejarig meisje, Penelope Boothby, dat niet veel later op vijfjarige leeftijd was overleden. Haar ouders, een zekere Sir Brooke Boothby en zijn vrouw Susanna Bristowe, hadden Penelopes dood nooit kunnen verwerken, hun huwelijk liep erdoor stuk. Ze woonden in Derbyshire, waar ook Jane Austens Mr Darcy vandaan kwam. Ruby vroeg zich soms af of Elizabeth Bennet en Mr Darcy ook kinderen hadden gekregen en gelukkig waren geworden. Ze wist dat hun verhaal fictief was, toch speelden haar twee favoriete literaire personages geregeld door haar hoofd, alsof ze echt bestonden. Alsof ze heel goede vrienden waren. Dat had ze met veel klassieke personages en dus ook met Penelope. Er waren dagen waarop Ruby zonder aanwijsbare reden aan haar moest denken en dan voelde ze een diep medelijden met het meisje en ook met haar ouders omdat ze maar zo kort met elkaar hadden kunnen doorbrengen. Dan zag ze het schilderij in gedachten en dat troostte haar op een speciale manier.

Over Penelope vertelde ze Gary niets. Dat was te verdrietig.

'Wow, je hebt gelijk. Dit schilderij heeft iets,' zei Gary, Ruby uit haar gedachten halend. Hij bestudeerde de Renoir van alle kanten. 'Heel mooi. Je houdt dus van bloemen?'

'Ja, ik hou van bloemen.' Ze glimlachte. 'Heb jij ook een favoriet schilderij?'

'Ja, een Monet. Kom, dan laat ik je het zien.'

Even later stonden ze voor een schilderij in bruine, groene en grijze tinten van een windmolen en de uitgestrekte donkere zee. Er waren ook een paar boten op te zien.

'Dit is je favoriete schilderij?' vroeg ze. Ze was niet verbaasd, maar het stemde haar tot nadenken. 'Het is zo... donker.'

'Ja. Dat is zo. Maar het geeft me rust als ik ernaar kijk.'

Voor Ruby straalde het schilderij alleen maar eenzaamheid uit. Maar misschien was dat precies wat Gary bedoelde. Ze mocht niet vergeten dat hij een eenling was, dat hij graag op zichzelf was, dat hij zich bijna niet openstelde voor anderen, laat staan dat hij iemand in vertrouwen nam. Zij was een uitzondering. En ze hoopte maar dat hij zich niet weer zou terugtrekken.

'Het is zo saai,' hoorde Ruby een klein kind zeggen en ze draaide zich om.

Een jongetje van een jaar of zes sjokte achter zijn moeder aan met zijn handen in zijn broekzakken. Hij zag er niet bepaald enthousiast uit.

'Ik wil nog een paar schilderijen bekijken, dan gaan we weer verder en zoeken we iets voor jou, oké?' antwoordde zijn moeder.

'Beneden zijn mummies,' liet Gary weten en Ruby was verbaasd. Ze had niet verwacht dat Gary iets zou zeggen. Maar de woorden kwamen luid en duidelijk en heel vriendelijk uit zijn mond.

Het gezicht van de jongen veranderde onmiddellijk. Hij keek niet meer verveeld, maar geïnteresseerd. 'Echt waar?' vroeg hij opgewonden.

Gary knikte. 'Ze zijn geweldig.'

'Kunnen we die gaan bekijken, mam?'

'Dadelijk, schatje. Nog een paar schilderijen. Bedankt, meneer,' zei de vrouw tegen Gary.

Ruby wist niet of ze het serieus of sarcastisch bedoelde. Maar het jongetje was gelukkig en Gary was... verdrietig. Toen de moeder met haar zoon doorliep, zag Gary er ineens vreselijk bedroefd uit.

Zijn zoon zou nu ongeveer even oud als dit jongetje zijn geweest als hij niet... Ruby voelde met Gary mee. Arme, arme Gary.

Zwijgend liepen ze door de ruimtes. Maar de stemming was veranderd, was bedrukt geworden. Ruby vond dat heel jammer en ze vroeg zich af wat ze tegen Gary kon zeggen toen ze weer een stem achter zich hoorden.

'Gary, hier ben je dus. Ik heb je overal gezocht, vriend. Ik had natuurlijk wel kunnen raden dat je hier te vinden zou zijn.'

Ze draaiden zich tegelijk om en zagen een man van middelbare leeftijd met een lange onverzorgde baard. Een dakloze, zag Ruby meteen.

'Sean, wat is er aan de hand?' vroeg Gary duidelijk bezorgd.

'Het gaat om Sandy. Je moet onmiddellijk meekomen.'

Gary's gezicht kreeg een vreemde uitdrukking. Hij wendde zich tot Ruby. 'Het spijt me, maar ik moet nu weg. Ik laat van me horen, oké?'

Ze knikte en keek de twee mannen na die snel wegliepen.

Sandy. Wie was die Sandy over wie Gary zich zorgen maakte? En Sean? Ruby moest toegeven dat het haar onverwacht raakte dat Gary kennelijk een vriend had. Ze was er altijd van uitgegaan dat hij moederziel alleen op deze wijde wereld was.

Ze liep naar het schilderij van de kleine Penelope en bleef er een hele tijd staan. En ineens miste ze haar moeder enorm.

# 18

Ruby liep Valerie Lane in en glipte langs Laurie's Tea Corner en Keira's Chocolates in de hoop dat ze haar niet zouden opmerken. Ze wilde alleen zijn, ze wilde in Valeries dagboek lezen. Ze wilde de stilte in haar winkel een keer gebruiken om na te denken.

Zodra de deur achter haar in het slot viel en ze de sleutel had omgedraaid, kon ze weer rustiger ademen.

De ruimte rook zoals altijd – naar verleden en naar weemoed.

'Ruby, vergeet één ding alsjeblieft nooit,' hoorde ze de woorden van haar moeder in haar oor…

*'Ruby, vergeet één ding alsjeblieft nooit.'*

*'Wat dan, mam?'*

*Verwachtingsvol keek ze haar moeder aan, die zelfs gedurende haar laatste uren zo ongelooflijk dapper was. Haar tijd was gekomen, dat wisten ze allebei, en het deed tot diep in hun ziel pijn dat ze nooit meer samen naar de vlooienmarkt zouden gaan en dat Meryl er niet bij zou zijn als Ruby zou trouwen, dat ze haar kleinkinderen nooit zou leren kennen.*

*'Vergeet nooit hoe uniek onze winkel is, welke speciale betekenis hij heeft. Hij is van Valerie geweest.'*

*'Dat weet ik toch, mam. Ik weet dat, tante Carol weet dat ook.' Ruby had de laatste dagen veel nagedacht terwijl ze aan het ziekbed van haar moeder had gezeten. En ze wist gewoon niet zeker of ze haar dromen echt al wilde opgeven. 'Kan... kan Carol het niet eerst overnemen, in elk geval tot ik mijn studie heb afgerond? Het zijn nog maar een paar semesters.'*

*Tante Carol had dat aangeboden. Ze was een paar dagen geleden naar Luton teruggegaan om haar poezen te verzorgen, maar ze had beloofd dat ze heel snel weer terug zou komen en ze had gezegd dat ze haar onmiddellijk moesten bellen als Meryls gezondheid verslechterde. Meryl had Ruby gevraagd nog een paar dagen te wachten. Ze wilde zo veel mogelijk tijd alleen met haar doorbrengen. En met haar grote liefde Hugh.*

*Maar haar moeder schudde haar hoofd. 'Nee. Carol begrijpt niet hoe speciaal onze winkel is. Na de dood van oma begrijpen alleen wij dat nog. Jij bent de uitverkorene, Ruby. Het is jouw levenstaak, ik weet niet hoe ik je dat duidelijk moet maken... De winkel is een deel van je, en jij bent er een deel van. Op een dag zul je dat begrijpen.'*

*Toen ze haar moeder aankeek en de hoop in haar ogen zag... Hoe had ze haar wens niet in vervulling kunnen laten gaan?*

*'Oké, mam. Ik zal blijven. Ik zal voor de winkel zorgen, hem voortzetten zoals jij dat hebt gedaan. Ik beloof het.'*

*'O, dank je wel, kind. Je weet niet hoeveel dat voor me betekent.' Met een gelukkige glimlach viel haar moeder in slaap.*

*Twee dagen later verliet ze hen voorgoed. Ruby hoopte dat ze haar belofte kon nakomen.*

Ruby keek rond in de winkel. Alles herinnerde haar zo erg aan haar moeder dat ze het bijna niet kon verdragen. Maar het gaf ook een gevoel van troost. De gewoontes. De herinneringen.

Terwijl ze door de winkel liep, streek ze met haar hand over de kasten, wond een speeldoos op en raakte de oude schommelstoel aan waarin haar moeder zo graag had gezeten. Ruby ging zitten en schommelde een beetje, neuriede mee met Chopin en sloot haar ogen.

'Het spijt me, mam,' fluisterde ze en ze glimlachte door de tranen heen die nu over haar gezicht stroomden. 'Het is me niet gelukt. Maar ik zal niet opgeven, ik zal onze winkel niet in de steek laten. Misschien zal ik een hele nieuwe manier vinden om hem in ere te houden.' Toen ze die woorden uitsprak, had ze het gevoel dat ze eindelijk begreep wat haar moeder had proberen te zeggen. De winkel was een deel van haar en zij was een deel van de winkel... Ze schrok zich een hoedje toen er werd geklopt. Snel veegde ze met de mouw van haar blouse haar tranen af en ze liep naar de deur. Ze haalde een keer diep adem. 'Laurie!'

'Ruby, ik maak me zorgen. Gaat het goed met je?' Ze sloeg haar armen om Ruby heen en drukte haar stevig tegen zich aan.

'Ja, alles gaat goed.'

'Hannah zei dat ze je net langs de Tea Corner zag lopen. Waarom ben je niet even binnengekomen?'

‘Ik wilde naar mijn winkel om na te denken.’

‘Nadenken? Waarover dan?’

‘Nou, wat de winkel zal worden.’

Laurie zuchtte. ‘Ach, liefje. We zijn allemaal zo bezorgd over je. Ik heb je wel twintig keer proberen te bereiken. Waarom neem je je mobiel niet op?’

Ruby pakte haar telefoon uit haar tas. Inderdaad! Twaalf gemiste oproepen van Laurie. Drie van Susan. Een van Orchid.

‘Het spijt me echt, Laurie. Ik was in het museum en had hem op stil gezet.’

‘En gaat het echt goed met je?’

Ruby knikte.

‘We hadden gisteren een kleine bijeenkomst.’

Een bijeenkomst? Zonder haar?

‘O ja?’

‘Ja. We hebben het erover gehad... wat we de komende tijd kunnen organiseren. In Valerie Lane. En toen kwam Orchid op het idee om een lentefeest op poten te zetten.’

‘Een lentefeest?’

‘Precies. Het moet een straatfeest worden, komende zaterdag al. We hebben bedacht dat we allemaal een kraam neerzetten en iets leuks aanbieden. Zo lokken we geheid een hoop mensen naar Valerie Lane. We vinden het een briljant idee!’

Ah! Nu begreep Ruby het. Ze probeerden op allerlei manieren drommen mensen te lokken, die dan ook bij Ruby’s Antiques zouden belanden.

‘Dat is niet nodig, Laurie. Niet meer. Niet voor mij.’

Laurie keek heel bezorgd. 'Wat bedoel je daarmee? Waarom is het niet meer nodig? Wat is er aan de hand?' Met grote ogen staarde ze Ruby aan. 'Je doet de winkel toch weer open?'

'Maak je geen zorgen. Zo bedoelde ik het niet. De winkel gaat weer open. Maar dan zal het niet meer een gewone rommelwinkel zijn.'

'Rommelwinkel? Sinds wanneer gebruik je dat woord?'

'Wees nou eens eerlijk: de laatste drie jaar heb ik bijna alleen maar prullaria verkocht. Alle grote, waardevolle spullen staan nog op precies dezelfde plaats als toen mijn moeder nog leefde.'

'Ach, Ruby...' Laurie legde haar hand op haar rug.

'Het is oké. Echt. Maar het is tijd om dat eindelijk toe te geven. Het is tijd voor iets nieuws.'

'Waar denk je aan? Wil je misschien je idee met de oude boeken gaan realiseren?' Laurie keek ineens heel opgewonden.

Ruby glimlachte. 'Ik ben er nog niet helemaal uit, maar jullie zullen de eersten zijn die het horen als ik weet wat ik wil.'

'Oké. Daar kan ik mee leven, voorlopig. Kom je woensdag?'

'Natuurlijk.' En deze woensdag zou ze zelfs iets heel speciaals meenemen. Na al die jaren werd het tijd.

'Heel mooi. Kom morgenavond eten bij ons. Barry kookt altijd op zondag en hij is een goede kok.'

'Ik, eh...'

'Neem je vader gerust mee.'

'Echt? Vinden jullie dat niet erg?'

'Natuurlijk niet. Wat dacht je van zeven uur?'

Ruby moest glimlachen. Haar vriendin was geweldig, al haar vriendinnen waren geweldig. Ze lieten haar niet in de steek.

'Dan komen we natuurlijk graag. Mijn vader... eh... eet deze week bananen.'

'Geen probleem. Ik zal Barry opdracht geven een hele lading bananen te kopen.'

'Dank je wel, Laurie.'

'Ik ben er voor je, Ruby. Dat weet je toch wel?'

'Dat weet ik.' Datzelfde had Keira die ochtend ook al gezegd. Ruby was heel dankbaar.

Toen Laurie weg was, liep ze naar de telefoon die op de ladekast stond, ze pakte haar aantekenboekje waarin ze een aantal nummers had opgeschreven en koos er vastbesloten een.

'Meneer Grayson? Ik ben Ruby Riley van Ruby's Antiques. U was een paar weken geleden bij me.'

Tom Grayson was een paar weken geleden in haar winkel geweest omdat hij op zoek was naar betaalbare lepels. Hij verwerkte die met een lasbrander tot sieraden, kledinghaakjes en andere trendy dingen die hij via zijn eigen website verkocht. Ze had hem gezegd dat ze alleen kwaliteitslepels had met een vaste prijs, maar ze had hem beloofd dat ze hem zou bellen als ze hem toch een keer een goed aanbod kon doen.

'Ja, dat klopt. Hoe gaat het met u?'

'Goed, dank u. En met u?'

'Geweldig, nu u eindelijk terugbelt. Heeft u erover nagedacht? Ik hoop van wel.'

Ruby zag de sympathieke, nog jonge man voor zich alsof hij gisteren nog in haar winkel was geweest. Ze wist dat ze hem een groot plezier ging doen.

'Ik bied u alle lepels aan die ik heb. Het zijn er ongeveer vijftig, de meeste echt zilver. En maakt u zich geen zorgen, ik bied ze aan voor een gunstige prijs.'

'Gaat u uw winkel soms sluiten?'

'Nee, nee. Ik heroriënteer me een beetje.'

'Nou, super. Wat wilt u voor de lepels hebben?'

Ruby moest even nadenken. Ze had de lepels niet meer nodig. Die voor mevrouw Witherspoon had ze al apart gelegd. 'Wat dacht u van zevenhonderdvijftig pond?'

'U maakt een grapje? Ze zijn toch veel meer waard.'

'Ik wil graag van de oude spullen af,' legde ze hem uit.

'Luistert u eens, ik zal ze bekijken en u een fair bod doen, oké?'

Ruby moest glimlachen. Weer een bewijs dat er nog goede mensen waren. 'Afgesproken.'

De man was helemaal in zijn nopjes. 'Afgesproken. Wanneer kan ik ze ophalen?'

'Het liefst zo snel mogelijk.'

'Morgenochtend om tien uur?'

'Dan zorg ik dat ik er ben. Tot morgen.'

Ze verbrak de verbinding en knikte tevreden. Zevenhonderdvijftig pond – of misschien meer – betekende nieuwe boekenkasten en veel oude boeken. Een goed startkapitaal voor haar droom die Gary haar hopelijk zou helpen verwezenlijken.

Gary. Waar was hij en wanneer zou ze hem weer zien?

Ruby bladerde in haar aantekenboekje en koos weer een nummer. 'Hallo, mijn naam is Ruby Riley. Is dit Walter's Chairs?'

'Dag mevrouw Riley. Hoe gaat het met de zaak?'

'Heel goed, dank u. Ik sta op het punt me een beetje te heroriënteren. En daarom bel ik u...'

# 19

Op zondag kwamen er een heleboel mensen naar Valerie Lane om de spullen op te halen die Ruby eerlijk gezegd veel te goedkoop had verkocht. Maar het kon niet anders. Ze wilde de winkel zo snel mogelijk leeghalen en ze had het geld nodig. Zo verkocht ze alle lepels, verschillende stoelen, de meeste lampen en spiegels, een paar schilderijen, een tapijt en ook de oude grammofoon.

Toen alleen nog de tafels die ze zelf nodig had, twee stoelen, de speeldozen, en een paar beelden en schilderijen die ze wilde houden als decoratiemateriaal over waren, kon Ruby opgelucht ademhalen. Zo leeg had ze haar kleine heiligdom nog nooit gezien en haar kassa had nog nooit zo vol gezeten. Ze keek naar de boekenkast. Een antiekhandelaar, een oudere man met een lange grijze baard, had haar gevraagd of ze die ook wilde verkopen.

'Nee, absoluut niet. Die is het begin van iets nieuws,' had ze hem verteld.

'O. U wilt in de toekomst boeken gaan verkopen? Wilt u een antiquariaat beginnen?'

'Iets in die trant,' had ze glimlachend geantwoord.

'Nou, dan wens ik u veel succes. Als ik u een tip mag geven: kijkt u eens rond bij woningontruimingen. Ik heb in oude kasten en kelders de meest waardevolle spullen ontdekt. Daar zijn vast ook boeken in goede staat te vinden.'

'Dank u voor de tip,' zei ze. 'Mijn moeder ging daar graag naartoe.'

'Die goede Meryl. We missen haar allemaal heel erg.'

Toen Ruby de winkel dichtdeed, merkte ze dat ze er geen spijt van had dat ze alle waardevolle dingen weg had gedaan. Ze had haar boeken, Valeries dagboeken en Valeries winkel. Meer had ze niet nodig voor een nieuw begin. Tevreden ging ze op weg naar huis om haar vader op te halen.

Ze hadden een gezellige avond bij Laurie en Barry, die inmiddels samenwoonden in Lauries twee-onder-een-kapwoning. Het zou Ruby niets verbazen als Laurie binnenkort zou vertellen dat ze in verwachting was. Het was haar opgevallen dat Laurie geen alcohol en zelfs geen zwarte thee meer dronk.

'Jouw idee over een antiquariaat bevalt me wel,' zei Laurie nadat Ruby over haar plannen had verteld. 'Heb ik jullie eigenlijk alwel eens verteld dat mijn grootvader bibliothecaris was? Hij hield van boeken en liet geen gelegenheid voorbijgaan om me er een paar te geven.'

'Dat wist ik niet,' antwoordde Ruby. Het was ongelooflijk dat ze zelfs na zoveel jaar vriendschap nog steeds details uit het leven van de anderen hoorde die ze nog niet kende. 'Vroeger toen ik nog klein was, ging ik elk weekend met mijn moeder naar de vlooienmarkt. Ik ging daar altijd op zoek naar spannende boeken. Toen hield ik al van lezen.'

'Dat herinner ik me. Je hele kamer stond vol boeken.'

Laurie kwam in de tijd na Meryls dood vaak langs om haar te helpen dingen te regelen die na een overlijden geregeld moeten worden. Ruby had alle hulp dankbaar aangenomen want ze was volkomen overdonderd door het verlies, de verbroken relatie met Roger, haar zwijgende vader, de hele nieuwe situatie. En zo waren de vriendinnen van haar moeder ook haar vriendinnen geworden.

'Ja. Ik heb een grote verzameling, er zitten ook eerste drukken tussen en gesigneerde exemplaren. En ik wil zoiets ook in de winkel aanbieden. Maar een echt antiquariaat zal het niet worden. Gewoon een winkel voor bijzondere boeken en aan boeken gerelateerde dingen.'

'Wat voor dingen bijvoorbeeld?' vroeg Barry geïnteresseerd.

Ze zaten met z'n drieën aan tafel nadat ze Barry's heerlijke lasagne hadden gegeten. Hugh had zijn radio bij zich en had het zich gemakkelijk gemaakt op de bank.

'Bijvoorbeeld sieraden in de vorm van boeken of pennen. Mijn moeder heeft dozen vol accessoires achtergelaten. Ik ben al heel creatief geworden.'

'O, mijn god, wacht eens even!' zei Laurie. Ze stond op en verliet de kamer. Even later kwam ze terug. 'Kijk eens, die heeft je moeder een keer voor mijn verjaardag gemaakt. Vind je ze niet mooi?'

Laurie liet Ruby twee oorbellen met kleine theepotjes zien. Ze waren schattig.

'Prachtig. Die heb ik nog nooit gezien.'

'Ik was ze eerlijk gezegd helemaal vergeten. Maar ik zal ze

nu weer vaker dragen.' Laurie bekeek de oorbellen verrukt. 'Ik vind het echt een goed idee om sieraden te gaan verkopen. En het mooiste is dat je dan eindelijk iets hebt wat wij ook kunnen kopen. We voelden ons al een hele tijd schuldig omdat we je niet konden steunen.'

'Laurie!' Sprakeloos keek ze haar vriendin aan. 'Jullie steunen me toch al zoveel als jullie maar kunnen. Wat had ik de afgelopen drie jaar zonder jullie moeten beginnen?'

'We zagen het min of meer als onze plicht om je weer op de been te helpen. Voor Meryl.' Bij het horen van de naam van zijn vrouw keek Hugh even op, toen richtte hij zijn aandacht weer op de sportreportage waar hij naar zat te luisteren. 'We zijn veel van je gaan houden,' zei Laurie.

'Ik houd ook van jullie.' Ruby waardeerde hun vriendschap enorm.

Even hing er een heel emotionele sfeer, die Barry op een gegeven moment verbrak. 'Wat ben je nog meer van plan? Met je winkel?'

'Ik wil allerlei accessoires verkopen, het liefst antiek of in vintagestijl, die bij het thema "boeken" passen: boekenleggers, leeslampen, loepen, stiften, aantekenboekjes, vulpennen en inkt...' Ze keek even naar haar vader en glimlachte. 'Misschien vind ik nog andere mooie oude dingen, bijvoorbeeld zoiets als die oude muziekdoos die in mijn winkel staat met een oude lezende man en muziek van Chopin.'

'Dat klinkt absoluut fantastisch,' vond Barry. 'Ik hoop van harte dat je winkel goed zal gaan lopen.'

'Dat hoop ik ook, liefje,' zei Laurie. 'En als we je ergens mee kunnen helpen, laat het ons dan weten, oké?'

Eigenlijk hoopte Ruby ook op hulp van Gary, maar die had tot nu toe nog niets van zich laten horen. Ze wist niet of ze op hem kon rekenen.

'Misschien houd ik je daaraan. Ik heb in elk geval nieuwe boekenkasten nodig. Dus als ik een keer je bestelwagen mag lenen, Barry, zou ik daar heel blij mee zijn.'

'Altijd. Ik wil ook wel rijden en je helpen met sjouwen.'

'Dat sla ik niet af.' Ze glimlachte dankbaar.

'Hoe zit het eigenlijk met de spullen uit Ruby's Antiques die we in onze winkels hebben staan?' vroeg Laurie ineens.

Haar vriendinnen hadden geregeld een paar kleinere artikelen als decoratiemateriaal voor hun etalages geleend en ze van een bordje voorzien waarop de naam van Ruby's winkel stond. Aardig bedoeld, maar ook dat had helaas niet veel opgeleverd.

'Die kunnen jullie ooit wel weer teruggeven.'

Laurie zuchtte. 'Het is dus definitief?'

Ruby knikte en zag aan Laurie dat ze net als zij aan het verleden terugdacht. Goede oude tijden die nu voorgoed voorbij waren. Want het was tijd voor goede nieuwe tijden!

Toen ze 's avonds thuiskwam, zat Gary op de stoep van haar woning. Hij had op haar zitten te wachten. Maar toen Ruby hem hartelijk begroette, zei hij meteen dat hij er was om zijn spullen op te halen die hij de dag ervoor bij haar had laten staan.

'Wil je niet blijven?' bood ze aan. 'Je weet dat je altijd gebruik kunt maken van de bank.'

Gary keek haar aan. 'Ik ben geen liefdadigheidsgeval dat

je moet helpen, Ruby. Jullie willen allemaal zo zijn als Valerie. Maar ik... ik kan me heel goed alleen redden!'

Ruby wist niet wat haar overkwam. Gary pakte zijn spullen en was in een oogwenk verdwenen. Op zijn steun wat de winkel betrof, hoefde ze dus niet te rekenen. En ze moest ook elk ander scenario opgeven dat ze zich in haar dromen had voorgesteld.

Ze probeerde het niet persoonlijk op te nemen. Ze probeerde Gary te begrijpen. Misschien had het lot geen liefde voor haar in petto. Waarschijnlijk moest ze gewoon tevreden zijn met wat het lot haar zou brengen. En dat was ook al veel. Ruby wilde zich vanaf nu alleen nog concentreren op haar winkel en op eindelijk gelukkig worden.

De eerste twee dagen van de nieuwe week was Ruby bezig met sieraden maken en kasten kopen. Barry hield zich aan zijn belofte en reed met haar naar een meubelzaak waar ze drie boekenkasten in vintagestijl uitzocht. Barry bracht ze niet alleen naar haar winkel, maar zette ze ook nog in elkaar.

Toen begon ze de winkel schoon te maken, alles op te ruimen wat ze niet meer nodig had en de nieuwe kasten in te ruimen. Bovendien ging ze bij Orchid langs. Ze wilde zeker weten dat ze Orchid niet in de wielen reed met de geplande sieradenverkoop.

'Hé Orchid, je verkoopt toch geen sieraden?' informeerde ze en ze keek rond in haar cadeauwinkel.

Orchid lachte. 'Nee, afgezien van die glinsterende vrijgezellenfeestkettingen en -diademen en ringen die afhankelijk van je stemming van kleur veranderen. Hoezo?'

‘Ik ben van plan oorbellen, kettingen en dergelijke te gaan verkopen.’

‘Cool! Dat vind ik fantastisch. Je laat het antiek dus echt achter je?’

‘Ehm... Ik wil eindelijk mijn eigen ding gaan doen.’ Haar blik viel op de bekers in de etalage die bijna allemaal met hartjes waren versierd of met een of andere spreuk zoals ALL YOU NEED IS LOVE... AND COFFEE. Maar Ruby moest ineens aan iets anders denken. Je had van die kop-en-schotels waarop afbeeldingen stonden van boekomslagen van bijvoorbeeld Penguin Books. Ze had er zelf ooit een gehad met *Trots en vooroordeel* erop, maar die had haar vader per ongeluk kapot laten vallen. Waarschijnlijk waren ze er ook met *Harry Potter*, *In de ban van de ring* en andere populaire boeken of boekenreeksen erop. Daar zou ze een heel nieuw publiek mee kunnen lokken.

‘Ik moet weg, Orchid. Ik kreeg net een ingeving.’

‘Vertel het me morgen maar. In de Tea Corner. Je komt toch?’

‘Ja, ik kom. En ik neem iets heel bijzonders mee.’

‘Iets eetbaars?’

‘Beter. Veel beter,’ beloofde ze en ze ging terug naar haar winkel om haar laptop aan te zetten en een bestelling te plaatsen.

’s Avonds zat ze sinds een lange tijd weer eens samen met haar vader een film te kijken. Ze aten chips – Hughs etenswens die week. Overal te koop, bovendien goedkoop, maar gezond was een zak chips als ontbijt bepaald niet. Ruby had het opgegeven over zulke dingen na te denken, ze kon hem toch niet op andere gedachten brengen.

Ze kozen *You've Got Mail* nadat Ruby haar vader nogmaals uitvoerig over de boekwinkel had verteld die ze wilde openen. De film ging ook over een kleine boekhandel die door Meg Ryan werd gerund. Deze film herinnerde Hugh aan een andere, en hij haalde een oude video tevoorschijn. *The Shop Around the Corner*, een zwart-witfilm uit 1940 met James Stewart, die volgens Ruby kennelijk de inspiratie voor de film met Meg Ryan was geweest. Hugh was al lang voor het einde van de film in zijn stoel in slaap gevallen, maar Ruby keek de film af en moest, net als bij *You've Got Mail*, huilen toen het gelukkige stelletje elkaar aan het einde toch nog vond.

# 20

Op woensdag nam ze de sieradenrekjes, de oorbellen, kettingen, armbanden en broches die ze al had gemaakt, mee naar de winkel. Ze begon de winkel in te richten en klom buiten op een ladder om het uithangbord te veranderen. Onder RUBY'S ANTIQUES schreef ze met zwarte stift & BOOKS omdat ze om nostalgische redenen haar huidige naam absoluut wilde behouden. Bovendien was ze van plan om antiek te blijven verkopen, maar antiek dat een relatie had met boeken.

Die middag ging ze om een beetje inspiratie op te doen naar een paar andere boekhandels en antiekzaken. In een van die winkels ontdekte ze een paar oude gebeeldhouwde boekensteunen en ze noteerde dat ze er op de vlooienmarkt naar op zoek moest gaan. Ze was ook van plan kaarten in haar bestand op te nemen. Kaarten met boekomslagen of -citaten of met foto's van boekverfilmingen.

Terug in Valerie Lane maakte ze in gedachte aantekeningen – ze moest een standaard voor kaarten en eentje voor boekenleggers kopen. Ruby was helemaal euforisch toen ze haar winkel in liep om Valeries dagboek te halen. Tijdens het korte loopje naar Laurie's Tea Corner keek ze naar Gary's hoek, maar die was verlaten.

Waar Gary rondhing wist ze niet, maar ze wilde haar goede stemming niet door gepieker laten bederven, hoewel ze zich nog steeds heel gekwetst voelde over de manier waarop hij haar afgelopen zondag had behandeld.

'Goedenavond lieverds,' begroette ze de anderen toen ze binnenkwam.

'Hé Ruby,' riep Orchid, die een korte spijkerbroek over een maillot en een roze T-shirt met Minnie Mouse droeg.

'Schattig T-shirt,' zei Ruby.

'Dank je. Heb ik van Phoebe gekregen. Als bedankje voor het babysitten afgelopen week.'

'Ga toch zitten, Ruby. Wil je ook bosbessenthee?' Laurie verscheen achter haar met een dampende theepot in haar handen.

'Graag.' Ze glimlachte naar haar vriendin.

'Je ziet er zo gelukkig uit,' merkte Laurie op.

'Dat ben ik ook,' antwoordde Ruby gelukzalig. 'Ik heb het gevoel dat het beroepsmatig eindelijk de goede kant opgaat. En ik heb er veel plezier in om mijn nieuwe ideeën eindelijk uit te voeren.'

'Lukt het een beetje? Ik heb gezien dat je je uithangbord hebt veranderd. RUBY'S ANTIQUES & BOOKS.'

'Ja. En weten jullie wat? Ik ben hartstikke blij dat ik binnenkort een boekwinkel heb. Dat was stiekem altijd al mijn droom. Ik had het al veel eerder moeten doen.'

'Ik heb laatst met Gary gepraat,' vertelde Susan. 'Wij vinden dat je je tekeningen te koop moet aanbieden. Ik heb ze weliswaar nog niet gezien, maar Gary en Laurie hebben me veel verteld. Gary is helemaal weg van het portret van je ouders dat je pas in je huiskamer hebt opgehangen.'

Gary. Hij had met Susan over haar gepraat?

'Ik weet het niet... ik zie wel,' antwoordde ze.

Toen schoot haar te binnen dat ze ook de tekening van mevrouw Witherspoon en Humphrey nog moest maken. De bruiloft was volgende week al.

'Laten we het over het straatfeest hebben,' zei Laurie.

Ruby was blij dat ze niet meer over Gary hoefde te praten. Als haar vriendinnen iets over hem of hun mogelijke relatie hadden gevraagd dan had ze absoluut niet geweten wat ze had moeten zeggen.

'Precies. Wat zijn jullie van plan?' vroeg ze daarom snel.

'We willen wat kramen neerzetten met leuke dingen voor de bezoekers.'

'Bedoel je verkoopkramen?'

'Dat mag je zelf bepalen,' antwoordde Laurie. 'Je kunt je eigen spullen verkopen of iets voor kinderen doen.'

'Bijvoorbeeld ballonnen uitdelen?' vroeg Susan.

'Dat plan had Orchid al. Patrick zal de hele dag voor de winkel staan om ballonnen met haar winkellogo op te blazen.'

Orchid lachte. 'Zo klinkt het alsof Patrick daar de hele dag met zijn mond ballonnen staat op te blazen. We vullen ze natuurlijk met helium.'

'Wat hebben jullie verder in gedachten?' wilde Laurie weten.

Op dat moment kwam Keira met haar moeder binnen.

‘Sorry dat ik zo laat ben,’ zei ze. ‘Mijn moeder werd door mevrouw Kingston opgehouden.’

Mevrouw Kingston was een van hun vaste klanten die als ze begon te praten niet meer stopte.

‘Hallo. Wat leuk dat u er weer eens bent, mevrouw Buckley,’ begroette Laurie haar gasten. ‘Ga toch zitten. Wilt u ook bessenthee of zal ik andere thee voor u zetten?’

‘Bessenthee klinkt lekker, graag,’ antwoordde Keira’s moeder.

De mollige zestigjarige zag er met haar grijze haar ouder uit dan ze was. Ze ging naast Orchid zitten, Keira trok er een stoel bij en ging naast haar zitten. Toen even later ook meneer Monroe erbij kwam zitten, moest Laurie er een tafel bij schuiven.

‘Zal ik je even voorstellen, mama?’ Keira stelde de twee aan elkaar voor. ‘Dit is meneer Monroe, hij woont hier in Valerie Lane. Boven Orchid’s Gift Shop. Meneer Monroe, dit is mijn moeder Mary Buckley.’

‘Aangenaam kennis te maken,’ zei de kleine man met de krulsnor en hij maakte een buiging.

Orchid giechelde en stootte Susan aan. Susan grijnsde. Ze vonden allemaal dat de lieve vrouw dringend gekoppeld moest worden nadat ze meer dan twintig jaar zonder partner was geweest. Keira’s vader had haar destijds verlaten voor een ander. Maar Keira had al vaak gezegd dat Mary alleen wilde blijven.

Nadat Laurie ook voor meneer Monroe thee had ingeschonken en de florentines, die Keira had meegenomen, op tafel had gezet, vroeg ze: ‘Oké, waar waren we gebleven? O ja, precies, het straatfeest. Wat gaan jullie doen?’

Susan keek even achterom naar Terry die achter in de hoek van de Tea Corner behaaglijk lag te ronken. 'Ik ben van plan vriendschapsarmbandjes voor kinderen te vlechten. Van wol.'

'Oooo! Dat vond ik als kind heel leuk om te doen,' zei Keira. 'Weet je nog, mam?'

Mary knikte en keek vanuit haar ooghoeken naar meneer Monroe die ook geïnteresseerd naar haar keek.

'Een leuk idee, Susan. Dan is er ook iets leuks voor de kinderen,' zei Laurie.

'Ik heb ook iets dergelijks in gedachten,' zei Ruby. 'Ik heb thuis namelijk dozen vol accessoires voor sieraden gevonden – van mijn moeder. Ik zou met de kinderen en met iedereen die er zin in heeft sieraden kunnen knutselen. Broches, kettingen, armbanden. Wat denk je ervan, Susan? Is het goed dat we allebei zoiets doen?'

'Hoe meer, hoe beter!' Susan knikte enthousiast.

'Perfect, dan doen we dat.' Ze wist alleen nog niet wie op de winkel moest letten als ze buiten achter een tafel zat om de kinderen bezig te houden. Aan Gary hoefde ze niet te denken en haar vader kon ze zo'n taak absoluut niet toevertrouwen. 'Zeg, heeft iemand misschien een idee wie me zaterdag zou kunnen helpen? Ik kan niet tegelijk in de winkel en buiten bij de kraam zijn.'

'Is je winkel dan überhaupt voor het weekend alweer open?' informeerde Laurie.

'Dat was ik wel van plan. Zaterdag wil ik weer opengaan.'

'O, wat geweldig! En ga je het groots aankondigen?' vroeg Keira opgewonden.

'Ruby is toch niet het type voor grote aankondigingen,' herinnerde Orchid haar.

'Dan vertellen wij het tegen iedereen die zaterdag naar Valerie Lane komt,' zei Susan vastbesloten.

'Dat doen we,' vond Laurie ook.

'Jullie zijn lief,' zei Ruby.

'En om op je probleempje terug te komen... Ik heb zaterdag twee helpers: Hannah en Barry. Je mag er eentje van me lenen als je wilt.'

Dankbaar glimlachte Ruby naar haar vriendin. 'Dat zou geweldig zijn. Dank je wel, Laurie.'

Laurie streek over haar hand. 'Ik ben blij dat ik kan helpen. Oké, wat gaan jullie doen?' Ze wendde zich tot Keira.

'Ik ga Valeriekoekjes verkopen,' kondigde ze aan. 'Dat is een goede aanleiding om over Valerie te vertellen en over haar oude winkel, waarvan Ruby nu een paradijs voor boekenvrienden heeft gemaakt.'

'Je gaat Valeriekoekjes verkopen? Wat geweldig,' zei Ruby. 'Doneer je zoals altijd een deel van de opbrengst?'

Keira knikte. 'Ja, er gaat per verkochte zak een pond naar het Leger des Heils.' Sinds een paar maanden verkochten ze allemaal de favoriete koekjes van Valerie en doneerden ze een deel van de opbrengst.

'Dat is mooi. Valerie zou dat vast prachtig hebben gevonden,' zei Susan lyrisch.

'Ja. Ik moet de koekjes nog wel bakken. Grote hoeveelheden. Godzijdank heb ik in mijn nieuwe woning een heel grote keuken.'

Keira had nadat ze in februari had gebroken met Jordan

een tijdje bij Susan gewoond. Maar een maand of twee geleden had ze een eigen woning gekregen – in een oud gebouw, zoals ze altijd al wilde.

'Ik kan je morgen helpen met bakken,' stelde Laurie voor.

'Daar zeg ik geen nee tegen. Met z'n tweeën kunnen we er vast meer bakken.'

'Meteen na sluitingstijd?'

Keira knikte.

'Wat ga jij doen in je kraam?' wilde Orchid van Laurie weten.

'Ik schenk gratis thee. Dat is de beste reclame voor mijn winkel.' Ze knipoogde.

'Ha! Jij bent me er eentje, je denkt alleen aan je omzet,' grapte Susan.

Maar iedereen vond het mooi dat Laurie gratis thee ging schenken – net zoals op woensdagavond.

'Ik verheug me echt op het feest,' zei Orchid enthousiast. 'Het wordt fantastisch!'

'Weet iemand of Tobin ook meedoet?' vroeg Susan.

Orchids gezicht betrok meteen. 'Ja, hij doet mee. Hij wil bloempotten beschilderen met de mensen.'

'Dat is een goed idee.'

'Ik vind het ook alleraardigst,' was Mary het met Susan eens.

'Nou, als jullie dat vinden. Bloempotten beschilderen, pfff.'

Ruby moest grinniken. Het was overduidelijk. Ze vroeg zich af wat er zaterdag zou gebeuren als Tobin en Patrick elkaar tegenkwamen.

'Maar we moeten nog snel wat reclame maken,' stelde

Keira voor. 'Affiches of iets dergelijks. Zodat de mensen ook weten dat er een straatfeest is.'

'We draaien gewoon zo hard muziek dat ze het mijlenver horen,' stelde Orchid voor.

'Wat de muziek betreft, als ik iets mag voorstellen...' nam meneer Monroe het woord.

'Maar natuurlijk. Graag.' Laurie keek hem net als de anderen nieuwsgierig aan.

'Ik heb een draaiorgel.'

'U bent orgeldraaier?' riep Orchid lachend uit.

'Dat zou je zo kunnen zeggen, ja. Ik heb vroeger op straat gedraaid, hier in Valerie Lane. Maar het was een hobby. Eigenlijk was ik rechercheur.'

'U was wat?' Orchids mond viel open.

'Wist je dat niet?' vroeg Susan. 'Meneer Monroe was een paar jaar geleden nog in dienst.'

'Nee, ik had geen idee. Maar ik ben ook pas twee jaar in Valerie Lane.'

'Ik ben drie jaar geleden met pensioen gegaan. En ik heb me laatst voorgenomen mijn draaiorgel weer tevoorschijn te halen. Ik heb het draaien erg verwaarloosd. Maar het feest zou een mooie gelegenheid zijn, toch?'

Mary keek meneer Monroe in vervoering aan. Een man die haar niet alleen kon beschermen, maar die ook nog muzikaal was. Dat moest haar als pianolerares wel heel erg aanspreken, dacht Ruby en ze hoopte voor hen dat ze het niet bij deze ene ontmoeting zouden laten.

'Dat zou klasse zijn!' riep Laurie uit. 'Onze eigen orgeldraaier! Net als vroeger.'

Ruby schraapte haar keel. 'Ons straatfeest is op 17 juni. Wisten jullie eigenlijk dat dat de trouwdag van Valerie en Samuel was?'

'Echt waar?' vroeg Laurie verbaasd.

'Hoe weet jij dat nou weer?' vroeg Keira. 'Soms vind ik je echt griezelig. Het lijkt wel of je bevriend was met Valerie.'

'Wat fantastisch,' zei Susan lyrisch. 'Dan krijgt ons feest ook nog een heel andere betekenis.'

Enthousiast gingen ze verder met het smeden van plannen. Toen keek Susan op haar telefoon en haar blik werd meteen een beetje bezorgd. 'Ik heb trouwens ook een probleempje. Hetzelfde als Ruby, ik heb namelijk ook iemand nodig die me zaterdag kan helpen.'

'Je hebt toch altijd die vervangster die inspringt als we onze kerstmarkt houden,' zei Laurie.

'Lydia, precies. Maar die heeft net afgezegd, ze gaat uitgerekend dat weekend met haar zus naar Bath.'

'Ik val graag in,' zei Mary meteen. 'Ik kan me vaag herinneren hoe je vriendschapsarmbandjes maakt. Als je me een beetje op weg zou helpen?'

'O, dat is heel aardig van u, mevrouw Buckley.'

'Noem me toch Mary. Ik sta erop. En wat vind je ervan als ik morgen even langskom, dan kun je het nog even voordoen.'

'Komt u maar wanneer u wilt. Ik ben er altijd,' antwoordde Susan blij.

Nu alles voor het feest was geregeld, hoorde Ruby dat Keira tegen Mary zei dat ze zo weg zouden gaan.

'Keira, kun je alsjeblieft nog even blijven?' vroeg Ruby.

'O.' Keira keek haar aan. 'Wat is er dan?'

'Ach, dat is ook zo! Je had iets heel bijzonders voor vandaag aangekondigd,' herinnerde Orchid zich.

'Ja. Ik wil jullie vragen nog even te blijven. Ik wil jullie een geheim toevertrouwen.'

'O, dan ga ik maar.' Meneer Monroe stond op. 'Bedankt voor de gezellige avond.'

Ruby zag dat Keira haar moeder ongemakkelijk aankeek. Maar toen loste die lieve meneer Monroe de kwestie op. 'Mag ik u misschien naar huis begeleiden, Mary. Het zou me een groot genoegen zijn.'

Mary straalde en stond ook op. 'Heel graag, meneer Monroe.' Ze nam met een kus afscheid van haar dochter en bedankte Laurie, trok haar jas aan en haakte in bij meneer Monroe die haar zijn arm toestak.

'Wow, wat was dat?' vroeg Orchid toen ze weg waren.

'Het begin van een grote liefde?' zei Susan dwepend.

'Ze heeft het zo verdiend,' zei Keira hoopvol.

'Nou, Ruby. Wat heb je op je hart?' Larie keek haar aan en de anderen deden dat ook.

'Ja, vertel ons je mysterieuze geheim,' eiste Orchid grijnzend. 'Ik denk dat het over Gary gaat.'

Natuurlijk had Ruby haar vriendinnen ook over Gary's kus kunnen vertellen, maar wat ze op het punt stond te gaan doen, was veel belangrijker.

'Luister goed,' begon ze. 'Want jullie zullen niet geloven wat ik ga vertellen.'

## 21

Iedereen keek Ruby vol verwachting aan. Ze pakte het dagboek uit haar handtas dat ze eerst heel zorgvuldig in pakpapier had gewikkeld zodat het niet vuil zou worden. Het was het eerste dagboek van Valerie. Ruby wilde het leven van de weldoenster uit Valerie Lane vanaf het begin met de anderen delen. Misschien kon ze elke woensdag een van de boeken meenemen om daaruit voor te lezen. Als haar vriendinnen dat wilden. Ze was wel een beetje bang dat ze boos op haar zouden worden omdat ze zoiets belangrijks zo lang voor hen had verzwegen.

'Wat is dat?' vroeg Orchid.

Ruby hield het boek omhoog zodat ze het allemaal konden zien.

'Dit is... het dagboek van Valerie Bonham.'

'Wát?' riep Laurie.

'Dat meen je niet!' zei Susan.

'Waar heb je dat vandaan?' wilde Keira weten.

'Ik...' Ze voelde zich niet op haar gemak. 'Ik heb het al heel lang.'

De gezichten van de anderen spraken boekdelen. Bij de

een zag Ruby verwarring, bij de ander verbazing en bij weer een ander ongenoegen.

'Je hebt een dagboek dat van Valerie is geweest, waarin ze hoogstpersoonlijk heeft geschreven, en dat heb je geheim voor ons gehouden?' vroeg Keira verbaasd.

'Het spijt me, ik...'

'Dat is niet oké. Dat had je niet mogen doen,' zei Orchid heel afkeurend.

'Laat haar toch eerst even uitpraten,' zei Susan. 'Ruby heeft er vast een goede verklaring voor?' Ze keek haar vol vertrouwen aan.

Ruby knikte. 'Alsjeblieft, vergeef me, het spijt me verschrikkelijk dat ik jullie de dagboeken tot vandaag heb onthouden, maar...'

'Het is er meer dan één?'

'Onderbreek haar toch niet steeds!' Susan, de oudste van hen, schudde haar hoofd als een moeder die de vrede tussen haar kinderen probeerde te bewaren.

'Sorry. Vertel verder,' verontschuldigde Laurie zich.

Ruby haalde een keer diep adem. 'Oké. Ja, het is er meer dan één. Het zijn in totaal acht dagboeken en ze liggen allemaal in mijn winkel. Valerie heeft de boeken onder een vloerplank verstopt, en ik heb ze als kind gevonden.'

'Als kind?' Orchid kon het gewoon niet laten, maar hield haar mond toen Susan haar streng aankeek.

'Ja. Ik was elf en vond de boeken heel toevallig toen ik een muntje zocht dat ik had laten vallen. Voor mij was het destijds de grootste schat op aarde, en ik vertelde niemand erover. Het was mijn geheim, ik heb zelfs mijn moeder niet over de dagboeken verteld tot vlak voor haar dood. Deze boeken... ze zijn me zo dierbaar geworden, alsof ze een deel van mezelf zijn. Lezen wat Valerie heeft geschreven is bijna alsof je in haar tijd leeft, alsof je naast haar staat... Wees alsjeblieft niet boos dat ik het nu pas vertel. Ik kende jullie destijds nog niet en toen ik naar Londen ging, heb ik de boeken hier gelaten.'

'Maar je bent al drie jaar weer terug en we zien elkaar elke woensdagavond!' Orchid kon een verwijtende ondertoon niet onderdrukken.

'Ik weet het. Meer dan me verontschuldigen kan ik niet, Orchid.'

'Ze had gewoon een geheim dat ze wilde bewaren,' diende Susan haar van repliek. Ruby vermoedde dat zij zelf ook een paar geheimen had. Ze had nog nooit iets over haar verleden verteld en ook niet waarom ze op haar vijfendertigste al had besloten dat ze haar verdere leven alleen wilde blijven.

'We zijn niet boos op je,' verzekerde Laurie haar. 'We zouden het wel fijn hebben gevonden als je het wat eerder had verteld, maar gelukkig doe je het nu. Mag ik het boek even bekijken?'

Ruby gaf het aan haar vriendin, opgelucht dat zij tenminste niet boos op haar was. In tegenstelling tot Orchid.

'Wow. Dat voelt echt heel oud aan.' Laurie bladerde er behoedzaam doorheen. 'Ik kan haar handschrift bijna niet lezen.'

'Het is vast in dat oude schuine schrift geschreven, of niet?' vroeg Keira en ze bekeek de bladzijden. 'Ik begrijp het nog steeds niet.'

Keira gaf het boek door, en alle vriendinnen bewonderden het.

'Ga je ons eruit voorlezen?' vroeg Laurie. 'Of wil je de inhoud liever niet met ons delen?'

'Natuurlijk wel. Daarom heb ik het toch meegenomen.'

Orchids gezicht stond weer iets milder. Toen ze Ruby het boek teruggaf, hield ze haar hand vast. 'Sorry voor mijn reactie. Ik weet ook niet wat er de laatste tijd met me aan de hand is.'

'Heb je misschien stemmingswisselingen? Ben je zwanger?' vroeg Susan.

'O god, nee! Ik voel me nog lang niet klaar voor een baby.'

'Dan moet het aan Tobin liggen,' vermoedde Keira.

'Tobin? Wat heeft hij er nou mee te maken?' vroeg Orchid onschuldig.

Ze moesten allemaal lachen. 'Ben jij de enige die het niet in de gaten heeft?' antwoordde Laurie.

'Wat dan?'

'Nou, dat je tot over je oren verliefd op hem bent!' verklaarde Keira.

'Ik? Op Tobin? Je bent niet goed bij je hoofd! Dat is…' Orchid schudde haar hoofd en sloeg haar armen over elkaar.

Ruby grijnsde. 'Zal ik nu voorlezen?'

'Ja, alsjeblieft.' Susans gezicht kreeg een nostalgische uitdrukking.

Laurie gaf haar beste vriendin Keira een arm, die haar hoofd op Lauries schouder legde.

Ruby opende het dagboek bij de eerste aantekening en begon…

*28 oktober 1882*

*Lief dagboek,*

*Ik ben radeloos. En ik heb een vriend nodig die ik kan vertrouwen omdat ik Samuel niet steeds met mijn gejammer wil lastigvallen. Hij heeft al genoeg te verduren. Ik heb je gekocht, lief dagboek, zodat ik je vanaf nu mijn pijnlijkste ervaringen, mijn allergrootste zorgen en hopelijk ook mijn allermooiste momenten en vrolijkste belevenissen kan toevertrouwen. Je zult mijn vaste metgezel zijn en ik ben blij dat ik niet meer alleen ben.*

*Vanochtend werd ik wakker van de pijn en het laken was rood. Weer. Ik weet niet waar ik het aan verdiend heb, waarom de lieve Heer het me niet toestaat eindelijk moeder te worden. Wat wil ik graag een echt gezin stichten met Samuel.*

*En wat ben ik bang dat mijn lieve man me op een dag in de steek laat omdat ik hem geen kinderen kan geven. En dat zou ik begrijpen. Maar Samuel is even aardig als altijd. Hij nam me meteen in zijn armen, wiegde me en zei lieve dingen tegen me. Op een dag zul je vast zwanger worden, zei hij. Maar ik betwijfel het.*

*Sinds onze bruiloft, bijna anderhalf jaar geleden, is het al de derde miskraam. O, waarom toch? Waarom kan mijn grootste wens niet eindelijk in vervulling gaan? Zal het nooit zo mogen zijn? Zal ik als oude, eenzame vrouw eindigen? Zal ik op een dag doodgaan zonder iets op deze wereld achter te laten?*

*Alstublieft Heer, vervul mijn wens, mijn grootste verlangen. Ik zal u nooit meer om iets anders vragen. Alstublieft, laat me moeder worden, geef me een klein wezentje om voor te zorgen, om het met mijn warmte te omhullen. Laat me al die liefde die in me zit doorgeven. O, alstublieft!*

*Valerie*

Ruby sloeg het boek dicht en haalde een paar keer adem. Ze had deze woorden al zo vaak gelezen, maar om ze nu hardop voor te lezen, was weer iets heel anders. Op die manier kregen ze nog meer betekenis, meer diepgang.

Ze keek rond en zag tranen in de ogen van al haar vriendinnen.

'Dat is zooo verdrietig,' snikte Susan.

'Arme, arme Valerie,' zei Keira.

'Ze heeft tevergeefs op een kind gewacht,' huilde Laurie. 'En uiteindelijk had ze alleen de mensen om zich heen om ze te verzorgen alsof het haar eigen kinderen waren.'

Orchid leek het meest verdrietig te zijn. 'En Samuel is al die tijd bij haar gebleven. Ik wil ook zo'n man!'

'Die willen we allemaal,' snikte Keira.

'Die heb je toch al,' antwoordde Susan, vlak voor ze haar neus snoot. 'Die hebben jullie allemaal al.' Alleen Susan zelf niet.

Wat bedoelt ze met 'jullie allemaal'? vroeg Ruby zich af. Zij had helemaal niemand. Niet eens Gary.

'Moest je ons nou zo'n verdrietig stukje voorlezen?' jammerde Orchid.

'Het was het eerste. Ik dacht dat we het best bij het begin konden beginnen.'

'O god, en je zegt dat er acht dagboeken zijn? Zijn ze allemaal zo treurig?' wilde Keira weten.

'Nee, nee, natuurlijk niet. De meeste aantekeningen zijn prachtig. Vrolijk. Heel bijzonder.'

'Kun je dan alsjeblieft zo'n stukje voorlezen?' vroeg Orchid.

'Ja, doe dat alsjeblieft.' Laurie pakte nu ook een zakdoek, veegde haar tranen af en snoot haar neus.

'Dat doe ik met alle plezier. Even kijken, de tweede is als ik het me goed herinner al een stuk vrolijker.' Ze sloeg het boek weer open. 'Ja, precies. Leg de zakdoeken weg en luister!'

*11 december 1882*

*Lief dagboek,*

*Vandaag was een zeer bevredigende dag. Ik heb breiwol gekocht en ik ben weer aan het breien.*

*Omdat het buiten ijzig koud is, kom ik het huis bijna niet uit en daarom heb ik wat dingen gebreid. Ik heb vanavond twee paar handschoenen en twee paar warme sokken aan de twee daklozen aan het eind van de straat gegeven. Ik heb ze ook warme thee gebracht. Ik denk dat ze het wel konden waarderen, ik heb mijn goede daad voor vandaag gedaan.*

*Samuel keek heel liefdevol naar me en aaide me over mijn wang. 'Ik ben blij dat je mijn vrouw bent, mijn en-*

*gel,' zei hij. 'Want aan jouw zijde kan ik nooit het rechte pad verlaten.'*

*Wat zou hij daarmee bedoelen? Er zijn zo veel goede mensen op Gods aarde die beter zijn dan ik. Maar ik wil het proberen, ik wil elke dag gebruiken om meer aan anderen te denken dan aan mezelf. Misschien heeft de goede God dan medelijden met me en verhoort hij mijn wens op een dag toch nog. Tot die tijd wil ik de engel zijn die Samuel heeft verdiend. Of op zijn minst de engel die ik kan zijn.*

*Valerie*

'Dat was ook niet echt vrolijk,' zei Orchid toen Ruby klaar was met lezen.

'Nou, wel vrolijker dan het eerste stukje,' herinnerde Keira haar.

'Ik vind het zo tragisch dat er in Valeries tijd al daklozen op de hoek van de straat zaten die ze hielp,' vond Laurie.

Ruby wist zeker dat iedereen nu aan Gary dacht. Ze moest eerlijk gezegd constant aan hem denken. Hij wilde niet meer uit haar hoofd of uit haar hart. Ze moest absoluut nog een keer met hem praten, hem vertellen dat hij voor haar in de verste verte geen liefdadigheidsgeval was. Hij was zoveel meer...

'Alles goed, Ruby?' informeerde Susan.

'Wat zeg je?' Ze keek op. 'Ja, ik... Alles goed.'

'Heb je er spijt van dat je je geheim hebt gedeeld?'

Ze glimlachte. 'Integendeel. Ik ben opgelucht dat ik het eindelijk met jullie kan delen.'

Laurie klopte haar op de schouder. 'Wij zijn ook blij. Dank je wel, Ruby.'

'En je hebt het al die jaren aan niemand verteld? Helemaal niemand?' wilde Orchid nogmaals weten.

Ruby was geen goede leugenaar en daarom gaf ze het maar liever meteen toe. 'Nou ja... Ik heb het pas geleden aan Gary verteld.' Ze had hem de boeken zelfs laten lezen, maar dat vertelde ze liever niet.

'Ha! Gary?' Orchid leek verbijsterd. 'Je hebt het eerder aan hem verteld dan aan ons?'

'Is je dan niet opgevallen dat die twee een speciale band hebben?' vroeg Susan.

'Natuurlijk wel. Maar hij is een man!'

'Ja ja... Zo zie je hoe mannen je het hoofd op hol kunnen brengen,' zei Keira grijnzend. Ze sloeg haar benen over elkaar en duwde haar schouderlange bruine haar achter haar oren.

Orchid staarde haar aan. 'Zit je nu weer te hinten op een zekere bloemenhandelaar?'

'Dat zou niet in me opkomen, nee.'

'Maar wat vreemd dat jij meteen weer aan hem moet denken...' Laurie grinnikte.

'Jullie zijn echt stom.' Orchid pakte het laatste koekje, beet er een stuk af en kauwde verwoed.

Terry liep naar Susan en draaide om haar benen heen. Ze keek op haar horloge. 'Jeetje, is het al zo laat? Terry wil uit. Lezen we volgende week verder?'

'Absoluut,' was Laurie het met haar eens.

'Ik neem volgende week het boek weer mee,' beloofde Ruby.

Ze stonden allemaal op en namen afscheid van elkaar. Ruby en Susan liepen een stukje met elkaar op. Gary zat niet op zijn hoek.

'Vertel eens, ik wilde het niet vragen waar de anderen bij waren, maar wat is er met jou en Gary aan de hand?' Susan zag er bezorgd uit.

'Als ik dat eens wist…' antwoordde Ruby zuchtend.

'Jullie zijn zo'n leuk stel. Ik hoop dat het jullie op een of andere manier lukt om het verleden achter jullie te laten en samen een toekomst aan te gaan.'

Dat hoopte Ruby ook, met heel haar hart.

Toen ze afscheid had genomen van Susan, pakte ze haar mobiel en zag verbaasd dat haar vader nog helemaal niet had gebeld. Het was al kwart over tien, normaal gesproken zou hij allang voor een 'noodgeval' hebben gebeld of voor de twintigste keer hebben gevraagd wanneer ze nou eindelijk kwam. Ze haastte zich naar huis.

# 22

'Pap? Alles goed met je?' riep Ruby, en ze liep de woonkamer in zonder eerst haar schoenen en jas uit te trekken.

Hugh zat in een deken gehuld in zijn stoel te slapen. Opgelucht haalde Ruby adem. Er hadden zich allerlei horrorscenario's in haar hoofd afgespeeld toen hij de telefoon niet opnam.

Toen haar blik op de eettafel viel, stond ze versteld. Er stond een schaakspel opgesteld.

'Pap?' Ze schudde zachtjes aan zijn arm. 'Ik ben er weer. Het spijt me dat ik je zo lang alleen heb gelaten.'

Hugh opende zijn ogen op een kiertje. 'Ruby... Je bent er weer. Ik was niet alleen.'

'Je was niet alleen?'

'Mijn vriend was er. We hebben geschaakt.'

'Je vriend? Welke vriend dan?'

'Gary natuurlijk. Wie anders? Mag ik nu weer gaan slapen?'

'Natuurlijk. Maar wil je niet liever naar je bed gaan?'

'Ook goed, voor mijn part.' Haar vader stond op en liep

op wankele benen naar zijn slaapkamer waar hij bijna nooit meer sliep.

'Dat is goed, pap. Heel goed. Slaap lekker. Ik houd van je.'

'Welterusten.' Hij ging met zijn kleren aan in bed liggen. Ruby stond op het punt hem te vragen zijn pyjama aan te trekken, maar besloot tevreden te zijn met wat ze kreeg. Ze trok de deur achter zich dicht en hoorde onmiddellijk: 'Het is zo donker!'

Dus ze opende de deur weer om het licht van de hal naar binnen te laten schijnen en ze liep terug naar de eettafel. Ze ging zitten en vroeg zich af wat het allemaal te betekenen had. Gary was hier geweest? Waarom duwde hij haar in hemelsnaam van zich af en kwam dan hiernaartoe om met haar vader te schaken?

Misschien omdat Hugh hem niet veroordeelde? Omdat Hugh niet zag wat hij was? Omdat Hugh nog veel verknipter was dan hijzelf?

De volgende dag zat Gary nog steeds niet op zijn hoek. Ruby had wel een idee waar hij was. Nadat ze de winkel verder had ingericht, nog een paar nieuwe ideeën had uitgewerkt en bestellingen had geplaatst, sloot ze de winkel af en ging naar Orchid.

'Hoi Ruby. Lukt het allemaal een beetje?'

Orchid stond op een trapje en zette een paar lege manden, die ze had omgetoverd tot heel mooie cadeaumanden, op een plank. Ze had vandaag een roze jumpsuit aan die haar werkelijk uitstekend stond.

'Heel goed,' antwoordde Ruby. Ze droeg voor de verandering een gebleekte spijkerbroek en een oud lichtblauw hemdje dat tijdens het werk vies mocht worden of stuk mocht gaan. 'Ik reken erop dat het zaterdag helemaal klaar is.' En dat hoewel ze zo goed als geen hulp had gehad.

'Wat fijn voor je. Ik ben heel benieuwd naar je nieuwe winkel.'

'En ik ben benieuwd of hij beter zal lopen dan de oude.'

'Dat weet ik wel zeker. Je stopt er al je liefde in, dat zie je meteen. Eerst was het misschien gewoon niet jouw ding.'

'Het is niet zo dat ik niets met antiek heb,' verduidelijkte Ruby. 'Maar je hebt gelijk, de antiekzaak was op een of andere manier ook een last. Ik heb er veel voor moeten opgeven en de winkel is nooit echt van mij geworden.'

'Ik begrijp wat je bedoelt. Ik kende je moeder niet, en toch voel je gewoon dat het haar winkel was. Haar geest hangt er bij wijze van spreken nog.' Orchid glimlachte verontschuldigend. 'Sorry, ik wilde niet tactloos zijn.'

'Dat was je niet. Je hebt het juist behoorlijk goed samengevat.'

'Nou ja, je maakt er nu iets heel nieuws van. En ik wens je alle geluk van de wereld en veel succes. Ik zou je echt niet willen missen, je bent inmiddels een deel van Valerie Lane.'

'Dank je, Orchid. Het betekent veel voor me dat je dat zegt.'

Ze glimlachten een paar seconden hartelijk naar elkaar, toen schraapte Ruby haar keel. 'Ik ben hier eigenlijk omdat... Ik wil graag een koffiebeker kopen.'

'Oké. Kijk rustig rond. Hier in de kast staan er een paar en ook in de etalage, ik pak ze met alle liefde als je ze beter wilt bekijken.'

Dat was niet nodig, want Ruby had al gevonden wat ze wilde. 'Ik neem die daar! Die witte met het blauwe opschrift.'

'Deze hier?' Orchid wees naar een beker met een veer en de spreuk: WONDEREN OVERKOMEN DEGENEN DIE ERIN GELOVEN. Ruby knikte en Orchid pakte hem uit de kast. 'Die is echt mooi, hè? Zal ik hem als cadeautje inpakken?'

'Nee, dat is niet nodig, dank je.'

Orchid wikkelde de beker in bruin papier en stopte hem in een tasje. 'Dat is acht pond negenennegentig.'

Ruby betaalde en pakte haar aanwinst. De volgende minuten waren goed doordacht, ze hoopte alleen dat het haar zou lukken om ze ook precies zo uit te voeren.

'Dank je wel, Orchid. Tot snel.'

'Tot kijk, Ruby. Ik hoop dat hij hem leuk vindt.' Haar vriendin gaf haar een knipoog.

Ruby bloosde, maar ging er niet op in. Ze verliet de Gift Shop en liep Valerie Lane door, Cornmarket Street af en stopte op de hoek waar Gary zoals verwacht zat.

'Hallo Gary,' zei ze zo rustig mogelijk, hoewel haar hart bonsde.

'Ruby.'

Hij keek op, maar leek niet blij haar te zien. Weer moest ze aan die Sandy denken voor wie Gary er onlangs zo snel vandoor was gegaan.

'Ik wil je even wat zeggen,' begon ze, maar ze was vergeten wat ze had bedacht. Dus liet ze haar hart maar spreken. 'Je ziet het helemaal verkeerd als je denkt dat je voor mij een of ander liefdadigheidsproject bent. Ja, ik probeer een goed mens te zijn, en ja, Valerie is een voorbeeld voor me. Maar dat betekent niet dat ik voor je wil zorgen omdat ik medelijden met je heb. Ik wil helemaal niet voor je zorgen, ik wil een deel van je zijn. Ik geef namelijk meer om je dan je je überhaupt kunt voorstellen.' Ze had dit allemaal in één adem gezegd, nu had ze een pauze nodig om een paar keer adem te halen. Gary staarde haar sprakeloos aan. 'Ik heb hier iets voor je,' ging ze ten slotte verder. Ze haalde de beker uit het tasje en pakte hem meteen uit. 'Dit is voor jou. Een koffiebeker.' Ze hield de beker voor Gary's gezicht zodat hij de spreuk kon lezen. Toen zei ze wat rustiger: 'Omdat wonderen niet kunnen gebeuren als je ervoor wegloopt, Gary. Ik zal je beker meenemen naar mijn huis waar hij op je zal wachten. Elke ochtend bij het ontbijt. Het is aan jou of je hem wilt gebruiken of niet.'

Met die woorden draaide ze zich om en liep weg. Ze pakte de beker weer in en probeerde rustig adem te halen. Het ging niet makkelijk, want haar hart bonsde als een razende, ze trilde van top tot teen. Ze durfde zich niet nog een keer om te draaien. Het lag nu in Gary's handen. Ze had haar punt gemaakt. Ze hoopte alleen dat hij het ook eindelijk had begrepen.

Toen Ruby 's avonds in haar kamer zat te lezen terwijl het buiten pijpenstelen regende, werd er aangebeld. Toen ze opendeed, stond Gary daar. Hij was doorweekt.

'Ik wil morgenochtend heel graag uit mijn nieuwe beker drinken als je dat nog wilt,' zei hij.

Ruby kon alleen maar glimlachen. 'Dat wil ik heel graag,' antwoordde ze en ze liet hem binnen.

Een minuut lang stonden ze zwijgend tegenover elkaar. Toen viel Ruby in Gary's armen, en ze hielden elkaar een eeuwigheid vast. Het kon Ruby niet schelen dat ze ook helemaal nat werd.

'Wie belde er aan?' hoorde ze Hugh uit de woonkamer roepen.

'Het is onze vriend Gary,' riep Ruby terug en ze grijnsde naar Gary.

'Ik hoop dat ik voor jou iets meer ben dan alleen een schaakvriend.' Gary legde zijn hand verlegen in zijn nek.

Ruby knikte. 'Dat heb ik je vanmiddag toch al gezegd. Ik dacht dat je het eindelijk had begrepen.'

'Ik weet wat je hebt gezegd, maar ik kan het nog steeds niet echt geloven.'

'Maar waarom niet, Gary? Weet je niet hoe charmant je bent?' Ze keek in zijn ogen en pakte zijn handen vast.

'Als jij het zegt dan geloof ik het bijna.' Hij lachte nerveus.

'Trek nou maar eerst die natte spullen uit. Straks word je nog verkouden.'

Gary ging naar de badkamer om te douchen, en Ruby zocht een paar oude kleren van haar vader uit die ze op de wc-bril neerlegde terwijl hij stond te douchen. Ze voelde een aangename kriebel in haar buik en ze verdween weer snel om naar haar vader te kijken, die al in zijn stoel lag te slapen. Ze deed het licht uit en ging naar de keuken.

Toen Gary naar haar toe kwam, vroeg ze om zijn kleding zodat ze die kon wassen. Ze hoopte dat hij het haar niet weer kwalijk zou nemen, maar hij gaf haar zijn kleren zonder te protesteren. Daarna warmde Ruby het restje van de groenteschotel op die ze die avond had gemaakt. Ze had namelijk geen trek in chips gehad, solidariteit of niet.

'Dit is echt lekker, dank je wel,' prees Gary haar eten. Hij zat aan tafel terwijl Ruby tegen het aanrecht leunde.

'Fijn dat je het lekker vindt. En ik vind het nog fijner dat je bent gekomen. Nogmaals, je kunt altijd op de bank in de werkkamer van mijn moeder slapen, zo lang en zo vaak als je wilt.'

'Ik waardeer dat echt heel erg, Ruby.'

'Ik mag je heel graag, Gary. En ik vind het fijn om bij je te zijn en met je te praten. Er zitten dus ook egoïstische motieven achter.' Ze knipoogde verlegen naar hem.

'Ik praat ook graag met jou.'

'Vertel dan maar wat er voor nieuwtjes zijn.'

'Bij mij? Helemaal niets. Maar ik wil graag weten hoe het in de winkel gaat.'

'Heel goed. Hij begint langzaam vorm te krijgen. Ik ben van plan zaterdag al open te gaan.'

'Zaterdag? Dan is toch het grote straatfeest in Valerie Lane? Orchid heeft me vandaag een flyer in mijn handen geduwd.'

Ach, Orchid... Die koppelaarster!

'Ja, en weet je wat? Het is ook Valerie en Samuels trouwdag.'

'Als dat geen goed voorteken is.' Hij glimlachte. 'Heb je nog genoeg ideeën voor je boekwinkel? Ik heb namelijk ook iets bedacht toen je me die beker gaf. Je hebt toch van die bekers met boekomslagen en citaten uit populaire klassiekers.'

'Wat toevallig. Dat had ik ook al bedacht. En ik heb gisteren zelfs van die bekers besteld. Ik wilde er eerst ook een paar van Harry Potter bij doen, maar toen heb ik besloten het bij klassiekers te houden. Ik wil het bij het oude houden.' Haar ogen glommen toen ze dat zei.

'En wil je ook T-shirts verkopen?'

'T-shirts?' Ruby keek hem vragend aan.

'Nou, zoals die je nu aanhebt.' Hij wees naar haar shirt.

Ze keek naar beneden. Haar I LOVE MR DARCY-T-shirt! Dat ze dat zelf niet had bedacht!

'Wat een geweldig idee, Gary! Zodra ik weer wat geld heb, ga ik er meteen een paar uitzoeken en bestellen. En ik moet een T-shirtrek kopen.'

'Misschien kunnen we dat op de vlooienmarkt vinden.'

'Betekent dat dat je weer met me meegaat?'

Gary knikte glimlachend. 'Als dat mag? Ik wil graag laten zien hoe dankbaar ik ben. Je geeft me tenslotte een nieuw thuis.'

Ruby kon wel huilen bij die woorden. Gary had 'thuis' gezegd. Hij zag het eindelijk in en zou niet meer weglopen.

Ontroerd keek ze hem aan en knipperde haar tranen weg. 'Nu je het toch aanbiedt: ik kan zaterdag je hulp gebruiken. Iemand moet in de winkel staan terwijl ik buiten bij mijn kraam zit om sieraden met de kinderen te knutselen.' Laurie had wel aangeboden dat Barry haar kon helpen, maar met Gary zou het veel leuker zijn.

'Ga je sieraden maken? Met de accessoires van je moeder?'

'Ja. Komt dat niet goed uit? Ik zou niet weten wat ik anders met al die kralen moet doen.' Ze lachte.

'Ik help je met alle plezier.'

Ruby keek hem aan. Was het nu weer goed tussen hen? Ze hoopte het heel erg. Maar ze moest toch nog iets weten.

'Gary, mag ik je wat vragen? Je hoeft niet te antwoorden als je dat niet wilt.' Ze schonk nog wat water voor hem in.

'Natuurlijk,' antwoordde hij en hij keek haar verwachtingsvol aan.

'Wie is Sandy?'

'Sandy is een vriend. Hij heeft problemen en heeft mijn hulp nodig.'

O. Sandy was helemaal geen vrouw, maar een man!

'Hij is alcoholist,' ging Gary verder, waarschijnlijk omdat hij haar zwijgen verkeerd interpreteerde. 'Hij heeft net een ontwenningskuur achter de rug en stond op het punt terug te vallen. Daarom moest ik onlangs zo snel weg. Om hem tegen te houden.'

'Ik begrijp het. Bedankt dat je me in vertrouwen neemt.' Dat betekende veel voor haar.

Gary knikte. Hij stond op, zette zijn bord in de gootsteen en kwam naar haar toe. 'Je hebt daar een wimper zitten.'

Hij streek zacht met mijn zijn vinger over haar wang. Ze was ontroerd door het gebaar.

'Ik heb je zo gemist, Gary,' zei ze emotioneel.

‘Ik heb jou ook gemist.’

Ze streek over zijn natte haar. ‘Wil je vannacht niet liever in mijn kamer slapen?’ vroeg ze heel voorzichtig.

Gary’s antwoord was een kus. Toen tilde hij haar op en droeg haar naar haar kamer.

# 23

'Nu moeten we de kraaltjes nog over de schoteltjes verdelen, dan zijn we klaar,' zei Ruby en ze gaf Gary een zakje met roze glimmende kraaltjes.

'Ik geloof dat er alweer een klant aan komt,' antwoordde Gary en hij wees naar een man met een hoed op die naar Ruby's Antiques & Books liep.

'Ik ga wel.' Ruby haastte zich naar de winkel.

Het liep goed die zaterdag. Het nieuwtje van de heropening had zich verspreid. Niet alleen haar vriendinnen hadden zoals beloofd reclame voor haar gemaakt, Ruby had de dag ervoor ook haar website geactualiseerd en Gary had weer een prachtige flyer gemaakt die hij vervolgens tweehonderdvijftig keer had gekopieerd en had uitgedeeld.

'Dag meneer. Mag ik u welkom heten in mijn prachtige nieuwe boekwinkel?' Ruby glimlachte naar de potentiële koper.

'Dat is nog eens een vriendelijke begroeting. En ik zie dat de hele straat vandaag in een vrolijke stemming is.'

'Jazeker. Over een half uur begint ons straatfeest. Precies om twaalf uur. Er zijn allerlei leuke aanbiedingen. Als u nog even blijft, kunt u het zelf zien.'

'Graag. Maar ik ben eerst op zoek naar een goed boek voor mijn verzameling. Mijn vrouw had gisteren een flyer meegenomen waarop u eerste drukken aanprijst?'

'Ja, kijkt u maar. Ik heb daar een paar eerste drukken staan. Zoekt u iets speciaals?' Ze bracht hem naar de nieuwe grijze vintagekast.

'Ik wil graag een beetje rondkijken als u dat goedvindt.'

'Maar natuurlijk. Laat maar weten of ik u ergens mee kan helpen.'

Terwijl de man vol interesse naar de boeken keek, kwam er nog een klant de winkel in. Het half uur daarna verkocht Ruby drie boeken, een paar boekenleggers en een koffiebeker met een tijdmachine erop – passend bij het gelijknamige boek. Toen klonk er een luide toeter.

Ze liep naar de deur en zag dat Laurie op een stoel stond midden in Valerie Lane, met een megafoon in haar hand.

'Lieve bezoekers van onze unieke straat Valerie Lane! Hiermee verklaar ik ons eerste, maar hopelijk niet laatste voorjaarsfeest voor geopend! Bij Susan kunt u met uw kinderen vriendschapsarmbandjes knopen, bij Tobin bloempotten beschilderen en bij Ruby zelf sieraden maken. Orchid deelt ballonnen uit, Keira verkoopt de alom geliefde theekoekjes die ook mevrouw Valerie lekker vond, en bij mij is er zoals altijd thee – die ter ere van vandaag gratis is! Ga ook even naar Ruby's Antiques & Books dat vandaag de heropening viert en een paradijs voor alle boekenliefhebbers is. En nu wens ik u allemaal veel plezier in Valerie Lane!'

Sommige mensen klapten of juichten, maar de kinderen

liepen meteen naar de kraampjes die ze leuk vonden en in een oogwenk heerste er een gezellige drukte in hun straatje. Kindergelach, vrolijke begroetingen en gelukwensen voor de heropening van Ruby's winkel. Bovendien gaf de nostalgische muziek die meneer Monroe uit zijn draaiorgel toverde een bijzondere charme aan het geheel.

Ruby kon niet ophouden met stralen. Ze moest de hele tijd aan Valerie denken, die zeker zou hebben genoten van de drukte. Zou ze vermoed hebben dat dit onopvallende straatje ook honderd jaar na haar overlijden nog zo bijzonder zou zijn? Dat het naar haar vernoemd zou worden? Ruby voelde een frisse wind op deze warme, windstille junidag, en ze wist zo goed als zeker dat het Valerie was. Valerie die over hen allemaal waakte en hun haar zegen gaf.

Ze liet de winkel over aan Gary en wijdde zich aan de eerste kinderen die een ketting of een kralenarmband wilden maken. Ze leerde de kinderen hoe ze knopen moesten maken en de gekleurde kralen een voor een moesten rijgen.

In haar ooghoek zag ze Keira, die achter haar tafel stond en Valeries lievelingskoekjes aanprees. 'Kom maar proeven,' hoorde ze haar zeggen.

Haar blik dwaalde verder naar Laurie, bij wie al een lange rij stond. Gratis dingen liepen natuurlijk altijd goed.

Aan de overkant van de straat, bij Susans winkel, zat Keira's moeder Mary aan een tafel en vertelde de kinderen hoe ze de wollen draden aan elkaar moesten knopen. Op de hoek voor de winkel zat nu niemand meer, want de man die daar zo veel tijd had doorgebracht, had die plek niet meer nodig.

Tobin stond bij een groepje kinderen met penselen in hun handen en deelde bloempotten uit. De lieverd had Ruby die ochtend een bos bloemen gegeven en haar veel succes gewenst met haar nieuwe winkel. Hij had haar bovendien verteld dat zijn mooie nicht Claudia hem die dag zou helpen, net als bij de opening van zijn winkel in februari, toen ze in Valerie Lane rozen had uitgedeeld. Tobin keek in haar richting en zwaaide naar haar.

Ruby zwaaide terug en keek toen naar de Gift Shop waar Orchids knappe vriend roze ballonnen met het logo van de winkel stond op te blazen, waarna hij er een touwtje aan vastknoopte en ze uitdeelde. Patrick zag eruit als een typische Amerikaan. Groot, goedgebouwd en gebruind. Ruby had nog niet zo vaak met hem gepraat, ze wist alleen dat hij uit West Virginia kwam en geen familie meer had. Net als Gary, dacht ze. Hoewel… Wist ze dat wel zeker? Gary kon nog wel ouders, broers en zussen, tantes en ooms in Manchester hebben, toch? Misschien zou ze hem er ooit naar vragen, nu was ze gewoon blij dat hij haar eindelijk vertrouwde en zijn leven met haar wilde delen.

De afgelopen dagen met Gary waren geweldig geweest, alsof ze altijd al bij elkaar waren geweest. Het ijs was definitief gebroken en Ruby was dankbaar dat ze Gary aan haar zijde had. Dat hij daarnaast ook nog fantastisch met haar vader omging en haar in alle opzichten steunde wat de winkel betrof, maakte hun prille relatie in haar ogen compleet.

Ruby zag Tandy door Valerie Lane lopen en naar Tobin toe gaan. Op het moment dat ze hem met een kus begroette, kwam Orchid haar winkel uit om iets tegen Patrick te zeggen. Toen ze de twee tortelduifjes zag, betrok haar gezicht onmiddellijk. Ze stond een hele tijd naar de twee te staren en Ruby zag dat Patrick zijn voorhoofd fronste en iets tegen Orchid zei.

'Hoe kom je daar nou bij?' hoorde ze Orchid opgewonden reageren. 'Hij interesseert me niet!' Ze verdween weer in haar winkel en Patrick ging achter haar aan.

Ruby concentreerde zich weer op haar kraam – ze hielp een meisje om een sluiting aan haar ketting te maken – maar ze miste Tobins blik in de richting van Orchids winkel niet. Tandy leek helemaal niets in de gaten te hebben; ze bleef gezellig kletsen en maakte grappige gebaren om te onderstrepen wat ze vertelde. Een paar minuten later kwam Patrick de winkel uitgestormd en liep langs Tobin heen. Hij schonk hem een grimmige blik.

Ruby vroeg het meisje of ze het eventjes alleen af kon en liep naar haar vriendin toe.

'Orchid?' riep ze in de winkel. 'Is alles oké?'

Een huilende Orchid kwam de achterkamer uit lopen. 'Ruby... Ja, alles is oké. Hoezo?'

'Ik hoorde jullie een beetje ruziemaken.'

'Ach, shit!' Ze probeerde haar uitgelopen mascara met een natte zakdoek weg te vegen. 'Dat is echt gênant.'

'Wat is er gebeurd?'

'Gebeurd? Helemaal niets. Alleen dat Patrick nu ook allerlei insinuaties maakt over Tobin en mij.'

'En heeft hij het mis?'

'Ja, natuurlijk. Er speelt absoluut niets tussen ons.'

'Dat weet ik wel, Orchid. Maar zou je niet graag willen dat er iets tussen jullie zou zijn?'

Orchid twijfelde even. 'Nee! Ik hou van Patrick. Tobin moet eindelijk eens ophouden!'

'Waarmee dan?'

'Om te proberen mijn hoofd op hol te brengen.'

'Ach, Orchid.' Ruby liep naar haar vriendin en pakte haar zakdoek af, veegde de laatste zwarte sporen van haar gezicht en glimlachte. 'Liefde is niet simpel. Maar je weet wanneer je de ware tegenkomt, dat weet ik zeker.'

'Patrick is de ware,' beet Orchid van zich af.

'Oké dan. Jij zult het zelf het best weten. Ik ga weer terug, goed? De kinderen staan te wachten. Maar we kunnen na sluitingstijd praten als je wilt.'

'Dat is niet nodig,' antwoordde Orchid.

'Wat je wilt. Tot later.'

'Ruby?' riep Orchid haar nog na. 'Dank je wel.'

'Graag gedaan.'

Ze glimlachte naar haar vriendin en stak de straat over. Ze keek naar het aangepaste uithangbord en de sierlijke plakletters op het raam die de heropening aankondigden. Ze kon het wel uitschreeuwen van blijdschap. En toen ze de fantastische man door het raam zag die met een brede glimlach haar waren aanprees, wist ze dat het geluk eindelijk ook voor haar was gekomen.

'Mevrouw Witherspoon!' riep Ruby, toen de oude dame bij haar tafel kwam staan. Natuurlijk met Humphrey, die weer zijn pilotenpet droeg. 'Wat leuk dat u er bent.'

'Hallo, mijn kind. Ik heb gehoord dat je je in boeken hebt gespecialiseerd.'

'Dat heeft u goed gehoord. Bij mij kun je nu alles krijgen wat een lezershart begeert.'

Mevrouw Witherspoon keek verdrietig naar binnen. 'Verkoop je geen lepels meer?'

'Helaas niet. Maar ik zal ernaar blijven uitkijken als ik naar de vlooienmarkt ga.'

'Dat zou geweldig zijn. Dank je, Ruby. En vertel eens: wat kun je voor moois bij jou maken?' Ze bekeek de vele kleine onderdelen die inmiddels allemaal door elkaar op de tafel verspreid lagen. Ruby had het opgegeven de accessoires te sorteren.

'Bij mij kunt u vandaag uw eigen sieraden maken. Een ketting, een armband of een broche,' informeerde ze haar bejaarde vriendin.

'Wat zou ik dat graag doen. Maar mijn vingers kunnen dat niet meer. Ik heb heel veel last van artritis.'

'Ik maak iets voor je,' zei Humphrey, die een paar jaar jonger was dan mevrouw Witherspoon, vastbesloten. 'Wat wil je graag hebben, schat? Een armband?'

Mevrouw Witherspoon bloosde van plezier. 'O ja, Humphrey. Dat vind ik leuk.'

En vervolgens keek Ruby toe hoe die allerliefste grijsharige man een armband voor zijn vriendin maakte. Hij had een goede smaak, koos wijnrood en donkerblauw en af en toe een kraal in de vorm van een hartje. Uiteindelijk had hij een prachtig armbandje gemaakt dat hij liefdevol bij mevrouw Witherspoon omdeed. Ze was buiten zichzelf van vreugde, sloeg haar handen opgetogen ineen en gaf Humphrey een kus op zijn gerimpelde wangen.

Ruby moest dit tafereel gewoon vastleggen. Ze maakte snel een foto met haar smartphone van de twee.

'Jullie zijn zo lief samen, weten jullie dat eigenlijk wel?' hoorde Ruby een stem vlak naast zich. Agnes, die haar haar pas geleden roze had geverfd, was er samen met haar punkvriendje bij komen staan. Ze wilden ook gekleurde armbandjes voor elkaar maken, roze en knalgroen, passend bij hun haren.

Maar Ruby was nog steeds ontroerd door wat ze net had gezien. Toen mevrouw Witherspoon en Humphrey afscheid namen, verontschuldigde ze zich en liep ze naar Gary, die net de boeken in de kasten aan het ordenen was.

'Hé jij,' zei hij. Zijn haar was eindelijk wat korter, Ruby had het de avond ervoor geknipt.

'En?' Ze glimlachte verliefd naar hem. 'Hoe gaat het hier?'

'Het gaat geweldig. En buiten?'

'Ook geweldig. En het is echt leuk. Mooi dat mijn moeders accessoires toch nog een bestemming vinden.'

'Je zelfgemaakte sieraden vallen ook in de smaak bij de klanten. Ik heb al verschillende boekoorbellen verkocht. Je moet er maar snel meer maken.'

'Echt waar?' Ze straalde van plezier.

'Ruby? Ik vind het echt indrukwekkend wat je op poten hebt gezet. En het spijt me vreselijk dat ik je niet meer heb geholpen.'

'Je helpt me nu. Dat is het enige wat telt.'

'Ik zal je vanaf nu altijd helpen. Naast je staan.' Het leek alsof hij nog iets wilde zeggen, maar hij zweeg.

'Dat betekent veel voor me, Gary. Mevrouw Witherspoon en Humphrey waren er net en hij heeft een armbandje voor haar gemaakt. Het was zo ongelooflijk lief.'

'Echt? Dat kan ik me voorstellen. Ze zijn een mooi paar, die twee. Wat leuk dat ze elkaar op hun leeftijd nog gevonden hebben, vind je niet?'

'Ja, dat vind ik ook. Ze trouwen binnenkort. Wist je dat?'

'Ik heb het gehoord, ja.'

'Ik heb een uitnodiging gekregen. En ik mag iemand meenemen,' sneed ze voorzichtig het onderwerp aan. 'Wil je erover nadenken om met me mee te gaan? Het hoeft niet. Maar ik zou het heel leuk vinden.'

Gary keek haar aan en ze hoopte dat ze niet te ver was gegaan. Maar hij antwoordde: 'Oké, ik zal erover nadenken.'

Ruby glimlachte. 'Ik moet weer naar buiten. Tot straks.'

'Veel plezier!'

'Jij ook. En Gary? Dank je voor alles.'

'Jij ook.'

Op dat moment kwam een opgewonden Laurie de winkel binnen – en ze kwam niet alleen. Haar vader was bij haar, de knappe George Clooney-lookalike William Harper, plastisch chirurg en steenrijk. Hij droeg een grote, ogenschijnlijk zware krat die hij voor Ruby neerzette.

'Ruby! Kijk eens wat mijn vader voor je heeft,' riep Laurie vrolijk.

Ruby vroeg zich af wat er in de krat zou zitten. Boeken misschien?

'Mijn dochter vertelde me over je nieuwe winkel en toen schoot me te binnen dat ik al een hele tijd mijn bibliotheek wil opruimen,' vertelde William.

Ja, hij had een eigen bibliotheek ergens in zijn grote villa die Ruby helaas nog nooit had gezien omdat Laurie elk contact met haar moeder vermeed.

'U hebt uw boeken opgeruimd?' vroeg Ruby. 'En u wilt ze... verkopen?'

'Wat een onzin! Je krijgt ze natuurlijk. Wie heeft er nou zo veel oude boeken nodig? Die kan ik van mijn leven toch niet allemaal lezen. Ik heb er een heleboel van mijn vader geërfd, kijk gewoon of er iets bij zit wat je in je winkel kunt gebruiken.'

Ruby was echt ontroerd en wierp een blik in de krat. Haar oog viel meteen op een zeer oud uitziende editie van *De lotgevallen van Tom Sawyer*. Ze voelde een dikke prop in haar keel.

'Maar... Meneer Harper, dat kan ik toch niet aannemen.'

'En of je dat kunt! Ik sta er zelfs op. Weet je dat ik graag jonge ondernemers steun?'

'Wat geweldig! Dank u wel,' zei ze en ze keek dolblij naar Gary die ook stond te stralen. Ruby kon niet anders dan William omhelzen en ze omhelsde Laurie meteen mee. 'Hartstikke bedankt. Daar helpt u me enorm mee. Weet u, sommige schappen zijn nog helemaal leeg. Het duurt wel even om die te vullen.'

'Zodra ik tijd heb, zal ik kijken of ik nog meer voor je kan vinden.'

'O god, zo bedoelde ik het niet,' verduidelijkte Ruby snel.

'Dat weet ik toch.' William streek met zijn vinger over haar wang zoals je dat bij kleine kinderen doet. 'Ze is echt een schat, je had gelijk, Laurie.'

'En ze heeft het zo verdiend. Ruby, je winkel ziet er geweldig uit. Wat je ermee gedaan hebt... Gewoon niet te geloven.'

Ruby's blik volgde die van Laurie naar een afbeelding van Jane Austen. Eigenlijk was het een ingelijste poster, maar Ruby was van plan, zodra ze er tijd voor had, zelf een portret van de beroemde schrijfster te tekenen. Misschien zou ze het zelfs inkleuren of aquarelleren en het te koop aanbieden.

'Bedankt voor het compliment. En nogmaals bedankt voor de boeken.'

'Dat zit wel goed. Je kunt me ook iets geven als tegenprestatie,' opperde William. 'Ik zie daar een koffiebeker! De mijne in mijn praktijk is toevallig net kapotgegaan.'

Praktijk? vroeg Ruby zich af. Dat was toch wel een beetje overdreven. Voor zover ze wist werkte Lauries vader in een wellnesscenter, waarvan hij er meerdere bezat.

'O, ja natuurlijk. Zoekt u er maar een uit. Of twee. Of drie.'

'Eentje is genoeg.' William lachte en koos een beker met een citaat van Shakespeare: JE JAAGT EEUWIG OP WAT JE NIET HEBT, EN VERGEET WAT JE HEBT.

Daarna namen ze afscheid van Laurie en haar vader.

Ruby keek Gary verbluft aan. 'Dat geloof je toch niet, wat er net gebeurde?'

'Niet echt. Was dat George Clooney?'

Ruby lachte, en werd toen heel melancholisch. 'Nee, het was een van die engelen die op aarde wonen en goeddoen.'

Ze ging naar buiten, waar alweer nieuwe bezoekers bij haar kraam stonden. Meneer Spacey had Barbara net bij de bloemenwinkel opgehaald. Samen zochten ze ijverig accessoires bij elkaar om een sieraad te maken. De beheerder van Valerie Lane zei dat hij het straatfeest een fantastisch idee vond. Mevrouw Kingston kwam langs en vertelde de nieuwste roddels. Phoebe en de kleine Emily kwamen ook nog langs. De baby lag tevreden te slapen in een draagdoek.

'Hoi Ruby, hoe gaat het?' vroeg Phoebe. Ze leek heel erg op haar zus Orchid, maar ze was niet zo slank en ook niet zo blond.

'Heel goed, dank je. En met jullie? Emily wordt met de dag schattiger.'

'Dank je. Kijk eens wat Susan haar heeft gegeven. Zelf gebreid.' Ze haalde een roze-geel gestreept kruippakje tevoorschijn.

'Wat leuk.'

'Ja, hè! Jullie zijn allemaal zo gul hier in Valerie Lane. Dit straatfeest maakt het nog perfecter.'

'O, bedankt. Wil je misschien een ketting of een armband maken?' stelde Ruby voor.

'Dat zou ik heel graag doen, maar ik moet weer naar huis. Over hooguit een half uur wordt de kleine wakker en wil ze eten.'

'Dat begrijp ik natuurlijk.'

'Ik wilde toch de kans niet voorbij laten gaan om even in je nieuwe winkel te kijken. Orchid heeft me er al veel over verteld. Je verkoopt nu boeken? Zeldzame boeken?'

'Precies. En andere dingen. Ga maar naar binnen en kijk even rond. Gary zal je wel adviseren.'

'Gary?' Phoebe keek haar ondeugend aan. 'Zo, zo.'

Ruby bloosde en keek naar de grond. Ze hadden nog aan niemand verteld dat ze een relatie hadden, ze wilden het nog even voor zichzelf houden en van hun samenzijn genieten. Maar Ruby wist wel dat het niet lang zou duren voor haar vriendinnen erachter zouden komen.

'Dan ga ik maar even kijken,' zei Phoebe en ze liep de winkel in.

'Wil je een kopje thee?' Barry stond voor haar met een dienblad in zijn handen. 'Laurie stuurt me hiermee naar je toe.'

Ruby nam dankbaar een beker van de geurige thee aan en ze deed haar ogen dicht toen ze er een slok van nam. Ze kon zich in de afgelopen drie jaar geen mooiere dag herinneren.

Toen het tegen zessen liep en ze allemaal hun kramen aan het opruimen waren, pakte ook Ruby haar spullen in. Ze had genoten van de fantastische uren die Valerie Lane nog ietsje specialer hadden gemaakt. Ze hadden zich allemaal voorgenomen om vanaf nu elk jaar een voorjaarsfeest te organiseren. Net zoals de jaarlijkse kerstmarkt inmiddels een traditie was geworden.

'Je gelooft nooit hoeveel we verdiend hebben,' zei Gary toen ze de overgebleven accessoires naar binnen bracht.

'Stel alsjeblieft mijn nieuwsgierigheid niet op de proef, Gary.'

'Zevenhonderdachtenzeventig pond en veertig pence.'

Haar hart bleef bijna stilstaan. 'Meen je dat nou?'

Gary knikte. 'Jazeker. En dat op de eerste dag. Wacht maar tot het nieuws over de winkel de ronde heeft gedaan.'

'Het is ongelooflijk, maar ik denk eerder dat het aan het straatfeest en de vele bezoekers vandaag in Valerie Lane lag.'

'Dat denk ik niet. De klanten waren allemaal enthousiast. Veel mensen zeiden dat ze terug zouden komen.'

Ruby wist niet of ze daar werkelijk op mocht hopen en of ze het zichzelf kon toestaan om over een rooskleurige toekomst van de winkel te dromen. Maar toen kon ze niet anders dan een sprongetje in de lucht maken, waarbij ze in haar handen klapte. Even later viel ze Gary om zijn nek die haar stevig tegen zich aandrukte.

'Help je even met de tafel?' vroeg ze. 'En dan gaan we naar huis om het te vieren. Ik kook wat lekkers voor ons. We kunnen ook een fles champagne of wijn kopen, wat je het lekkerst vindt.'

'Dat klinkt goed. Ik vind alles prima.'

Toen Ruby en Gary tien minuten later de winkel afsloten en door Valerie Lane liepen, zagen ze Mary en meneer Monroe voor Susan's Wool Paradise met elkaar staan praten. Mary gedroeg zich als een verliefde tiener.

Ja, Valerie Lane bracht mensen bij elkaar, hier kon je nog echte liefde vinden, dat wist Ruby zeker. Ze zwaaide naar Laurie door het raam.

Ze liepen naar de supermarkt. Gary wilde iets heel eenvoudigs eten: spaghetti met tomatensaus, zijn lievelingsmaal. En Ruby koos een fles rode wijn.

'Dus zo makkelijk ben je tevreden te stellen?' vroeg ze en ze gaf hem een kus – midden in de supermarkt, waar alle mensen het konden zien. Iedereen mocht het weten.

'Ik vind spaghetti gewoon lekker.'

'Ik vind spaghetti ook lekker,' antwoordde Ruby, en toen ze later die avond thuis aan de eettafel zaten met een bord pasta voor zich, verraste Hugh haar met de vraag of hij ook wat pasta mocht hebben.

Ruby staarde haar vader sprakeloos aan. Toen brak ze in tranen uit en omhelsde hem uitbundig.

'Maar natuurlijk, papa. Natuurlijk.'

Op weg naar de keuken had ze maar één gedachte: er is een wonder gebeurd. Dank je wel, lieve Valerie.

# 24

'Nee! Nee! Niet autorijden! Nee! Ik... ik ben al wakker... Ik doe het... Je mag niet...'

Ruby werd wakker van Gary die naast haar in bed vertwijfeld lag te roepen en te kreunen. Ze schudde hem zachtjes wakker. 'Gary, Gary. Het is goed. Je bent hier bij mij. Alles is in orde.'

Hij opende zijn ogen en ze zag angst. En verdriet. Ze had heel erg met hem te doen, maar ze wist niet hoe ze hem kon helpen. Maar Gary trok haar tegen zich aan en hield haar vast, en ze wist dat dat alles was wat hij nodig had en dat ze hem alleen al met haar aanwezigheid hielp.

Toen ze in zijn armen lag, vroeg ze zich toch af of Gary op dat moment nog aan zijn vrouw dacht. Het zou zeker niet makkelijk worden om een relatie op te bouwen. Maar Ruby zou geduld hebben en sterk voor twee zijn. Zoals ze dat de laatste jaren steeds was geweest.

'Gaat het weer?' vroeg ze na een poosje.

'Nee. Maar het zal met de tijd beter gaan. Blijf bij me.'

'Ik blijf bij je.'

Ze streelde zijn borst en kuste hem. Toen hoorde ze

Gary iets zeggen, zo zachtjes dat ze haar adem inhield omdat ze bang was dat ze anders zijn woorden niet zou verstaan.

'Ik weet niet wat er van me terecht was gekomen zonder jou, Ruby. Ik heb de laatste jaren niet echt geleefd. Maar met jou kan ik zelfs weer in een toekomst geloven. Dank je. Je bent de liefste mens die ik ken.'

Ze was diep ontroerd. 'Graag gedaan,' was alles wat ze kon zeggen hoewel er nog zo veel op haar hart lag.

Maar dit was niet het goede moment. Dit was Gary's moment. Haar moment zou komen, alles op zijn tijd.

Ze stonden vroeg op om naar de vlooienmarkt te gaan. Daar zochten ze naar bijzondere boeken en deden ook nieuwe ideeën voor de winkel op. Toen ze een schilderij van een oude man zag, moest Ruby weer denken aan Gary's idee om tekeningen te gaan verkopen. Stel dat ze de oude Dickens met een boek in zijn hand zou tekenen of Shakespeare die aan het schrijven was met een ganzenveer? Die kon ze dan mooi inlijsten en voor een goede prijs verkopen. Ze zou ook opdrachten kunnen aannemen. De mogelijkheden voor haar winkel waren bijna eindeloos.

Ruby wist dat ze er nooit spijt van zou krijgen dat ze voor een reorganisatie had gekozen. En inmiddels wist ze zeker dat zelfs haar moeder het ermee eens zou zijn geweest. Omdat het haar gelukkig maakte, heel erg gelukkig. Toen Ruby hand in hand met Gary over de vlooienmarkt wandelde, kon ze haar geluk nog steeds niet helemaal bevatten.

Gary bleef staan. Aarzelde. Liep toen naar een kraam en

bukte om een boek uit een doos te pakken. Hij hield het haar voor.

'Mooie omslag, maar het ziet er helaas niet erg oud uit,' zei ze. 'Bovendien ken ik de schrijver niet. Gary Matthews.' Ineens ging er een belletje rinkelen en toen ze Gary aankeek, bevestigde hij haar vermoeden. 'O, mijn god, is dat jouw boek?'

Hij knikte. 'Ik had nooit verwacht het op een vlooienmarkt te vinden.'

Ruby draaide het boek met de titel *Het zilveren gordijn* om en las de flaptekst. Het ging over twee mannen die in de Tweede Wereldoorlog samen aan het front waren en bevriend raakten. Ze beloofden elkaar dat als de een iets zou overkomen de ander voor de familie van zijn vriend zou zorgen. Een van de twee sneuvelde...

'O, nee. Een van de twee sneuvelde?' vroeg Ruby. Ze wist wel dat Gary een roman had geschreven, maar had zich er tot nu toe niets bij voor kunnen stellen. Nu wist ze één ding zeker: ze wilde dit boek absoluut lezen!

'Ja. Isaak sneuvelt en James gaat na de oorlog naar Liverpool om zijn gezin te vinden. Dan wordt hij verliefd op Isaaks weduwe.'

'Je moet niet alles verraden! Ik wil het zelf lezen.'

'Je wilt het lezen?'

'Natuurlijk, wat dacht jij?'

'Dat hoef je echt niet te doen...'

'Gary, zal ik je wat vertellen? Ik wil al een hele tijd iets van je lezen, ik heb zelfs naar boeken van je gegoogeld, maar ik wist je achternaam niet.'

'Waarom heb je me dat dan niet gewoon gevraagd?'

'Je was zo... gesloten. Ik wilde me niet opdringen.'

'Lieve hemel. Was ik echt zo ontoegankelijk?'

'Nee, Gary. Alleen verloren.'

'Het spijt me.' Hij keek in haar ogen en in plaats van oneindig verdriet zag ze nu een nieuwe wil om te leven.

'Je hoeft geen spijt te hebben. Ik was de laatste jaren ook mezelf niet.'

Gary knikte en ze wist dat ze er later rustig over zouden praten. Maar nu glimlachte ze alleen en ze vroeg aan de verkoper hoeveel hij voor het boek wilde hebben. 'Drie pond,' antwoordde hij. Ze wilde niet te onderhandelen. Gary's boek was geen koopje, het was een kijkje in zijn ziel.

'Misschien vinden we ook nog een van je kinderboeken,' zei ze lachend.

'Die zullen we niet vinden. Het was er maar één en dat is nooit uitgebracht.'

Ze begreep het eerst niet. Maar toen... Hij had het geschreven, geïllustreerd en laten inbinden... voor Ben.

'Ach, Gary...' zei ze, ze gaf hem een arm en ze vlijde zich tegen hem aan.

Er zouden nog veel verdrietige momenten komen, maar die hoefden ze allebei niet meer alleen het hoofd te bieden.

Later nam ze Gary's roman mee naar de winkel en ze las zodra ze tijd had een paar bladzijden. Het raakte haar diep en als ze niet al had geweten hoe speciaal Gary was, dan had ze dat nu ontdekt.

’s Middags, toen ze op het punt stond om de tekening van mevrouw Witherspoon en Humphrey te maken – of op zijn minst een eerste poging te doen – kwam Orchid de winkel binnen.

‘Hé jij... Gaat het weer goed met je?’ vroeg Ruby.

‘Vanzelfsprekend. Jullie zeggen toch altijd dat ik een zonnestraaltje ben. En wanneer verliest de zon haar goede stemming?’ Ze grijnsde overtuigend.

‘Oké, dan is het goed.’

‘Ik kom even snel langs om je te bedanken. Omdat je gisteren zo lief voor me was.’ Orchid haalde een cadeautje vanachter haar rug tevoorschijn en gaf het aan haar.

‘Dat is toch niet nodig.’ Ruby keek in het tasje en zag een van Orchids zelfgemaakte kaarsen.

‘Met vanillegeur. Ik weet dat je daarvan houdt.’

‘Dat is echt aardig van je, dank je wel.’ Ze omhelsde Orchid.

‘Graag gedaan. Hoe loopt de nieuwe winkel?’

Ruby lachte breeduit. ‘Geweldig. Ik mag eindelijk de hele dag over boeken praten. Wat wil een mens nog meer?’

‘De hele dag over seks praten?’ Orchid lachte en verstoorde de harmonieuze stemming een beetje. Maar dat was Orchid, je moest haar nemen zoals ze was.

‘Typisch jij weer. Je zou een seksshop kunnen openen. Maar alsjeblieft niet in Valerie Lane, dat zou hier namelijk helemaal niet passen.’

‘Daar moet ik je bij wijze van uitzondering gelijk in geven.’ Ze knipoogde naar haar.

Ruby vroeg zich af wat ze met ‘bij wijze van uitzondering’

bedoelde, maar toen herinnerde ze zich weer de kwestie met Tobin.

'Ik moet weer terug. Veel plezier nog! En trouwens...' Ze bleef in de deuropening staan. 'We gaan vanavond met z'n allen naar de bioscoop. Als je zin hebt...'

'Lief dat je het vraagt, maar ik denk dat ik niet kan. Vanwege mijn vader.'

Orchid knikte. Ze begreep het. Toen liep ze weer naar buiten en ging terug naar haar winkel.

Even later kwamen Gary en Hugh Ruby's Antiques & Books binnen. Ze stond net een Jane Austen-beker te verkopen aan een klant en ze gaf een teken dat ze zo bij hen zou komen.

'Ik neem *Northanger Abbey*. Dat was altijd mijn favoriete boek van Jane Austen, misschien door de griezelige elementen. Ik weet dat ik daar een uitzondering in ben.'

Ruby glimlachte. 'Dat klopt misschien wel. De meeste vrouwen vinden *Trots en vooroordeel* het mooist. Maar waarom de meute volgen?'

'Dat zeg ik ook altijd.' De vrouw knipoogde naar Ruby, betaalde en vertrok, en Ruby kon zich aan haar bezoekers wijden.

'Hallo, allebei. Komen jullie op visite? Dat vind ik leuk.'

'We waren in het park en dachten: we gaan even langs,' zei Gary.

Ruby wist zeker dat het idee niet van haar vader was gekomen.

'Wat leuk. Kijk, pap, dit is mijn nieuwe winkel. Ik heb de boel een beetje veranderd.'

Hugh keek rond en vroeg: 'Waar zijn de oude spullen?'

'De meeste heb ik verkocht, een paar dingen staan nog in de achterkamer.'

'Aha. Heb je chips?'

'Helaas niet.'

'We gaan zo chips kopen, Hugh,' zei Gary. 'Heb je ook nog wat nodig van de supermarkt?' vroeg hij aan Ruby.

Toen Ruby aan het nadenken was, kwam Keira de winkel binnen met wat van haar lekkernijen die ze mochten proeven. Gary nam een pure bonbon en gaf Keira een compliment.

'Gelukkig dat jullie ze lekker vinden. Ik dacht dat ze te bitter waren geworden door de amandelolie.'

'Nee, ze zijn echt lekker,' stelde Ruby haar gerust, hoewel ze pure chocola eigenlijk niet lekker vond.

'Mooi. Trouwens, Susan, Orchid, Laurie en ik willen vanavond naar de bioscoop. Ga je mee?'

'Orchid vroeg het ook al. Ik kan helaas niet, sorry.'

Keira keek naar Hugh die de muziekdoos met de lezende man bestudeerde. Ruby pakte de muziekdoos en draaide die op. Haar vader was helemaal gefascineerd.

'En als iemand je vader een avondje bezighoudt? Barry heeft dat toch ook een keer gedaan,' fluisterde Keira achter haar hand.

'Ik doe het graag,' stelde Gary onmiddellijk voor. 'Hugh en ik zouden een schaakmarathon kunnen houden of er een gezellige filmavond van maken. Dan kun jij iets met je vriendinnen gaan doen.'

'Zou je dat willen doen? Je brengt al zo veel tijd met hem door...'

Ze had graag nog meer gezegd, maar ze wilde niet dat Keira hoorde dat Gary bij haar woonde. Dat delicate gegeven wilden ze liever nog even voor zichzelf houden. Ze hadden dat samen besloten omdat ze niet de schijn wilden wekken dat Gary alleen met haar samen was omdat hij niet meer op straat wilde leven. Hoewel Ruby zeker wist dat haar vriendinnen dat nooit zouden denken. Maar ze respecteerde Gary's wens om discreet te zijn.

'Het is echt geen probleem,' verzekerde Gary haar.

'Oké,' zei ze daarom. 'Ik geloof dat ik toch mee kan, Keira.'

Keira was blij. 'Prima! We hebben om half zeven voor Laurie's Tea Corner afgesproken en gaan voor de bioscoop nog een hapje eten. Ik hoop dat je Ryan Gosling ook een lekker ding vindt?'

'Eh...' Ruby wilde het niet zeggen waar Gary bij was, maar inderdaad, ze vond hem behoorlijk aantrekkelijk.

'Ik begrijp het.' Keira lachte, keek naar Gary en knipoogde naar Ruby.

'Wanneer krijg ik mijn chips?' stelde Hugh de voor hem belangrijkste vraag.

'Straks, pap. Gary gaat nu boodschappen met je doen. Ik maak nog even snel een lijstje met wat we nog meer nodig hebben.'

Ze liep naar de verkoopbalie, schreef chips, toast, eieren, ijsbergsla, tomaten en kaas op een klein groen briefje en gaf het aan Gary. Keira's verbaasde blik ontging haar niet.

'Tot straks. Veel plezier in de bioscoop,' zei Gary. 'En Ruby, neem de tijd.'

'Dank je, Gary.'

Ze wierp hem een veelzeggende blik toe en hoopte dat hij begreep hoezeer ze zijn opoffering waardeerde.

Gary knikte en verliet samen met Hugh de winkel.

'Hallo! Ik geloof dat ik iets heb gemist!' barstte Keira los zodra de mannen weg waren. 'Zijn jullie nu een stelletje?'

Ruby's wangen werden rood en ze moest wegkijken om zich niet te verraden. 'Hoe kom je daar nou bij?'

'Nou, dat ziet zelfs een blinde. Ik had geen idee dat er bij jullie meer dan vriendschap speelde. Ha, wat fijn voor jullie. Je hebt het zo verdiend, liefje.' Haar vriendin was helemaal ondersteboven van het nieuwtje dat Ruby nog helemaal niet had bevestigd. Was ze zo makkelijk te doorzien?

'Ik... eh... nou, eigenlijk zijn we niet... Ik bedoel we zijn... alleen vrienden,' probeerde ze.

Keira lachte. 'Dat kun je misschien mevrouw Witherspoon wijsmaken. Ach wat, zelfs die zal je niet geloven. Over mevrouw Witherspoon gesproken, neem je Gary mee naar de bruiloft?'

'Weet ik nog niet. Als hij wil.' Hij had nog steeds geen antwoord op haar vraag gegeven.

'Wat leuk. En als hij niets heeft om aan te trekken, laat het me dan weten. Daar kunnen we vast wel iets op vinden. Gary heeft ongeveer dezelfde maat als Thomas, hij kan een pak van hem lenen.'

'Dat is aardig. Maar zoals ik al zei...'

'Je weet het nog niet en jullie zijn alleen vrienden. Ik snap het.' Keira knipoogde nogmaals en zei toen: 'Tot straks dus, half zeven,' en ze liet Ruby alleen achter.

Nadat ze nog een paar klanten had geholpen, twee boeken had verkocht en aan de tekening van mevrouw Witherspoon had gewerkt, sloot Ruby de winkel af. Ze was in een opperbeste stemming.

Keira en Orchid stonden al gezellig te kletsen voor de theewinkel. Met elke stap die Ruby in hun richting zette, voelde ze zich een beetje meer als een echt mens. Als een mens dat ook haar zorgen opzij kon zetten en van het leven mocht genieten, al was het maar voor een avond.

'O leuk! Ga je toch mee?' begroette Orchid haar. Ruby glimlachte naar haar en knikte. 'Wat vind je van Ryan Gosling?'

'Ik vind hem heel leuk,' antwoordde Ruby.

Twee uur later zat ze net zo smachtend naar de acteur te kijken als haar vriendinnen.

Het werd een heerlijk, gezellig avondje, Ruby voelde zich vrolijker dan ze zich in lange tijd had gevoeld. En dat had ze allemaal aan Gary te danken. Ook al vond hij dat zij hem heel erg hielp, één ding was zeker: hij hielp haar minstens net zoveel.

Toen Ruby later die avond thuiskwam, lag haar vader al te slapen. Gary zat achter de oude typemachine, die Ruby allang was vergeten, op de werktafel van haar moeder. Hij zat er alleen maar naar te staren.

'Was het gezellig vanavond?' vroeg hij toen ze de kamer binnenliep en hij draaide zich naar haar om.

'Het was heel gezellig. Nogmaals bedankt. Wat ben je aan het doen, Gary?'

'Ik heb deze onder in de kast gevonden. Sorry, ik wilde niet rondsnuffelen, maar ik zocht mijn broek die je hebt gewassen.'

‘Ik heb ruimte in de ladekast voor je gemaakt. Daar liggen je kleren.’ Het waren er niet veel.

‘O.’ Hij zat weer voor zich uit te staren.

‘Wil je de typemachine gebruiken? Ze is van jou als je wilt. Ik was haar al vergeten en wij gebruiken haar niet meer.’

‘Echt waar?’

‘Echt.’

‘Ik heb weer zin om te schrijven,’ zei Gary nostalgisch.

‘Wat houdt je tegen?’ vroeg Ruby.

‘Ikzelf, denk ik.’

‘Hoe dan ook. Je mag haar hebben. Doe ermee wat je wilt, oké?’

Ze legde een hand op Gary’s schouder en ze hoopte voor hem dat hij de juiste beslissing zou nemen.

# 25

Het was een prachtige warme zomerdag in Valerie Lane, er waaide een zacht briesje door de straat. Maar de winkels waren dicht, want er stond iets heel bijzonders te gebeuren: de bruiloft van een speciale vriendin. Vanzelfsprekend bleven die dag de deuren van de winkels gesloten, want iedereen wilde erbij zijn als deze gulle, lieve oude dame haar grote liefde haar jawoord gaf.

Het feest was in een betoverend kerkje dat met kleurige bloemen was versierd. Mevrouw Witherspoon droeg een eenvoudige beige jurk en Humphrey een deftig donkerbruin pak. Voor de verandering had hij zijn pilotenpet nu eens niet op. Er klonk vrolijke muziek, evergreens waar mevrouw Witherspoon en Humphrey graag naar luisterden. Bij de eerste maten van Frank Sinatra's 'Young at Heart' dacht Ruby terug aan het moment waarop een opgewonden mevrouw Witherspoon hun had verteld dat Humphrey haar tijdens ditzelfde nummer een aanzoek had gedaan. Ruby vond dat er geen passender muzikale begeleiding had kunnen zijn voor deze bijzondere gelegenheid. Het verleende een vleugje nostalgie aan de ceremonie van de twee oude mensen die in hun leven al zo veel hadden meegemaakt voordat ze elkaar hadden gevonden.

Ruby zat op de tweede rij naast Gary, die er ronduit fantastisch uitzag in het zwarte pak dat hij van Thomas had geleend. Zijn haar had hij met gel naar achter gekamd, niemand zou vermoeden dat hij een paar weken geleden nog een dakloze was. Ruby zocht zijn hand en was opgelucht toen hij de hare pakte en vasthield – de hele ceremonie, zonder zich er iets van aan te trekken dat iedereen het kon zien.

Naast Gary zaten Keira en Thomas, die er zoals altijd heel verliefd uitzagen. Keira zag er in haar rode jurk fantastisch uit en Ruby vond dat ze veel vaker jurken zou moeten dragen in plaats van altijd spijkerbroeken met blouses.

Links van Ruby zaten Tobin en Tandy. Ze leken allebei wel een model, in hun trendy kleren. Tandy was prachtig gekapt en opgemaakt. Ruby zou het niet in haar hoofd gehaald hebben om voor de gebeurtenis van vandaag naar de kapper te gaan. Je hoorde de show niet te stelen van de bruid; deze dag was van mevrouw Witherspoon.

Voor hen zaten Barry en Laurie, gekleed in bij elkaar passende tinten, rechts van hen Orchid en Patrick en helemaal links Susan, bij wijze van uitzondering een keer zonder Terry.

Rechts van het gangpad zat over tweeënhalve rij verdeeld de familie van Humphrey: zijn dochter met haar man en hun vier kinderen, en daarachter een paar neven en nichten.

Ruby had net als de anderen tranen in haar ogen toen mevrouw Witherspoon en Humphrey elkaar eeuwige trouw beloofden. Vanaf nu heette hun dierbare vriendin Esther

Graham, maar voor hen zou ze altijd mevrouw Witherspoon blijven.

'O, god, wat was dat mooi!' zei Laurie dwepend nadat ze elkaar hadden gekust. Ze gingen allemaal naar buiten en begroetten het gelukkige paar door rozenblaadjes over hen uit te strooien.

Mevrouw Witherspoon zag er stralend uit, zo gelukkig hadden ze haar nog nooit gezien.

'Van harte gefeliciteerd,' zei Susan en ze omhelsde haar voorzichtig.

'Dank je. Wat fantastisch dat jullie allemaal zijn gekomen.'

Dat vond Ruby ook. De oude dame had helemaal geen familie meer en zonder haar vrienden uit Valerie Lane zouden de banken in de kerk leeg zijn geweest. Maar ze waren er. En ze waren dankbaar dat ze erbij waren. Zo'n bruiloft maakte je maar één keer in je leven mee.

Nadat ze het pasgetrouwde paar uitgebreid hadden gefeliciteerd, gingen ze naar het huis van Humphreys dochter, waar het feest in de tuin zou plaatsvinden. Monica heette ze, en ze sloten haar allemaal meteen in hun hart. Ze was zo lief voor mevrouw Witherspoon en ze had zo veel moeite gedaan dat je haar alleen maar aardig kon vinden.

De tuin zag er schitterend uit. Er was een partytent opgezet voor het geval het zou gaan regenen of als bescherming tegen de zon. Er waren overal bloemen en guirlandes en prachtige tafelversieringen die bestonden uit roze anjers en kleine koetsjes, wat Ruby weer aan *Trots en vooroordeel* deed denken, waarin men nog met koetsen naar bruiloften ging. Iedereen was met de auto, en onderweg naar Monica hadden ze als gekken getoeterd zodat heel Oxford hoorde dat die lieve mevrouw Witherspoon vandaag was getrouwd.

'Kan ik nog ergens mee helpen?' bood Ruby aan, die al twee schalen met salade naar buiten had gebracht.

'Dat is niet nodig,' antwoordde Monica, een mooie, slanke vrouw van halverwege de veertig. 'Waar heb ik anders kinderen voor?' Ze lachte en joeg haar kinderen de tuin in.

Ruby liep naar buiten om Gary te zoeken. Hij was verdiept in een gesprek met Barry en Thomas. Als Ruby het goed hoorde ging het over voetbal. Ze liet de mannen alleen, maar niet zonder zich ervan te verzekeren dat Gary zich op zijn gemak voelde. Een opgewekte knipoog overtuigde haar ervan dat ze naar haar vriendinnen kon gaan, die al bij het buffet stonden en zo te zien nauwelijks konden wachten tot dat geopend werd.

Alleen Orchid stond er niet bij, ze stond onder een boom in een innige omhelzing met Patrick. Ze gedroeg zich vreemd. Ze deed niet vervelend tegen Tobin en zette ook haar handen niet in haar zij, zoals ze anders altijd deed als de eigenaar van de bloemenwinkel in haar buurt was. Orchid leek hem volledig te negeren. Ruby kon wel bedenken waar dat aan lag: de ruzie van laatst met Patrick. Waarschijnlijk vermoedde hij iets, had hij gemerkt wat er in Orchid omging, en nu wilde ze hem geruststellen, hem laten zien dat ze absoluut niets voor Tobin voelde – ook al was dat een leugen. Of het was eindelijk tot haar doorgedrongen wat ze aan Patrick had en nu deed ze haar best om Tobin uit haar gedachten te verbannen. Maar Ruby betwijfelde of negeren de slimste zet was. Soms moest je je gevoelens gewoon onder ogen zien.

Ze keek naar Gary, die zich iets minder op zijn gemak leek te voelen. Hij nam niet meer zoveel deel aan het mannengesprek als de twee anderen, maar hij deed zijn best. Zou hij dat voor haar doen? Ruby was blij voor hem dat hij eindelijk uit zijn schulp kwam, ook al ging het langzaam. Maar ze hadden alle tijd van de wereld. En ook als er dagen waren waarop hij zich weer wilde terugtrekken, zou ze aan zijn zijde blijven staan.

Monica kondigde aan dat het buffet was geopend. Ze stortten zich allemaal op het eten en begaven zich naar de tafels om een plaatsje te zoeken. Orchid zorgde ervoor dat ze niet in de buurt van Tobin zat. Die zat met Tandy te knuffelen, maar Ruby zag dat hij af en toe naar Orchid keek.

'Je moet de aardappelsalade eens proeven,' zei Keira.

Ruby draaide zich naar haar om. 'Is die lekker?'

'Heerlijk!' Keira zuchtte genietend alsof ze nog nooit zoiets lekkers had gegeten.

'Die heeft Monica volgens het recept van mijn overleden vrouw gemaakt,' liet Humphrey vanaf de tafel ernaast weten.

Ruby keek snel naar mevrouw Witherspoon. Zou ze het erg vinden dat Humphrey op hun trouwdag zijn overleden vrouw noemde? Maar ze legde glimlachend haar hand op die van Humphrey.

Wat moest het fijn zijn het verleden als een gegeven, als een deel van jezelf te kunnen beschouwen, dacht Ruby. Er niet over blijven treuren, er niet wanhopig door raken, het accepteren en alleen de goede momenten in je hart bewaren.

Op dat moment voelde ze dat Gary onder de tafel haar hand pakte, een gebaar dat haar uit haar gedachten haalde en haar eraan herinnerde dat het lot haar eindelijk goedgezind was.

Na het eten zouden er een paar toespraken gehouden worden. Monica wenste haar vader veel geluk met zijn nieuwe vrouw, en wenste haar veel geduld met hem als hij weer eens urenlang over zijn tijd als piloot zat te vertellen. Iedereen lachte, en daarna hield Susan een lofrede op mevrouw Witherspoon. Ze vatte in een paar woorden samen wat ze allemaal voor hun lieve oude vriendin voelden. Ruby had het niet beter kunnen zeggen. Aan het eind sloeg mevrouw Witherspoon weer ontroerd haar handen in elkaar en bracht met dit gebaar iedereen opnieuw aan het huilen.

Ten slotte stond iedereen op en werd er eindelijk op het bruidspaar geklonken. Maar Laurie vroeg om een glas sap, zoals ook Monica's kinderen dronken. En dat zorgde voor opschudding onder haar vriendinnen.

'Waarom drink je geen alcohol?' wilde Orchid weten.

Ook Susan was nieuwsgierig. 'Dat wil ik ook wel eens weten. Je gedraagt je de laatste tijd sowieso vreemd. Verzwijg je soms iets voor ons?'

Laurie glimlachte fijntjes en zweeg. Maar Barry legde een arm om haar middel en vroeg: 'Wil je het niet eindelijk vertellen?'

Laurie leek het te overwegen en knikte toen glimlachend. 'Oké, oké, als jullie zo nieuwsgierig zijn. Goed: Barry en ik krijgen een baby.'

‘Wat?’ schreeuwde Orchid en ze omhelsde Laurie onstuimig, maar verontschuldigde zich onmiddellijk omdat je voorzichtig moest zijn met een zwangere vrouw.

Susan en Ruby deden daarom iets rustiger. Ruby vroeg zich af waarom Keira niet zo uitbundig deed, maar ze zag aan haar blik dat ze al had geweten dat haar beste vriendin zwanger was – natuurlijk.

Nadat iedereen Laurie had gefeliciteerd, zei mevrouw Witherspoon: ‘Als dat geen wonder is. Wat een geweldig nieuwtje op mijn speciale dag. Nu is er nog een reden om te klinken.’ Ze hief haar glas.

‘Sorry, we wilden niet de show stelen,’ zei Laurie.

‘Dat geeft niks. Ik ben blij voor jullie. Dat ik dat nog mag meemaken: baby’s in Valerie Lane.’

‘Nou, ik wilde het eerst bij eentje houden,’ corrigeerde Laurie haar snel.

‘Maar jullie zijn toch met meer. Op een dag wemelt het er van de kinderen.’ Mevrouw Witherspoon klapte in haar handen.

Keira keek naar Thomas en bloosde. Ruby vroeg zich af of ze misschien ook al zwanger was of in elk geval plannen voor de toekomst aan het smeden was. Orchid en Patrick keken elkaar aan en schudden toen eensgezind hun hoofd. En Gary keek Ruby verdrietig aan. Ze wist ook zonder woorden waaraan hij dacht. Toen iedereen zijn glas hief en op het geluk proostte van de twee lieve mensen die vandaag getrouwd waren, voelde Ruby dat er meer dan alleen harmonie in de lucht hing. Ze zag tweede kansen en heel veel liefde.

Haar gevoel bedroog haar niet. Toen er op andere Sinatra-nummers werd gedanst, tikte iemand zachtjes met een gebaksvorkje tegen zijn glas. Het was Barry, die om stilte vroeg en meteen op de knieën ging.

Ruby hield haar adem in. Uit haar ooghoek zag ze dat Laurie haar handen voor haar mond sloeg.

'Dat... dat meen je toch niet!' hoorde ze haar stamelen.

Barry lachte. 'Zo makkelijk kom je niet van me af, schatje! Hier en nu is precies het goede moment.'

'Maar je kunt toch niet alweer de show van het bruidspaar stelen. Het is hún speciale dag en niet die van ons.'

'Ze wisten het al en vinden het meer dan prima,' deelde Barry mee en hij haalde een klein sieradendoosje uit zijn broekzak.

'O ja. We delen onze dag graag met jullie,' bevestigde Humphrey, die zijn kersverse vrouw zo mogelijk nog dichter tegen zich aan trok.

Laurie had al tranen in haar ogen voordat Barry überhaupt iets had gezegd. En toen hij 'Wil je met me trouwen?' vroeg, barstte ze in huilen uit, knikte en riep: 'Ja! Dat wil ik!'

Barry schoof een prachtige gouden ring om haar vinger, stond op en kuste Laurie hartstochtelijk.

'Zag jij dat aankomen?' hoorde Ruby Gary zachtjes vragen.

'Nee, absoluut niet. Maar ik heb alles altijd pas als laatste door. Wat geweldig voor hen, hè?'

Gary knikte, maar zei niets meer. Daarna werden de cadeaus uitgepakt. Mevrouw Witherspoon moest huilen toen ze het portret zag dat Ruby met veel liefde had getekend – ze had de figuren met aquarelpotlood ingekleurd en daarmee leven ingeblazen. Ze was ook heel blij met de theaterkaartjes, de restaurantbon, de bonbons, de lepels en de bloemen. Toen alle cadeaus waren uitgepakt, nam Gary Ruby apart en trok haar mee naar een kastanjeboom aan de rand van de tuin.

'Gary? Is alles goed?' vroeg Ruby bezorgd.

Hij keek haar ernstig in de ogen. 'Ik... Bij zoveel trouwerijen vandaag moet ik je dringend iets laten weten.' Ruby kon wel bedenken wat... 'Ik wil dat je vooraf weet dat ik nooit meer zal trouwen. Ik kan het gewoon niet.'

'O, Gary. Dat begrijp ik toch.'

'Echt? We staan nog aan het begin van onze relatie, en ik wil je niet teleurstellen. Als je de toekomst anders voor je ziet, dan kunnen we misschien beter niet...'

Ruby liet hem niet verder praten, maar legde hem met een kus het zwijgen op. 'Gary,' zei ze toen. 'Ik heb nog nooit aan trouwen gedacht. Met mijn vader en zo kon ik me tot voor kort niet eens een echte relatie met een man voorstellen. Maar ik ben zo blij dat ik jou heb. Hier en nu. Wie weet wat de toekomst ons brengt. Op dit moment wil ik gewoon van je genieten en eindelijk gelukkig zijn.'

Gary keek haar ontroerd aan. 'Dat is een pak van mijn hart. Dat wil ik ook, Ruby. Alleen het hier en nu is belangrijk... Ik hou van je.'

Ruby's hart stond stil.

'Je zegt helemaal niets.'

'Ik... ik weet niet zeker of ik het goed hoorde of dat het de wind was,' bekende ze.

Dat kon toch niet waar zijn?

Maar Gary pakte haar handen in de zijne en herhaalde het: 'Ik hou van je, Ruby. Meer dan je je kunt voorstellen.'

'O, Gary.' Ze viel in zijn armen en begroef haar gezicht tegen zijn schouder. 'Ik hou ook van jou,' fluisterde ze.

Zo stonden ze nog een hele tijd.

Toen ze zich eindelijk van elkaar losmaakten, keek Gary Ruby oneindig liefdevol aan. 'Zullen we naar de anderen teruggaan?' vroeg hij.

Ruby knikte en pakte de hand die Gary haar toestak. Bij de anderen aangekomen hielden ze nog steeds elkaars hand vast – en iedereen mocht het zien.

# 26

'Veel plezier in de winkel!' riep Gary Ruby na toen ze naar haar werk ging.

'En jij veel plezier met schrijven!'

Ze zag Gary op haar afkomen in een nieuw groen T-shirt dat hij tweedehands op de vlooienmarkt had gekocht, samen met een nieuwe spijkerbroek en een paar sweatshirts.

'Dat zal wel lukken, dank je.'

'Wil je zo lief zijn om straks nog wat oogjes voor me te kopen? Ik wil nieuwe oorbellen maken en ik ben vergeten die te bestellen.'

'Geen probleem. Ik moet er toch nog op uit omdat de wortelen voor je vader bijna op zijn. Hebben ze die oogjes in de hobbywinkel?'

Ruby knikte en liet hem zien wat ze precies nodig had. Kleine, ronde, verzilverde oogjes.

'Dan breng ik ze wel even langs in de winkel.'

'Dat is lief van je.' Ze gaf hem een kus. 'Dag, pap!' riep ze naar haar vader. Ze pakte haar paraplu en vertrok terwijl Gary weer aan de tafel, die nu als bureau dienstdeed, in de kamer van haar moeder ging zitten. Hij schreef een verhaal over twee gekwelde zielen die ontzettend veel hadden verloren, maar die elkaar gevonden hadden. Dat had hij aan Ruby verklapt.

Ze zaten af en toe de halve nacht met elkaar te praten – in haar kamer of in de zijne. Meryls oude kamer hadden ze opnieuw ingericht, alle oude spullen waren opgeslagen om plaats te maken voor Gary. Hij had ook een eigen boekenkast met daarin naast boeken een stapel papier, notitieblokken en een beker voor pennen. Ruby vond het belangrijk dat Gary een eigen plek had, zijn eigen domein. Hij moest langzaam weer op de been komen, tijd voor zichzelf hebben om zichzelf terug te vinden. Maar de nachten brachten ze meestal samen door, ze bedreven de liefde alsof er geen verleden en geen toekomst was.

Het motregende de hele weg, maar toen Ruby Valerie Lane bereikte, trokken de donkere wolken weg en kwam de zon tevoorschijn. Die scheen op de mooie rozen in alle denkbare kleuren die ze onlangs hadden geplant. Het rook heerlijk in Valerie Lane na de regen en Ruby dacht terug aan goede oude tijden.

Laurie stond in de deuropening van haar Tea Corner en groette haar, Keira was haar etalage aan het inrichten. Tobin zette bloemen voor zijn winkel neer, Orchid zat op de stoep van haar Gift Shop en bladerde in een catalogus. En Susan kwam met Terry de hoek om. Ze zwaaide naar haar.

'Een hele goedemorgen, Ruby!'

'Goedemorgen Susan. Een fijne dag!'

'Jij ook.'

Ze liep haar nieuwe boekwinkel in en zette de boeken in de etalage die ze een paar dagen eerder met Gary op de vlooienmarkt had gekocht en thuis had schoongemaakt. Een daarvan had haar vooral aangesproken: een eerste druk van *De vanger in het graan*. Het liefst had ze het zelf gehouden, maar dat ging natuurlijk niet. Ze moest nu aan de winkel denken. Het boek zou zeker snel verkocht worden en ze kon er een goede prijs voor vragen, hoewel ze er maar drie pond voor had betaald. De mensen wisten helemaal niet wat voor schatten ze in huis hadden liggen.

Ruby was helemaal in haar element. Ze vond het heel leuk om haar klanten speciale exemplaren te laten zien en de hele dag over boeken te praten. Af en toe hoorde ze zelf iets nieuws waarvan ze onder de indruk was. 's Middags kwam er een bibliothecaris van de universiteit langs die haar vertelde dat Dickens in 1830 een zekere Maria Beadnell leerde kennen die hij ten huwelijk vroeg. Helaas waren haar ouders absoluut tegen de relatie en ze stuurden haar naar een meisjesschool in Parijs.

'Nee zeg, wat tragisch,' zei Ruby. 'Zijn ze weer bij elkaar gekomen?'

De bejaarde man, hij had een lange grijze baard, schudde zijn hoofd. 'Nee. Het is echt tragisch, daar heeft u gelijk in.'

'Maar hij is toch getrouwd? Ik weet dat hij veel kinderen had.'

'Tien stuks, ja. Die had hij bij zijn latere vrouw Catherine Hogarth. Het huwelijk lijkt ondanks al de kinderen niet erg gelukkig te zijn geweest, want Dickens scheidde na tweeëntwintig jaar van haar.'

Ruby moest een grijns onderdrukken. Deze man was een echte roddelaar. Wat hij niet allemaal wist!

‘Een scheiding? In de victoriaanse tijd? Was dat niet heel ongepast?’ vroeg ze.

‘Nee, nee. Ze zijn nooit officieel gescheiden. Maar Dickens woonde tot zijn dood samen met een toneelspeelster.’

‘Wat een schandaal!’ Ruby moest toch grinniken.

‘Ha! U zegt het!’

‘U lijkt een zwak voor Dickens te hebben. Weet u dat ik een oude secretaire uit de negentiende eeuw hier heb staan? Ik heb een hele tijd gehoopt dat die van Dickens was geweest. Helaas bleek bij een grondige inspectie dat dat niet zo was. Maar prachtig en oud is hij wel.’ Ze wees naar de andere kant van de winkel waar de ‘Dickens’-secretaire nu als uitstalplek diende voor heel speciale boeken.

De man glimlachte breeduit. ‘Dat weet ik inderdaad. Uw lieve moeder heeft me altijd wijs willen maken dat hij echt van Dickens is geweest. Maar misschien geloofde ze het zelf wel.’ Hij liep naar de secretaire en streek eerbiedig over het gepolijste hout. ‘Hij is echt mooi. Bent u van plan hem te verkopen?’ Hij knipoogde naar haar. ‘Meryl wilde er een heleboel geld voor hebben met als reden dat hij van de oude Dickens was geweest, maar nu...’

‘Voor geen geld van de wereld,’ maakte Ruby hem duidelijk. ‘Hij heeft een grote emotionele waarde voor me.’

‘Dat kan ik goed begrijpen... O, daar staat *Het grauwe huis*. Fascinerend, ronduit fascinerend.’

Hij bekeek de roman die Charles Dickens in 1852 had geschreven en straalde alsof hij net het einde van de regenboog had gevonden. Het was een van de prachtige boeken die Lauries vader had gebracht.

'Een mooie band, vindt u niet?' antwoordde Ruby. 'De uitgave is uit 1912. Omdat het vandaag zo'n mooie dag is, doe ik u een speciaal aanbod,' probeerde ze de man te verleiden.

Zijn glimlach werd nog breder. 'Laat maar horen.'

Ze kwamen een prijs overeen en de bibliothecaris liep met haar mee naar de kassa.

'Uw winkel is echt een openbaring, mevrouw Riley. Zoiets ontbrak nog in de stad.'

'Wat aardig dat u dat zegt.' Ruby nam het geld in ontvangst en stopte het boek in een papieren tasje met het logo van haar winkel. De nieuwe tasjes waren ook door Gary ontworpen.

'Wist u dat in 1912 ook de Titanic verging?' vroeg de man.

'Natuurlijk. Het was bovendien het jaar waarin Valerie Bonham overleed.'

'Daar heeft u gelijk in! U bent goed op de hoogte.'

'Ja, wat Valerie Bonham betreft weet ik het een en ander uit de eerste hand. Ik bezit namelijk haar dagboek.' Ze had er wel meer dan één, maar dat hoefde niet iedereen te weten.

'U maakt een grapje!' De man zette grote ogen op.

'Nee, echt waar. Kijkt u maar, het staat daar in de glazen vitrine.' Goed afgegrendeld, zodat niemand het kon aanraken, vuilmaken of stelen.

'Het dagboek van Valerie Bonham,' herhaalde de man en hij liep naar de vitrine toe. Vol eerbied bleef hij daar staan. 'Dat is echt ongelooflijk. Mag ik het aanraken?'

Ruby stond in tweestrijd. Deze man was bibliothecaris en zou zeker goed met het waardevolle boek omgaan, maar Ruby wilde het niet tevoorschijn halen. Net zoals ze Keira's voorstel niet wilde opvolgen om voorleessessies te houden voor mensen uit de buurt.

'Liever niet, sorry. Het is heel waardevol en ik wil het niet van zijn plek halen.'

'Dat begrijp ik wel,' antwoordde de man. Hij leek absoluut niet boos te zijn, hij lachte zelfs. 'Maar ik ben bang dat ik het niet zal opgeven. Misschien lukt het me u ooit te overtuigen het toch te laten zien.'

Ruby lachte ook. Ze hield van haar klanten en ze vond het geweldig dat hij was gekomen om haar schatten te bekijken. Het nieuwtje van de nieuwe winkel leek rond te gaan. Mannen en vrouwen van diverse achtergrond kwamen naar Ruby's Antiques & Books alleen om Valeries dagboek te zien. Ja, het verhaal blies Valerie Lane nieuw leven in en veel nieuwe klanten bezochten hun geliefde straatje.

Ruby nam afscheid van de bibliothecaris. Bij de deur keek ze of ze Gary zag.

Tobin stak de straat over en kwam naar haar toe. 'Hoi Ruby. Hoe loopt de nieuwe winkel?'

'Heel goed, dank je.' Ze glimlachte naar hem.

'Daar ben ik blij om. Ik zie dat je ook veel meer klanten hebt dan...'

'Dan voorheen? Dat mag je gerust zeggen. Voorheen was het vaak doodstil bij me.'

'Dat wilde ik nu ook weer niet zeggen, maar wat fijn dat je je droom verwezenlijken kon en daarmee ook nog succes hebt.'

'Ja, dat vind ik ook.' Weer voelde ze een en al dankbaarheid.

'En klasse dat je nu een relatie met Gary hebt. Jullie zijn een leuk stel.'

Ruby bloosde en keek naar de grond. Inmiddels wist iedereen het. In tegenstelling tot haar ging Gary er heel goed mee om. Ze vond het nog steeds vreemd om een vaste vriend te hebben die zelfs bij haar woonde. Vreemd en toch heel fijn.

'Dank je wel, ik vind het heel lief dat je dat zegt.'

'Ik wens jullie alle goeds.'

Ze bedankte hem opnieuw. 'Jij en Tandy, jullie zijn ook een leuk stel,' zei ze toen omdat ze op een of andere manier het gevoel had dat ze iets terug moest zeggen.

'Hm. Dank je, maar dat heeft onze relatie toch niet kunnen redden. We hebben de relatie verbroken.'

'O. Wat jammer.'

Tobin haalde zijn schouders op. 'Nee hoor. Ze was gewoon niet de ware.'

Ruby had hem graag gevraagd wie dan wel de ware was.

Ze keek naar Orchids winkel en betrapte haar vriendin erop dat ze voor het raam naar hen stond te kijken. Zou ze blij zijn met deze nieuwe ontwikkeling? vroeg Ruby zich af. Of compliceerde dit alles alleen maar nog meer?

'Hoe dan ook, een fijne dag. Barbara gaat zo naar huis, ik moet dus weer terug.'

'Jij ook een fijne dag. En doe Barbara de groetjes van me.'

Ze keek hoe Tobin terugliep naar zijn bloemenwinkel en zag dat hij een blik wierp op Orchids Gift Shop. En ze had kunnen zweren dat hij Orchid bij het raam zag staan en dat zij zich snel verstopte.

Ach, die twee... Zouden ze er ooit achter komen wat ze eigenlijk wilden? De liefde was zo makkelijk, als je het maar toeliet.

Op dat moment zag Ruby Gary de hoek om komen. Ze was enorm blij hem te zien. Ze was nog blijer toen ze zag wie hij bij zich had: haar vader. Hij droeg vandaag zijn groene joggingbroek, zwarte veterschoenen, een groen gestreept T-shirt en een rood colbertje. Hij leek een beetje op een kerstelf, alleen de puntmuts ontbrak. Ruby was ontzettend dankbaar dat zijn uitdossing Gary niets leek te schelen.

'Hallo, allebei,' begroette ze hen.

'Hallo, Ruby,' antwoordde haar vader.

'Hallo, schat.' Gary gaf haar een kus en haalde toen twee zakjes tevoorschijn. 'Kijk eens, je oogjes. Ik hoop dat het de goede zijn.'

Ruby bekeek ze en knikte. 'Perfect. Hartstikke bedankt. Dan kan ik nu verder met mijn oorbellen.'

'Heb je nog genoeg hangertjes?'

'Ja, ik heb gisteren een nieuwe voorraad binnengekregen.'

'Dan zal ik je niet langer ophouden.'

'Je houdt me helemaal niet op. Ik ben blij dat je er bent. En ik vind het helemaal geweldig om jou te zien, pap.'

'Gary en ik gaan nu boodschappen doen.'

'Ja? Wat gaan jullie dan kopen? Een slee? Of een kerstboom?' vroeg ze met een knipoog.

Haar vader begon te schateren. 'Het is toch zomer, Ruby.'

'Ach. Het is sneller kerst dan je denkt.' Ze kon het nog steeds nauwelijks geloven dat ze dit jaar met kerst zo'n bijzonder mens aan haar zijde zou hebben. Ze keek Gary liefdevol aan en hij beantwoordde haar blik even warm. Ze wist bijna zeker dat hij hetzelfde dacht.

'We gaan naar de supermarkt. Ik wil groene asperges eten.'

'O ja?'

Ze was verbluft, want het was toch wortelenweek? Maar ze zei niets, zodat ze haar vader niet van zijn geweldige plan af zou brengen. Sinds de uitzondering met de spaghetti een paar weken geleden had ze al gehoopt op zo'n nieuw wonder.

'Ja,' bevestigde Gary. 'We gaan vanavond asperges eten. Zullen we wat voor jou bewaren?'

Het was woensdag en ze zou de avond natuurlijk zoals altijd in Laurie's Tea Corner doorbrengen.

'Graag. Asperges klinkt heel lekker!'

Gary kneep in haar hand. Hij wist precies hoeveel de groene asperges voor haar op dat moment betekenden.

'Oké. Dan gaan we even naar de supermarkt. Heb je nog iets anders nodig?' wilde Gary weten.

Ruby keek hem in de ogen. 'Ik heb alleen jou nodig.'

Gary gaf haar weer een kus. In zijn ogen zag ze geluk, eindelijk geluk, en dat ontroerde haar heel erg.

'Tot straks dan, ik ben tegen negenen thuis. En geniet van de asperges!' Ruby keek haar twee favoriete mensen na en ging toen de winkel in omdat de telefoon overging. Het was Susan.

'Hallo, liefje. Ik wilde je eraan herinneren dat je vanavond je dagboek moet meenemen.'

Ruby moest grinniken. 'Ik zal het meenemen, maak je geen zorgen.'

'Ik kan bijna niet wachten.' Susan was zo nieuwsgierig.

'Tot straks dan, er komt een klant binnen.'

'Tot straks. Ik verheug me erop.'

Ruby hing op en wijdde zich de laatste paar uur van de dag aan de geweldige mensen die haar winkel bezochten. Om zes uur maakte ze de kassa op, bewaarde de helft van de omzet achter in de kluis en stopte de andere helft in haar handtas. Ze zou het geld thuis in het theeblik stoppen, dat ze nu op een veiligere plek had verstopt en dat dringend weer aangevuld moest worden. Gary had haar namelijk verteld dat hij begin september jarig was en ze wilde hem iets speciaals geven. Een nieuwe laptop, zodat hij eindelijk weer echt aan het werk kon. En als ze niet genoeg geld had, zou ze wel iets op eBay vinden.

Toen liep ze naar de glazen vitrine, draaide die open en pakte Valeries dagboek eruit. Ze zouden het snel uit hebben, maar er waren nog zeven andere delen die haar vriendinnen evenveel plezier zouden bezorgen. Soms vroeg Ruby zich af of het wel goed was dat ze Valeries privéaantekeningen voorlas, maar dan kreeg ze een gevoel van vertrouwen alsof Valerie zelf haar toestemming gaf. Ze maakten tenslotte allemaal deel uit van Valerie Lane, en ze hadden allemaal recht op Valeries nalatenschap.

Ruby sloot haar winkel af en liep door het mooie straatje. Een straal van de avondzon viel op haar gezicht en ze sloot even haar ogen.

'Dank je wel, Valerie,' fluisterde ze. Met een tevreden glimlach liep ze Laurie's Tea Corner in.

*Ruby's tips uit de betoverende antiekzaak*

# Krassen in hout

Ruby kent een goede truc die Valerie al toepaste. Ze gebruikt een gepelde halve hazelnoot en gaat er net zo lang mee over de kras tot het hout er bijna weer als nieuw uitziet.

# Houtpolish

Ruby's oma wreef haar houten meubels in de antiekzaak met een mengsel van spijsolie en azijn (1:2) in. Verdeel dit met een zachte doek spaarzaam over het hout. Het hout glanst daarna heel mooi.

Voor heel donker hout gebruik je olijfolie en rode wijn (1:1). Als je zonnebrandcrème van vorig jaar overhebt, kun je je houten meubels ook daarmee inwrijven. Niet te veel gebruiken, anders laat het een vettig laagje achter.

# Vlekken op houten meubels

Vlekken van bijvoorbeeld vruchtensap smeert Ruby met tandpasta in. Laten inwerken en als het is opgedroogd met een zachte doek verwijderen.

## Butsen in hout

Op butsen in hout legt Ruby een vochtige keukendoek waar ze met een hete strijkbout overheen strijkt. Het hout neemt het vocht op en zet weer uit.

## Lijm- of stickerresten

Lijmresten op meubels verwijdert Ruby heel makkelijk met azijn. Ze doet de azijn op een doek en wrijft de lijmresten ermee in tot ze oplossen.

## Kaarsvet

Kaarsvet maakt Ruby zacht met een föhn, waarna ze het wegveegt met een zachte doek. Daarna wrijft ze de vlek in met azijn.

## Losse spijkers

Als Ruby een foto aan de muur wil hangen, maar de spijker zit te los in het gat, dan haalt ze hem eruit, wikkelt er plakband omheen en steekt/timmert hem er weer in. Het plakband krult op en de spijker zit vast.

## Vastzittende plug

Als een plug vastzit in de muur, pakt Ruby een kurkentrekker en draait die erin. De plug is er nu heel makkelijk uit te trekken.

## Spiegels en ramen poetsen

Als Ruby spiegels, fotolijsten of ramen in haar winkel wil poetsen, volgt ze een heel eenvoudige tip van haar moeder. Ze doet naast een paar druppels afwasmiddel ook een scheut azijn in het water en verwijdert grote vlekken met een doek. Daarna veegt ze het oppervlak met een oude panty na om strepen te verwijderen.

## Zilveren bestek schoonmaken

Zwart geworden zilveren bestek laat Ruby heel makkelijk weer glanzen door het in een bak te leggen die bekleed is met aluminiumfolie en waarin ze 100 gram zout oplost in een liter kokend water. Ze laat het zilveren bestek er een uur in liggen. Daarna poetst ze het met een doek droog.

## Boeken afstoffen

Boeken die te lang in de kast hebben gestaan en aan de bovenkant stoffig zijn geworden, stoft Ruby af met een kwast. Een grote zachte verfkwast is het meest geschikt. Ruby veegt over de stoflaag, altijd weg van de rug. Het beste kun je dat buiten doen. Voor de laatste restjes in de hoeken beveelt Ruby een klein zacht penseel aan.

## Natte pagina's in een boek drogen

Als een pagina nat is geworden, bijvoorbeeld door gemorst drinken, legt Ruby een keukenpapiertje voor en achter de pagina zodat het vocht geabsorbeerd wordt. Ze herhaalt dat met droog keukenpapier en strijkt met een strijkijzer (stoom uitzetten) op de laagste stand over het keukenpapier om de vochtige pagina's te drogen en glad te maken. Is er een andere vloeistof dan water – bijvoorbeeld cola of thee – op terechtgekomen, dan moet je de pagina eerst met schoon water afnemen.

Als het hele boek nat is geworden, kun je proberen het rechtop op een aantal lagen keukenpapier te zetten en met boekensteunen in deze positie te houden (er moet lucht bij de pagina's kunnen). Ruby raadt bovendien aan keukenpapier tussen de pagina's te leggen (bijvoorbeeld om de vijftig pagina's een vel). Het keukenpapier absorbeert het vocht. Als het verzadigd is, moet je het steeds opnieuw voorzichtig vervangen. Na ongeveer vierentwintig uur zullen de pagina's nog zo weinig vocht bevatten dat je ze kunt strijken zoals hierboven beschreven.

Leg in alle gevallen het boek na het strijken plat en verzwaar het achtenveertig uur met andere boeken zodat de pagina's niet gaan golven.

# Dankwoord

Ik wil mijn geweldige agenten Anoukh Foerg, Maria Dürig en Andrea Schneider bedanken voor hun ongelooflijke vertrouwen in mij en mijn boeken.

Iedereen bij Blanvalet bedankt, vooral Julia Fronhöfer, Kristin Rosenhahn, Johannes Schöffmann en Astrid von Willmann, voor de beste begeleiding die een schrijfster zich maar kan wensen.

Veel dank aan mijn redacteur Margit von Cossart voor de schitterende afronding van dit boek.

Bedankt fantastische bloggers – voor de supergoede steun. Jullie zijn echte helden!

Ik wil mijn collega's en vriendinnen Roberta Gregorio, Britta Dubber, Anne Sanders en Angela Kuepper bedanken voor hun luisterende oor en hun nuttige tips.

Dankjewel Tom Odell – vooral voor het nummer 'Heal', dat zo veel aan dit verhaal heeft bijgedragen.

Ik wil de makers van vegan chocolade bedanken, want die had ik hard nodig bij het schrijfproces.

Veel dank aan mijn familie – voor alles.

En ten slotte wil ik de lezers bedanken die Valerie Lane en zijn bewoners net als ik in hun hart hebben gesloten. Ik beloof jullie dat het einde nog lang niet in zicht is.

LEES MEER VAN

# Manuela Inusa

Laurie is de trotse eigenaar van een gezellige theewinkel waar smaken van over de hele wereld worden verkocht; van Chinese ginseng tot Indiase darjeeling. Van heinde en verre komen mensen naar haar winkel om zich te laten verrassen door de heerlijke theesoorten. Maar zo succesvol als Lauries zaak is, zo onsuccesvol is ze in de liefde. Gelukkig laten haar vier beste vriendinnen dat niet zomaar op zich zitten!

LEES MEER VAN

# Manuela Inusa

Keira houdt meer van haar werk dan van wat dan ook: in haar kleine chocolaterie in Valerie Lane verkoopt ze handgemaakte lekkernijen. Haar versgebakken koekjes, zelfgemaakte bonbons en met chocolade omhuld fruit zijn populair bij jong en oud. Maar dan wordt haar geluk verstoord: ze krijgt steeds vaker ruzie met haar vriend, en die ene charmante klant die de winkel regelmatig bezoekt zorgt voor de nodige verwarring. Gelukkig zijn haar vriendinnen er altijd wanneer ze het even niet meer weet. Kan Keira haar privéleven net zo goed op orde krijgen als haar winkel?